U0059119

新文學運動史

[中譯本] 【比利時】文寶峰 原著　李佩紋 譯

代序　文寶峰的《中國新文學史》

謝泳

（廈門大學中文系教授）

　　我到廈大教了一門《中國現代文學史料概述》，明年我的講義會印出來。我的想法是讓學生能夠學會在已有的史料基礎上擴展出新史料。尋找材料，只要用功和方法得當，人人可以做到，至於如何研究這些新史料，就要看個人的才情了，那是天生的，學不會。我強調，我們做研究一定要以有知識增量為追求，凡做一項學術工作，總要加出一點東西來，哪怕是一點點。我感覺中國現代文學史料的史源還是非常豐富，只是能不能設法尋找的問題，我們的習慣是喜歡論述，而不願意尋找。

　　常風先生在世的時候，我有時候去和他聊天，他常常告訴我一些三十年代文壇的舊事，有很多還是一般文學史中不太注意的。文寶峰（H.Van Boven）這個名字，我就是從他那裡聽到的。記得他還問過我，中國現代文學界對這個人有沒有研究，我說我不清楚。他說這個人對中國現代文學很有興趣，寫過一本《中國現代文學史》。因為那一段時期我的興趣不在這方面，就沒有太留意。

　　聽常風先生說，文寶峰是比利時人。1944年春間，他曾和常風一起去看過周作人。常風先生後來寫了〈記周作人〉一文，交我在《黃河》雜誌發表，文章最後一段就寫這個經歷。他特別提到「見了文寶峰我才知道他們的教會一直在綏遠一帶傳教，因此他會說綏遠方言。文寶峰跟我交談是英文與漢語並用，他喜歡

中國新文學，被日本侵略軍關進集中營後，他繼續閱讀新文學作品和有關書籍，我也把我手頭對他有用的書借給他。過了三四個月，文寶峰就開始用法文寫《中國現代文學史》，1944年7月底他已寫完。1945年日本帝國主義投降後不久文寶峰到我家找我，他告訴我說他們的教會領導認為他思想左傾要他回比利時，他在離開中國之前很希望能拜訪一次周作人。與文寶峰接觸近一年，我發現他對周作人和魯迅都很崇拜。」（常風《逝水集》第106頁，遼寧教育出版社，1995年）

梁實秋在〈憶李長之〉一文中曾說：「照片中的善司鐸面部模糊不可辨識，我想不起他的風貌，不過我知道天主教神父中很多飽學之士，喜與文人往來。」（《梁實秋懷人叢錄》第318頁，中國廣播電視出版社，1989年）。

梁實秋這篇回憶李長之的文章，就是由常風先生寄了一張1948年他們在一起吃飯時的合影照片引起的，這張照片上有當時北平懷仁學會的善秉仁，文寶峰當時可能也在這個機關服務。這張照片非常有名，主要是當時「京派」重要作家都出席了，此後他們大概再沒有這樣集中過，梁實秋此後也再沒有回過北平。記得好多年前，子善兄曾托我向常風先生複製過這張照片，我幫他辦了此事，還就此事給《老照片》寫過一篇短文。

善秉仁對中國現代文學的貢獻是他和蘇雪林、趙燕聲一起編了兩本有關中國現代文學的重要史料集，一本是英文的《中國現代小說戲劇一千五百種》，另一本是法文的《說部甄評》，這本書後來由景明譯成中文，名文《文藝月旦》（甲集）。

《中國現代小說戲劇一千五百種》在中國現代文學史上非常有名，夏志清說他寫《中國現代小說史》時，宋琪就送了他一本，幫了他大忙，如果我們比較夏志清對中國現代作家的基本評價，從這本書中或許會找到一點源頭，至少可以判斷是哪個線索

啟發了他的學術靈感。因為本書在1948年印出，恰好在中國現代文學的末期，史料的真實和可靠性比較高，雖然編者的宗教背景決定了他們對中國現代文學作家和作品的基本認識，但不管何種評價，作為文學史料的意義是顯而易見的。孔海珠去年在《新文學史料》上有一篇文章專門記述善秉仁編這本書的情況，說他當時給很多中國作家寫了信，要他們提供情況，由此判斷，這本書主要是依靠第一手材料完成的。

善秉仁在《文藝月旦》的導言最後中提到：「文寶峰神父的《中國新文學運動史》業已出版。一種《中法對照新文學辭典》已經編出，將作為『文藝批評叢書』的第三冊，第四冊又將是一批『文藝月旦』的續集。」

後來我查了一下印在《中國現代小說戲劇一千五百種》封三上的廣告目錄，提示英文正在計畫中，而法文本已經印出。本書列為「文藝批評叢書」的第二種。而《中法對照新文學辭典》不知道後來進展如何，現在研究中國新文學史編纂史的人不少，但極少提到文寶峰這本書，至於《中法對照新文學辭典》就更沒有人注意了。

網路時代，凡出過的書一般我們都有可能找到，編好而還沒有印出的書可能難度大一些，但也絕非完全不可能。我想，如果現在找到文寶峰的書並很快把它譯過來，那對中國現代文學史研究肯定有幫助，無論他的觀點如何，作為一個同時代對中國新文學感興趣而又懂漢語的傳教士的著述，他帶給我們的研究資訊一定相當豐富，這也是中法、中比文化交流史上的一件幸事。

*參考：謝泳《中國現代文學史料的搜集與應用》，第68頁。
　　　　謝泳、蔡登山編，文寶峰著法文版《新文學運動史》前言，台北：秀威資訊科技股份有限公司，2009年。

前言

目前我要做的事情，絕不奢求對中國現代文學有一個完整的研究，我的初衷不是面面俱到，也不是研究所有作家。我只是想給出一個概覽，希望能夠為對當今中國文學和文化感興趣的人做個簡單的介紹。因此，這些探討對於那些想做些深入研究的人們來說，還需要他們自己做更進一步的工作。

該書尚有諸多不足之處，不足在哪裡呢？首先是作者能力有限，寥寥幾年的研究實不足以完全掌握如此廣博的參考材料，正因為如此，對於那些針對作者和作品的評價，我們整體上採用了中國評論界內行專家的說法，通常我們只給自己保留了編纂者和翻譯者的角色，希望能夠讓讀者在各種不同的合理或有道理的觀點中自由選擇。

另一個障礙是所參考的材料本身所固有的，也使這項工作變得異常困難。勒古依先生（E. Legouis）修訂《英國文學史》時也遇到過這個問題。「常常發現，越接近現代，進行清晰的文學研究就變得愈加地困難。看不到前景；流芳百世的作品和曇花一現的作品無法區別開來；日積月累的評價和時間的沖刷也沒能改變作家和作品給人的平庸印象，這種印象基本已經把他們分門別類地排了隊。每個作者的形象展示出來的都不是他的全貌；特徵鮮明的輪廓也無法突顯它們的立體感。」他的意見同樣適用於中國現代文學。

「比評價成就更為困難的是排隊。無法運用分類的內部原則。每個作家的個性始終難以顯露；作家謙虛，再加上讀者的保守使他們被拒之門外。作品中所暗含的招認都需要闡明和完善。

作家講述自己，往往比較罕見，他們講述的通常不是我們最想知道的。只有那個人去世的時候，傳記和批評才能獲得全部自由，才會獲得調查的所有途徑。於是我們對生者的認識往往比對死去的人更少。」（同前文所引，阿歇特，巴黎，1921，第124頁）

還有一個困難，也許比前者更為棘手，它來自大量不公正的批評，這些批評往往混淆視聽，使人更加難以判辨。

在中國，不同文學流派前後連貫又彼此混雜，極不穩定，很難追蹤其演變過程。在過去幾十年，西方文學也經歷過同樣的問題，發展曲線令人目暈：浪漫主義和自然主義，印象主義和表現主義，新浪漫主義、象徵主義和新寫實主義……如此多的流派，相互習仿共存卻又寸土不讓，時而消失時而復興，往往無法達到哪怕僅僅是表面的成熟。中國也沒能逃出這個怪圈，走上了同樣的道路，捲入所有新型文學的漩渦。

各種趨勢的多重性使人很難甚至無法為中國現代文學做出一個最終的判斷。所有流派的存在都太過短暫且不確定。為了反對前一個流派的過分行為而產生一個新流派；或多或少可以成功打敗前者，過後自己也很快陷入相反的過分，於是又催生了新的對抗和一個新的流派。現代作家有幾個沒有遭遇這樣的命運？當年的弄潮人卻趕不上自己一手掀起的運動的腳步了；當年他們對敵人的痛批如今卻重重地打在了自己的嘴巴上。

儘管在一直不斷的轉變中，但每個流派和作家都在自己航行的途中留下了痕跡，也在同輩人的心中、精神上和想像中留下了或好或壞的印記。

所有這些方向性的轉變發生在如此短暫的時間內，對於想研究這場變革的人來說可不是小困難。一些作家，例如郁達夫，現今也不過50歲，毫無過渡地從自然主義轉向新寫實主義，又轉向抗日愛國文學，驚人地完成了其間的飛躍。

　　不過，中國新文學的各種運動也有共同的特點：幾乎所有人都想尋求社會秩序；而且他們的活動幾乎都與政治活動混雜在一起，30年來政治也已經發生了令人意外的大轉變。正是文學和公眾生活之間這種協調一致的關係，引起了我們在宗教、道德、教義維護和社會的角度上的關注。

　　這也是我著手研究並發表此書的最終目的。分析主要作家和他們的作品，並將其分類，探究他們對現代中國產生的影響，以及作品所激發的廣泛輿論，搜集這方面的所有資料以助傳教士們能夠完成他們的文化使命。這就是我唯一的目標。我們希望從這個意義上來說我們所做的工作不會太多餘。在天主教徒之使命的實踐中，文學中的社會因素、道德因素和政治因素常常需要區別開來，以消除成見，預防以後出現弊端帶來不幸而惋惜不已。「當疾病由於長時間的拖延而獲得力量時，補救措施為時已晚」（"Sero medicina paratur, cum mala per longas invaluere moras"）。以往的經驗包含著對未來的深刻警告。畢竟，我們天主傳教士以教皇的名義來到中國，是為了建立基督教會，絕不是為了給中國帶來異族的文明和文化。從那時起，我們就必須認識到可能阻礙我們行動的因素，也必須瞭解有什麼可以助我們一臂之力。

　　對於新文化，尤其是文學，有兩種極端的態度，即不分好壞，要麼完全排斥，要麼全盤接受。德行在於中立的公正，而這種公正只有通過對事實和教義的深刻理解，才能實現，這種理解，不說要充滿熱忱和仁慈，至少要不偏不倚。為了實現以上目標，必須通過自己努力看清和判別事實，不再輕信那些狹隘、含混、片面且帶有偏見的外國雜誌。僅僅為如此盲目的信任間接導致的錯誤感到惋惜，是不夠的，這份盲目的信任使一切不信教的知識分子遠離了我們。只有天主教教義和道德律令依據「教會法」有如此要求的情況下，並且在認真檢視完一本書之後，才有

權利去指責這本書。《北京政聞週報》印發的手冊即是那類危險作品的典型，尤其像1933年出版的《現代中國作家》那樣的著作，它本身不過是於1929年集結出版的錢杏邨翻譯的一些評論隨筆，不僅觀點狹隘，還蓄意歪曲、抨擊魯迅和郁達夫的形象。

其實，無論是在文化復興還是在文學復興中（後者只是前者的一個方面），好壞相互碰撞。我們必須取其精華、去其糟粕，不是以個人威望，而是以理性和天主信仰的名義。從此必須辨別對立的因素。我們絕沒有批鬥或嘲笑任何事物的權利，唯一的原因是這不符合我們的品行。相反，我們有義務——通過尋找並藉助一切可用於正途的「開場白」——使信仰的積澱變得對於任何一個善良的人來說都是能夠接受的。

另一方面，事實仍然是所有中國或外國的神甫，依據他們的使命：保護和指引靈魂，依據他們的天職：襄助構建中國的基督文明，在中國建設上帝之城，都有去偽存真的義務。

對常風教授給予我該項研究的熱心幫助，我在此表達深深的謝意。在集中營被監禁的幾個月，他還幫我審稿，提供了許多有用的資料來源。他每週的來訪總讓我感到非常高興、精神振奮。

還要衷心感謝所有同仁和朋友在編寫和校對過程中的大力支持。

1946年聖若瑟節
H.V.B（文寶峰）

目次 │CONTENTS

引言

　　我們所關注的這個時期，將會作為中國文學編年中最重要的時段之一而聲名遠播。1890年以來，各式文學體裁和語言本身確實都歷經了幾個世紀以來從未有過的變化。因此可以說，中國傳統文學的歷史已然謝幕，另一種文學已經取而代之。

　　我們發現，在這個時期的初始階段，傳統形式的文學還佔有支配地位，擅長散文的桐城派和擅長詩歌的江西派還處於頂峰。但是很快我們就會目睹它們的衰落，而且衰落得如此之快，以至於現今只留下些許散亂的碎片。

　　古代文學是最為本土的，而新文學則越來越多地受到西方的影響。

　　無論從實質還是從形式來講，以前的作家都在摹仿古人，相反，現代作家追求的是獨創的、符合於當下時代的人和事的文學。

　　以往，科舉是文人實現其抱負的必經之路。但在專制和保守的統治者手中，這種設計只會走向墮落。而且它的規範作用還會阻礙整個文學的進步。科舉中幸運的應試者大都不由自主地走上了仕途，「顯達／發跡」了，就只想著如何在這個為其提供這種地位的體制裡維持自己的地位。那些為數更多的失敗的人，則會覺得被剝奪了令人羨豔的社會地位，由此，心懷憤懣的「失敗者」的隊伍就會慢慢壯大。

　　1890年前後，革新者開始了明確的攻擊，1905年，科舉最終被廢除，首戰告捷，成為重大文化和政治變革的前奏。

　　無論對於內容還是形式，舊制度都只根據舊體正典去構思「文學」，官話小說並不被人們所看重。相反，現代文學維護各

種體裁的發言權,甚至是白話小說,民歌和童謠同樣也應該在文學研究領域中獲得各自的一席之地。

文學創作所使用的語言以前從未成為過問題。而今致力於「國語文學」的諸多運動成為了文學革命的主導部分,有人甚至發起了廢棄漢字運動,雖然此次運動失敗了,但不久後,又由共產主義宣傳以別種的主張和目標重新掀起。

畢竟,古代文學曾為特權階級所獨佔,成為了那些紈絝子弟奢侈的娛樂工具。而新文學,宗旨是為了貼近大眾。它期望為人民所理解,同時,還要成為替人民發聲的工具。

粗略一看,這些變革似乎不甚協調,但它們都有著同樣的本質:反對傳統。它們還有同樣的環境和背景:現代中國的政治革命和社會革命。最後,它們還都共同接受了現代西方文學和哲學潮漲潮落的影響。

一、桐城派對現代文學的影響

　　19世紀下半葉，西方科學在教育規劃中的地位日趨重要，它甚至已經被運用到了四書五經的教學之中。由於這些變化，文學研究不得不經受一次深刻的甚至是根本性的變革。

　　尤其從1894年的中日戰爭開始，西方文明與中國文化的調和成為了一個棘手的問題，這場戰爭前所未有地使中國的現代化變得愈加緊迫。與其他所有社會的和政治的問題一樣，它將知識分子分為三個陣營：兩個極端派和處在它們之間起協調作用的溫和派。一些有遠見的人，如曾國藩、張百熙和張之洞認為，因時間緊迫，今後應僅致力於傳統學術結構中的實質性部分，以便為西方科學的學習留下更多的時間。但他們仍然保有對古文的尊重——它是中國傳統文化的象徵。因此他們只能追隨桐城派——19世紀在散文方面最具優勢的文學流派。

　　桐城派是由18世紀的博學者姚鼐（1731-1815）創立的，他以追隨另外兩位著名學者方望溪（1668-1749）、劉大櫆（1697-1779）的學說而自豪。他們三人都來自安徽桐城，因此該學派取名桐城派。

　　曾國藩（1812-1872），湖南湘鄉人，是桐城派的主要庇護者。他將此視為解決引介西方科學到中國以使其與中國古代文化相協調這一問題的一種方案。他的作品《曾文正五種》成為長期以來書信體的通用範本。

　　當然，舊文學的最後一批宣導者中，最重要的毫無異議是桐城派出身的吳汝綸（1840-1903），「思想最高，造詣最高。」（陳炳堃《最近三十年中國文學史》，1931，太平洋出版社，上

海，第79頁）。他對舊文學的末代作家們有著很大的影響。面對西方文明激湧的大潮，他情願捨棄一部分古書，只保留其中的一些經典讀本，他斷言：「（古典文學精粹應長存，因為它代表了中國古代文化並表現了傳統的孔子道德思想）日後西學盛行，六經不必盡讀，此書絕不能廢……此後必應改習西學，中學浩如煙海之書行當廢去，獨留此書。可令周、孔遺文綿延不絕。」（陳炳堃，同前，第80頁）

　　吳汝綸是他那個時代的新派人物。他推崇學習科學和對歐洲作品的翻譯，致力於新派學校的創立，主張派遣學生留洋。他是言文一致運動的推行者，其旨在於消除書面語和口語的區分，將口語運用到文學作品中。然而他有所顧慮，恐一旦口語被運用到教科書中，會給古文造成致命打擊。他以桐城派的官方代表自居，而他的去世正標誌著這個學派的終結。

　　在此之前，教育宗旨的擬定者都專注於盡最大可能保留「古文」，而僅僅給予西方科學日漸增長的訴求以次要地位，但很快，面對現代化的日益成功，這個趨勢演變成了最大限度地「保留」舊式科目。除此之外，桐城派並不滿足於在捍衛古文和傳統的前提下普及現代科學，他們同時還在盡力維護中國傳統的道德思想。周作人對他們有如下評說：「他們不但是文人，而且並作了道學家，他們以為文即是道，二者不可分離。」（周作人《中國新文學的源流》，人文書局，北平，1934）

　　他們將文學宗旨總結為「義、法」二字，並借用了《易經》給此二字做出的定義：「義之所謂言有物，法之所謂言有序。」但隨著時間的推移，這個漂亮的口號只捍衛了後者，他們只注重筆下的文辭，卻忽視了思想的植入。於是，他們變成了一個純粹的、守舊的形式主義宗派，奉行陳舊的宗旨，而這個僅適用於老派保守者的綱領，成為了防禦新文化和新文學運動進攻的最後一

道防線。

他們將道德宗旨歸結為「仁孝」二字納入到「義法」的口號中來。但在他們的作品中，這只不過是往昔的影子，而缺乏現實的意義。最終，他們發展到了與一切進步事物對立的地步，但這種頑固不過是枉然，他們終究成為了腐朽文學徒勞無功的捍衛者。面對新式文明的衝擊，他們揮舞起孔教運動的大旗，而這正是胡適、陳獨秀等人極力批判的禮教，尤其是魯迅，在諷刺小說〈狂人日記〉中對其進行了猛烈的抨擊，譴責孔教是「吃人的禮教」。

二、古文翻譯和早期古文文論

桐城派中有兩位作家對中國文學後來的演變有著決定性的影響，不是因為他們的文風，而更多的是因為他們用古文進行翻譯的成就。他們把西方現代學說和文學流派引介到中國來。正是由於這些出版物使衰落中的古文的生命得以延續了20餘年。他們就是第一個翻譯現代社會學和政治學著作的嚴復，以及將歐洲一流小說譯介到中國的林紓。在他們兩人之前也有人將歐洲的作品翻譯為中文，但僅僅局限於宗教、科學或軍事作品。

嚴復（陳炳堃，同前，第78頁；《近五十年中國思想史》郭湛波，人文書局，北平，1936年，第54頁及其後頁）

1853年出生於福建閩侯縣，是1878年曾國藩和李鴻章公派去國外留學的第一批學生之一。他在英國一所海軍學校學習，回國後，他在高等教習所中擔任過幾個重要崗位，先是1908-1912年在海軍學堂教書，隨後擔任京師大學堂（民國成立後稱「國立北京大學」）校長一職。嚴復仰仗袁世凱的庇護開展事業。在議會制的英格蘭留學期間，他就已經對君主立憲制有著明顯偏好。袁世凱招攬他作為顧問，由此也使他被捲入了君主復辟的幻景之中。袁世凱失敗後，嚴復還鄉隱居，直至1921年去世。他的多種譯著中，包括了《天演論》（原作者赫胥黎）。1900年，因為這本書，嚴復遭到了慈禧太后的指責，藉大臣榮祿的介入，他才脫卻困局。此外還有J・斯圖爾特・穆勒的《群己權界論》、《穆勒名學》（邏輯體系）、斯賓塞的《群學肄言》、亞當・斯密的《原富》、孟德斯鳩的《法意》、E・甄克斯的《社會通詮》、W・S・耶方斯的《名學淺說》等等（完整作品清單參《東方雜

誌》第22卷第21期）。

胡適評價認為，嚴復的翻譯沒有喪失文學價值，甚至是忠於原文翻譯的典範。而嚴復自己曾說過，為了準確地還原某些表達或字眼的意思，有時需要花上一周甚至一整月的時間查找資料。此外，桐城派領袖吳汝綸也非常器重他，在張之洞看來，嚴復還實現了「以中學包羅西學」的理念。

嚴復的作品並未贏得一致的好評。反對他的人們認為，那些西方學說本身就已經夠晦澀難懂了，一旦翻譯成古文實際上就更加難以理解了；因此，沒有誰能夠從中受益，除非是在古文和哲學領域都造詣頗深的鴻儒。在歐洲，有些批評家認為，文學必須與文明糟粕一起改良，中國的情況同樣也應如此，否則會使青年一代研修科學知識的可能化為泡影。另外，他們還強調，歐洲科學作品的譯著不是供腐朽文人收藏之用，而應該普及到廣大民眾。對此，嚴復的回答是，要普及到大眾，首先必須讓學者們接受，並竭力用新型學說對他們加以訓練。然後才會像自己的學說一樣，普及給民眾。在此期間，為了能讓學者們讀懂這些作品，就必須用學者們自己的語言寫就，而且還得根據孔教的偏好，在各處滲透一些道德評判。

林紓，也叫林琴南（陳炳堃，同前，第90頁）。

1852年生於福建閩侯縣，他通過了科舉考試，在京師大學堂教了幾年書。政治上，他公開歸附段祺瑞的派系（南方派），同時極力反對胡適、陳獨秀以及他們的文學改良。他翻譯了93本英國著作，25本法文著作，19本美國作品，6本俄語作品以及12本其他國家的著作，其中《巴黎茶花女遺事》成就最高。他的譯著包括了W·莎士比亞、丹尼爾·笛福、H·菲爾丁、斯威夫特、查理斯·蘭姆、R·L·斯蒂文森、Ch·狄更斯、W·司各特、H·R·哈葛德、柯南道爾、安東尼·霍普、W·歐文、斯托夫

人、V・雨果、大仲馬、小仲馬、巴爾扎克、伊索寓言、H・易卜生、威斯、賽凡提斯和托爾斯泰等人的作品。

林紓是第一個敢於用舊體文言翻譯愛情小說的人,這個革新開創了古典語言文學領域的新氣象。除了翻譯著作之外,他還出版過幾部原創作品。其中有一部叫《冷紅生傳》,書中描寫了他的諸多個人感受。他嚴厲地批評了「雖心中私念美女,顏色亦不敢動」的虛偽,此舉雖感情用事卻不乏真誠。

林紓更傾向於自然主義,此主義力求描繪受到19世紀理性主義和實證主義教化的文明世界的種種美好假象背後,事物在實際中本然的面目。

(有人更喜歡稱這個流派為「寫實主義」,因為他們認為自然主義帶有貶義,近乎淫穢。所以他們將《金瓶梅》這部被許多人認為是色情小說的作品歸為自然主義,而把左拉、福樓拜、勞倫斯等人的作品歸為寫實主義。)

林紓主張不可冒充老實人,也不可戴著道德的面具,即使面目猙獰,也希望表現出它原本的面貌。

關於他的翻譯值得一提的是,由於不懂英語,他翻譯時需要請一個人幫他口頭翻譯,他對翻譯的熱情因此常常受到考驗。

在語言上,林紓與桐城派相近,但他和嚴復一樣,對擴展舊文體在小說領域以及在情感表達中的功能是大有功勞的,同時對桐城派的僵化倫理主義也起了極大的抵制作用。

章炳麟,即章太炎。

1869年生於浙江余杭,接受的是古典傳統教育,對《春秋》頗有研究,甚至從與康有為給出的孔教相反的意義上加以闡發。他協助張之洞改革,由於為社會政治革命家鄒容的一本論述革命趨勢的書作過序言,1903-1906年他曾一度入獄。鄒容死在了獄中,而章炳麟獲釋並逃亡到了日本,在那裡擔任中文革命刊物

《民報》的編輯。他在那裡遭遇重重困難，貧困是最無法忽略的一個。他還是老師，他的學生包括吳承仕和錢玄同。作為蔡元培的好友，他積極參與建立共和政府。但在袁世凱竊取革命果實的時候，章炳麟隱居到北京的一個寺廟裡。在1931年的瀋陽事件中，他對日本的強烈仇恨使他遠近聞名。他還與張學良結交，後於1936年去世。

從文學上看，他保留了很多舊文體和科舉時代的傳統。但從政治和社會的角度看，他保護了與先前的太平天國革命有關聯的種族革命的新思想。因此，對於與他的觀點相左的人，他總是持貴族般高傲、嘲諷的態度。他代表學衡派（參陳炳堃，同前 第225頁）「論究學術，闡求真理。昌明國粹，融化新知。以中正的眼光，行批評之戰事。無偏無黨，不激不隨。」這個宗旨後來被梁實秋借用於另一場運動。（參見下文）

三、新文體的開端和白話小說的意義

　　19世紀最後兩個十年見證了改革思想和革命潮流的誕生。1904年5月的《下關條約》，標誌著現代化的日本對落後中國的勝利，推動了這場運動。

　　1888年，康有為（1858-1927）率三千舉人聯合上書，懇求皇帝進行必要的立憲改革，以應對新的形勢要求。上書被拒六次，康依然堅持，直到第七次才成功將意見傳達到了光緒皇帝的耳中。至此鬥爭已經持續了十年。

　　1894年孫中山向李鴻章呈遞了一個類似的請願書，各種各樣的組織成立起來，如強學會、保國會等等。

　　正是這麼多的改革運動帶來了一種新的文學體裁，政論文。政論文有多種略顯差異的形式，其中以梁啟超在《新民叢報》中的文章最為出眾。

　　梁啟超（1873-1929），中國新聞學之父，文學改良和共和革命的先鋒。1898年「百日維新」後，他逃到日本，創辦了幾份報刊雜誌，如《清議報》，但最重要的還是《新民叢報》。他在該報刊中使用新文體，有時也叫「報章文字」，超脫於舊文體之外。因為這種文體由桐城派的風格和八股文演化而來，梁稱之為歐化的古文。他希望語言可以平易，暢達，有條理，明斷，筆端常帶情感。（參陳炳堃，同前第111頁）。但是他遭到了專制主義者的普遍反對，以及少數立憲主義者的抵制，如張之洞和他的恩師康有為，後者批評他受到了日文的過分影響。實際上，文學上的對立只是政治對立的一種形態而已。梁啟超的改革思想過於超前，嚴復尤其反對，他指責梁「以筆攪亂社會」。然而，1914年

後這種新文體被廣泛運用於進步報刊之中，特別是關於立憲派與民主派之間論戰的文章。

梁啟超可能是明白小說會對民眾產生文化、社會和政治影響的第一人（參其文〈論小說與群治之關係〉）。他意欲運用這種影響來傳播他的社會和政治新思想。（參陳炳堃，同前，第142頁）「欲新一國之民，不可不先新一國之小說。小說有不可思議之支配人道故。」（參《飲冰室文集》，九卷，1934年，新民書局，第三版，第17頁）梁這樣來證明這個大膽的論點：「小說相較於其他文學體裁更受青睞，這是一種世界性的現象，在中國更是如此。小說對中國人來說是呼吸的空氣，是賴以生存的食糧，是不可捨棄的無價之寶。不過，人人皆知，不正之風、毒害思想的食糧必然帶來頹廢、萎靡甚至滅亡。道德亦然。小說即導致社會敗壞淪落的主要原因。幾個世紀來，正是小說使書生們染上了這種惡習，幾近癡狂地追求在至高無上的科舉考試中拔得頭籌，以求走上仕途，除了八股文的框式之外，腹中空無墨水。也是小說，使得眾多冒險家以為能通過強奪而封官加爵。還是小說，在民間傳播和普及了許多妖魔鬼怪、狐魅奇遇之類的故事，引發並培養了人們對風水、星象等各種各樣的占卜活動的信仰……」（參戴遂良的《現代中國》第1卷第101頁）一些作者竟然聲稱，曹操、岳飛、諸葛亮等通俗小說主人公的行事方式和精神面貌在一定程度上可以塑造中國民眾的精神面貌和風俗。在變革熱情的驅使下，蔡元培甚至斷言袁世凱可能研究過《三國演義》才努力效仿諸葛亮的豐功偉績的。（參《東方雜誌》第14卷，1917年4月4日號，戴遂良的《現代中國》第2卷第227頁）

然而梁啟超並沒有止步於舊小說，而是積極推廣新式小說中新道德、新思想的實施。

隨後，蔡元培、胡適等更好地演繹了小說重要性的論證，

他們不僅將它運用在現代小說上，還擴展到了國人熟知的經典小說上。他們主張，必須監督並且適時地改善這股時時來襲的不正之風。他們反對20世紀初從日本傳到中國的福樓拜、左拉和霍普特曼的作品，批評他們太過前衛的寫實主義，相反，卻推崇托爾斯泰的所謂「寫實主義」，神祕莫測、無政府主義、悲觀傾向，都讓人隱約聯想到莊子的學說。他們認為，要使小說服務於平民教育和大眾道德修養，就必須呈現出清晰、簡單、真實、正義的面貌，與惡為敵、與善為友。（參戴遂良的《現代中國》第2卷第229頁）但胡適提出，善的判斷標準是略帶身體和道德審美色彩的實用主義，而關於後者的內在本質，他也未作明確規定。早在1910年，胡適已開創了一次肅清中國古典小說的運動，在他看來，這些小說對於青年一代的道德和文學教育而言不可或缺。然而這些精選純小說的出版似乎沒有取得成功。（參《胡適文存》第1卷，第1章，第28、51頁及其後內容）[1]

---

[1]　上海東亞印刷廠出版了胡適、錢玄同和劉半農推薦的修訂版《水滸》、《儒林外史》、《紅樓夢》、《西遊記》、《鏡花緣》、《水滸續集》、《三俠五義》、《老殘遊記》、《兒女英雄傳》、《海上花》。1925年上海平民書局也出版了類似的刪改版。同樣，1928年，開明書局也出版了刪改系列小說《潔本小說》。

四、採用過渡文體的初期小說、譯本和原著

　　梁啟超已經指出小說何以能與道德和政治變革事業珠聯璧合，剩下的就是對原理的運用了。梁自己第一個在一系列小說中如此操作，這些小說文學價值不大但充滿對政治的擔憂，這些小說包括：〈新中國未來記〉、〈政治小說〉等。

　　這期間，與嚴復、林紓同一陣營的反對者其實也深諳小說的各種可能性，並且也藉助小說來傳播他們的思想。於是，形成了一種文學，對此羅家倫在1920年曾作過詳細的分析（《新潮》第1卷第1期），他把這類文學的作家歸為三類：無以復加地揭露社會不公平的黑幕派；游離於現實之外的濫調四六派；把私人筆記和個人感受改寫為小說的筆記派。由此還得出這三類合一的第四類：基於歷史和社會現實，直接或間接地攻擊傳統空想形式主義，卻儘量不傷害傳統的諷刺小說。不過，實際上這些小說卻見證了一種傳統的衰亡。

　　但這樣的分類並未囊括該時期所有作家和作品；它只是描述了四種基本趨勢，有些作品純然其一，而有些則糅合了幾種趨勢。

　　從這個分類來看，很顯然，這個時期的作家都是1920年後新文學的急先鋒。他們形成的這股潮流分出了許多不同的文學流派，胡適和陳獨秀的文學改良又使它分道而行，然而過於激進的新文化運動之後，這股潮流，本質雖維持不變，卻似乎又重新變得明朗。追尋自1920年——建設性新文學的肇始之日——直至當

今，這種三足鼎立或四分天下的形勢的蹤跡，是非常有意義的。我們能夠清楚地看到數年內它帶來的各種影響，但總的來說，僅僅是一些偶而發生的變化，還不足以波及整個新文學大潮。自1919年（五四運動）以來，人們尤其強調喚醒社會覺悟；從1925年的五卅運動開始，人們更多地感受到社會主義和階級鬥爭的影響；1932年「一二八事件」，強烈表達了捍衛民族的意願；自1937年「七七事變」開始，人們重新認識了戰爭文學。

在此列舉各種趨勢的幾個代表人物：

1、黑幕派

李寶嘉（陳炳堃，同前，第145頁）：1867-1906，江蘇上元人。開始是名記者，後來開始創作社會批評小說。

吳沃堯：1867-1910，廣東南海人。創作過幾部舊式小說。

從文學的角度看，兩人的作品都不精彩。由於他們的批判，兩人樹敵頗多；尤其在形式主義和保守主義的政體下，對於解決他們描寫的那些弊端，卻無能為力，兩人最終還是淪為了黑幕派。

劉鶚（陳炳堃，同前，第149頁），別名劉鐵雲：1850-1910，進步學者。1895年，他上書呈請修建鐵路、在山西開採煤礦。久而久之，他雖然得到皇帝的讚許，但也成了許多保守派嫉妒和敵視的對象。這些保守派揭發他是叛國者，在1900年的饑荒中他從俄國購買了大量小麥並將其中一部分分發給貧苦群眾，這一舉措給他招致了非法買賣的控告，他被流放到新疆，孤獨終老。他以「洪都百練生」的別名出版了一部諷刺當時社會的小說《老殘遊記》，嚴厲地批評揭露了官員腐敗現象。

2、濫調四六派

　　伍光健：1868-1943，廣東新會人。開始在天津水師學堂學習，袁世凱時期被派遣到英國一個海軍學校，後轉到倫敦大學學習。先後在不同國家的大使館工作，接著回國擔任政治和軍事職務。共和國成立時他成為了財政部顧問。四十歲時才開始他的文學生涯，與其他幾個有名的作家一樣，他先翻譯出版歐洲文學作品，然後轉向創作，幾年後又重新開始翻譯。這些譯著中值得注意的是：大仲馬的《俠隱記》（Les Trois Mousquetaires）和《續俠隱記》（Vingt ans après）、馬基雅維利的《霸術》、A‧都德的《婀麗女郎》，還有幾部伊莉莎白‧蓋斯凱爾、Ch‧狄更斯、H‧菲爾丁、R‧B‧謝立丹和納旦尼爾‧霍桑的作品。胡適說：「他雖然屬於舊派，但他使用起『白話』來卻非常流暢。」（陳炳堃，同前，第143頁）

3、筆記派

　　蘇曼殊：1873-1918，父母為日本人，在廣州生下了他。父親早逝，母親改嫁給一位蘇姓中國人。曼殊從小接受了良好的教育，除了中文，他還掌握了日語、英語、法語和梵文。他用宋詞的形式將外國詩歌翻譯成漢語。1911年他歸附革命黨派，與南社合作。還發表了幾部小說：〈斷鴻零雁記〉描寫了一個孤兒削髮當和尚，千里迢迢到國外尋找母親，在旅途中發生了豔遇之類的種種情狀，故事沒有結局。整個故事的氛圍非常悲涼，似乎作者花了大量筆墨來講述他自己的個人經歷。他創作的其他小說還有：〈絳紗記〉、〈焚劍記〉、〈碎簪記〉等等。

胡適對他作品的道德和文學評價如下：「特取而細讀之，實不能知其好處。〈絳紗記〉所記，全是獸性的肉欲，其中，又硬拉入幾段絕無關係的材料，以湊篇幅，蓋受今日幾塊錢一千字之惡俗之影響者也。〈焚劍記〉直是一篇胡說……有何價值可言耶？」（《胡適文存》第1卷，第54頁）

4、基於歷史事件和社會問題的譴責小說

曾樸（陳炳堃，同前，第150頁）：1870-1935。江蘇常熟人。在著名小說《孽海花》裡，他描繪了1900年前後的中國社會。小說背景為義和拳運動和1900年八國聯軍攻佔北京的事件，主人公是當時的一位名妓，真名趙彩雲，1872年生於蘇州。在13歲的時候就已經為了生計而失足。就在那時，她改了姓但保留了名字。1888年嫁給一位叫洪鈞的男人作妾才安頓下來。洪鈞年近五十，是個老學究。同年，他作為中國大使被派往德國，彩雲陪同前往，在柏林度過了一段奢華排場的生活，這樣的生活招致他們陷入一系列滑稽可笑的誤會。在德國三年，她認識了馮·瓦德西（Von Waldersee）將軍。1890年，洪回國並於兩年後在上海去世，留給了他的愛妾一筆可觀的財產。但是由於洪氏家族的陰謀策劃，她並未真正擁有這筆財產。疲於爭奪財產的趙彩雲回到蘇州老家。1894年，她在上海化名曹夢蘭重操舊業。五年之後她與當地一位名叫孫作棠的富商結合。在他的慈愛之下，曹夢蘭在天津開了一個名為「金花班」的妓院，人稱賽二爺。此時她的護花使者是戶部尚書楊立山，此人將她奉為王后並安排她到北京定居。

1900年夏天，義和拳運動迫使她的店鋪宣布破產。她淪落到潦倒地生活在一個小城裡。有一天偶然得知馮·瓦德西（Von Waldersee）將軍作為聯軍頭領來到北京，她找到了他並委身於

彼，如此一來，她得以拯救大批同胞於水深火熱之中。這件事使她獲得全城的讚譽，她因此成為了民族女英雄。

1903年，八國聯軍撤軍以後，她過回從前的生活，世人再也找尋不到她的蹤跡。但是直到如今，許多謠曲和民間故事裡還有她的身影，盛名「英雄交際花」。除曾樸小說以她作為主人公外，她還出現在林紓的《京華碧血錄》中，名曰「西銀花」，他以之為女主角敘述了那個時代的一系列政治和文化變革事件（參張次溪的《靈飛集》，北京印刷廠，1939年版）。《孽海花》是曾樸以筆名「東亞病夫」所作。後來，曾樸與其子虛白（生於1894年）一起在上海創辦真善美書局，還於1930年出版了《魯男子》，1931年出版《雪曇夢院本》以及其他類似的小說。他還在中國介紹法國戲劇，翻譯了V・雨果的幾部著作。

林紓（參見上文）出版過幾部歷史題材的小說。《京華碧血錄》講述了1898年的「百日維新」和1900年的義和團運動。〈金陵秋〉生動描繪了1911年發生在南京的革命。《官場新現形記》則描述了袁世凱和共和國最初幾年的那段歷史。

這些小說的情節均取材於真實的歷史事件，因此撰寫也更為便宜。但另一方面，為了保持小說的整體性並使它更具吸引力，有時作者不得不曲解某些事件或人物的歷史意義。也許正因如此，這些小說在國外取得了比在國內更高的成就。後來林語堂創作了一部類似的小說《京華煙雲》，講述舊中國的一個腐朽家庭在35年間的遭遇和新生。小說的英語版很受歡迎，中文版卻並沒有取得成功，因作者在書中有時背離了在讀者記憶中仍舊清晰的歷史真實性。

五、新文學革命

（陳炳堃，參同上，第213頁、胡適《中國的文藝復興》第50頁及其後頁、湯良禮《中國社會新秩序》第144頁及其後頁、鄭振鐸《文學論戰集》、《中國新文學大系·序言》）

文學改良僅僅是近幾十年來在中國不斷進步的文化復興的一個方面。因此不可將二者分割開來，否則將無法判定其真正的意義。

我們可以把這段改良的歷史分為三個階段：

1. 文字解放，白話文運動，更貼切的說是工具運動（參沈從文〈論中國創作小說〉）；
2. 文學革命，或者說文學的顛覆；
3. 各種風格的新流派的湧現。這是一個富有建設性的時期。1920年文學研究會的成立標誌著這個階段的開始。

（一）文字解放運動及其社會環境和領導人物

從1900年起，人們已公開談論「白話」的問題了。既有林紓主辦的「杭州白話報」，也有一些同類的隨筆出現，但這個時期的「白話」並不是我們現在所談論的這種「白話文」。可以肯定，它還不是白話文學，而只是一種簡單的表達，能夠幫助許多受教育程度低的人學會看書讀報，以此更方便地傳播新思想。

兩種「白話」之間有兩個很大的區別：首先，今天的「白話」是基於以下原則之上的：即話怎麼樣說，便怎麼樣寫，而1900年的「白話」總體上說僅僅是對舊文學的翻譯。其精神和思想還是八股式的，只是形式和表達更易於民眾理解。並且，今天我

們必須承認，「白話」應當是全中國的唯一書寫語言（國語的文學，文學的國語）。而林紓恰恰相反，他寫「白話」是針對那些文化程度低的人甚至文盲。用他的話來說，傳統文學體裁必須保持它原有的價值和優勢。另一方面社會和政治發展迫使那些煽動家到群眾中間蠱惑民心，唯一的辦法就是使用簡化的語言。胡適說：「最初『白話』是開民通智的工具，後來變成了創造中國文學的唯一工具」。不過，各個方面都顯示，在發揮實用性和效率的同時，第一階段的「白話」的確為第二階段的發展鋪就了道路。

經過幾年的準備，1915年後這場運動邁出了更大的步伐。幾年裡，京師大學堂雲集了許多熱衷於文學運動的宣導者，其中就以蔡元培為首。有著舊時「翰林」名頭的蔡元培後來留學德、法和美洲，思想頗為開明。由於他宣導自由，京師大學堂包容了各種政治、社會傾向，以及傳統文學、現代文學等流派。1916年，蔡結識了胡適和錢玄同，胡適與陳獨秀一條戰線，他捍衛自由主義，而陳獨秀則宣傳階級鬥爭，錢玄同比這二人則較為保守。同時，蔡還結識了周樹人（魯迅），他捍衛犀利的寫實主義，關注文化復興的建設性作用，為了使國人對自身現狀有清醒的意識而奮鬥。還有他的弟弟周作人，風格不那麼辛辣因而更具人情味。但畢竟，除了這些現代作家，我們知道還存在一些老派的代表性人物，比如林紓等。有關該時期的種種事件，一些人物傳記會有更詳細的記錄。

蔡元培，字子民（1867-1940），蔡與周氏兄弟、羅家倫以及許多有名望的作家一樣，都是浙江紹興人。他在私塾先生的引導下研習過文學經典。1883年，16歲的蔡元培首次科舉考中秀才；1887年，22歲中舉；1890年考中進士。1894年，年僅27歲的蔡元培已成為了翰林院的一員。接著蔡相繼被任命為上海和浙江省的史官。1900年，蔡元培在上海創辦了一所專收女青年的學堂，愛

國女學堂,這也是第一所女校;同一時期他出任上海南洋公學教習。正是此時,蔡有了在已有的基礎上學習西洋文化的想法,於是找到家住徐家匯的馬相伯教他拉丁文。希臘和拉丁的古典主義讓蔡元培深信美學可能成為宗教的替代品。1902年,他開始致力於革命宣傳。同年,前往德國修習哲學,儘管他的老師馬相伯已告誡他對康德哲學保持距離,他仍投身於其中。

1903年10月,蔡回國並在青島創辦了《蘇報》社,維護人權,追求自由,聯合孫中山的革命黨於1905年成為祕密成員。1907年蔡再次前往德國萊比錫修習實驗心理學和美學,留學期間常常旁聽世界文明史研究院的課程。這個時期萊比錫的大學表面上宣導康德主義,實際上也是世界聞名的歷史學、哲學和東方學的最佳修習地。1910年,蔡元培歸國受阻,不得不躲到日本避難,直到1911年才趁著革命回國。作為南京臨時政府的教育總長,他被國民制憲議會派往北京參加袁世凱新共和國總統的任命儀式,並邀請袁前往南京。袁留在北京,蔡則留下繼續擔任他的部長職位。1913年末,袁世凱開始顯露出他的獨裁野心及其與國民議會的一系列對立。蔡預感不妙,及時明智地辭去了職務,攜眷前往法國。在法國,蔡學會了法語,在里昂大學海外部的配合下,與李石曾、汪精衛等創辦了為工人提供學習機會的學院並發起華法教育會,直到袁世凱去世他才回國。1916-1923年期間出任北京大學校長,他秉承思想完全自由的辦學精神,鼓勵一切前沿哲學和意識形態的發展。他還邀請約翰・杜威、伯特蘭・羅素等人為各個學院開設講座。1923年,國民黨開始了與北洋軍閥的長期鬥爭。局勢變得極其緊張,因其與國民黨有所溝通的緣故,蔡難以繼續在京留任。隨後他遞交了辭呈,再次遠赴歐洲和美國。回國後的第二年,加入國民黨中央委員會。1927年,二次革命之時,蔡元培作為國民政府大學院院長輔佐過蔣

介石，1928年被任命為國民政府委員，監察院院長和國立中央研究院院長。

1940年，蔡於九龍因中風逝世。生前，蔡元培曾獲紐約大學法學院榮譽博士和里昂大學哲學文學院榮譽博士稱號。

錢玄同（1887-1938），浙江吳興縣人。曾留學日本早稻田大學，在那裡認識了章炳麟。回國後在北京大學和北平女子師範學校教中國文學。1928年到清華大學教中國文學。退休後，在病中度過了晚年。

胡適，1891年生於上海，原籍安徽績溪縣。父親是知識分子，從事地理研究，時常到滿洲里考察。1894年其父去世後，母親回到績溪，並對胡適進行了啟蒙教育。1904年，胡適離開母親，隻身前往上海。胡適被錄取到馬相伯兩年前創辦的震旦大學，但很快又轉到吳淞中國公學。那時物質條件匱乏，為了維持生計，胡適不得不兼職教書。1910年，胡通過清華大學的考試，獲公費獎學金出國留學。他被派往美國康奈爾大學學習農科，但因不合興趣，他轉到文哲系潛心研習英語文學、政治科學及哲學，1914年成為哲學博士學位候選人，後繼續留在康奈爾進行一年的專業知識學習。1915到1917年間，胡適在哥倫比亞大學完成博士論文，隨後以〈中國古代哲學方法之進化史〉為題發表。也正是這幾年，胡適很好地吸取了艾米‧洛威爾的印象主義的精華，完成了中國文學根本性改革的規劃。胡適同時在《新青年》和《留學生季報》首次發表他的思想觀點，題為〈文學改良芻議〉。1918年4月發表的文章〈建設的文學革命論〉繼續同一路線。1917年蔡元培邀請他到北京大學哲學系任教。在那裡，胡適對文學改革的熱情持續升溫，與此同時，陳獨秀也通過《新青年》致力於文化改革。胡適的目標是：傳播白話文學，廢除封建制度，宣導個人自由。但他卻不贊同陳獨秀的共產主義思想，

1919年陳獨秀離開北京前往上海，胡適接任他的文學院院長的職位。1922年，胡適創辦了一本新雜誌《努力週報》。除了1923年因病在杭州休養外，他在北大一直待到1926年。1925年，胡適被選為中英庚款顧問委員會委員。1926-1927年，他遊歷英國、美國，經日本回國，先是在上海光華大學任教，隨後任吳淞中國公學校長，一直到1930年。幾年內在《新月》雜誌發表了一系列文章（1929年第二期，見各報刊），批評國民黨和三民主義的學說及其政體（此文章後來被收到「新月」版的《人權論集》）。這些文章所體現的觀點受到當局的排斥，導致他不得不辭職。隨後在商務印書館辦公室度過了幾個月，同年回到北京，打算開始翻譯一些歐洲古典著作和歷史著作；但第二年，他又回到了北大文學院院長的位置上。從那時起，胡適參與了國內外教育大會和太平洋關係協會等的諸多事務。1938年胡適作為大使被派往美國，1945年又出現在哈佛大學的教授席上，緊接著，1945年8月中國抗戰勝利之後，他又被任命為北京大學校長。

其作品有：《胡適文存》（共四輯，東亞圖書館，1930年版）、《白話文學史》（1928年新月版）、《嘗試集（新詩）》（1930年東亞圖書館出版）、《短篇小說》（共2卷，1933年東亞圖書館出版）、《中國的文藝復興》（1933年著於芝加哥）、話劇《終身大事》等等。

儘管胡適曾說：「哲學是我畢生的工作，而文學是我的愛好。」如果不是為了理解他的文學地位，就沒有必要在此對他的哲學進行評論。但是為了能有個總體的理解，我們就不能遺漏下面的言辭。《〈中國哲學史大綱〉評注》作者陳源，筆名「西瀅」，曾對胡適的作品有所批評，胡適有如下反駁：「西瀅先生批評我的作品，單取我的文存，不取我的哲學史。西瀅究竟是一個文人；以文章論，文存自然遠勝哲學史。但我自信，中國治哲

學史，我是開山的人。這一件事要算是中國一件大幸事。這一部書的功用能使中國哲學史變色。以後無論國內國外研究這一門學問的人都躲不了這一部書的影響。凡不能用這種方法和態度的，我可以斷言，休想站得住。」（參神州國光社1932年出版、李季《胡適中國哲學史大綱批評》第2頁）

對這以平淡口氣道出的驚天大呼，李季評價說：「即使出於讀者之口，已不免是沒有分寸的拍馬，至出於作者之口，那簡直是信口開河的吹牛了。」書中李季批評且澈底否定了歐美資產階級最時髦的「實驗主義」，他自己則在努力維護他在德國學到的歷史唯物論辯證法。（「我在德國留學，獲得一種唯物史觀的觀點與辯證法的方法。」出處同上，第3頁）

胡適從美國帶回了自由主義的實證論和唯理論的自由混合體，他自己冠之以實驗主義，實際上不過是美國人有時戲稱為「廚房哲學」的唯物實驗主義。有了這些原則，胡適對待現實主義很寬容，但極力譴責所有那些仗著經典的名義妄想在中國文學史冊上佔據一席之地的淫穢之作，即使它們被委婉地稱為「自然主義」，比如《金瓶梅》、《紅樓夢》等等。儘管如此，他似乎仍舊對他不遺餘力批判的《金瓶梅》之類的具有相當水準的淫穢書籍與那些以優美的筆觸描寫醜惡事物的著作進行了區分。即便是後者，他也明確地給予了勸誡。「我以為今日中國人所謂男女情愛，尚全是獸情的肉欲。今日一面正宜力排金瓶梅一類之書，一面積極譯著高尚的言情之作。」（《文存》卷I，第1章，第53頁）

胡適希望這類書的地位能被可以讓讀者產生崇高、優雅的感受的譯著所取代。基於同樣的原則，他批判「無病呻吟」的浪漫主義，認為它太理想化，太不現實了。他只贊成實用和理性。

陳獨秀，1880年生於安徽懷寧。父親是滿清士兵，平日駐紮北京，不大戀家，與妻子分居，但生了三個兒子：延平，1937年

卒於上海；喬平，1928年卒於武漢；還有松平，即陳獨秀。三個兒子都曾赴法留學。陳獨秀早年於求是書院就學，研習水上建築課程（法語教學）。隨後留學東京，入高等師範學校速成科學習。陳留日期間，孫中山在日本建立同盟會，立志「驅除韃虜，恢復中華」。但這個綱領並不能讓陳獨秀滿足，他從日本起身前往法國，直到1910年才回國。革命前夕，陳獨秀一直在家鄉執掌安徽高等學堂，1911年離職，並任職安徽都督府祕書長，後擔任安徽教育司長。同年，開始在上海一家革命報刊上連續發表文章，宣導「澈底的德謨克拉西革命」，導致第二年被袁世凱驅逐出境，流亡到日本，直到1915年袁去世才重新出現在上海。一回國，他就創辦了《新青年》雜誌，宗旨非常明確：「介紹西洋思想，反對中國思想，推翻孔子禮教」。同時宣傳反軍閥主義，因此被段祺瑞關押入獄。重獲自由後，陳立即前往上海並於1920年建立中國工人組織祕書處，接著於1921年創建了中國共產黨。在共產黨與國民黨的初步磋商之後，陳獨秀出任廣州市教育局長。1923年被選為中共總書記並前往莫斯科考察。同年，孫中山最終在廣州建立政府，與北京政府對抗。陳獨秀成為中央委員會委員。如今人們稱他為「中國的列寧」。1927年，共產黨開始遭遇混亂的局勢：蘇聯發生了共產國際的政治變革；中國則最終出現了國共兩黨的分裂對立；而共產黨內部也存在兩派敵對的分裂：陳獨秀為托洛茨基派，相信革命是永恆的，只有根基於工業的廣大工人階級才是發動革命的最理想階層；另一派以毛澤東和朱德為首，打算以土地共產主義為基礎建立蘇維埃政權。從此，陳獨秀漸漸退到幕後。1928年陳被迫辭去總書記職務，第二年被開除黨籍。於是陳獨秀和彭述之、王子平等人一起組建起了他們自己的反對派，蘇聯托洛茨基派是他們共同的信仰。這個時期，陳發行了兩本雜誌，《火花》和《校內生活》。1932年，上海法租界

警方逮捕了陳獨秀並將其交與南京政府，他被剝奪了公民權利，並被判入獄15年，一直到1937年中日戰爭爆發、國共兩黨形成統一戰線之時，陳才重獲自由。1938年投靠國民黨。

吳虞，又名吳又陵，1874年生於四川成都，1905年赴日本留學，在日本看到的進步景象，使他眼界大開，深深感受到祖國落後的根源所在。在他看來，孔教思想的束縛和家庭制度的桎梏控制了中國，使之與一切進步對立。於是他連續在〈中夜〉和〈不寐偶成數首〉等作品中展開對宗教化的孔教思想的批判。回國之後，他的革命姿態更為激烈。其主要作品有：〈李卓吾別傳〉、〈家族制度為專制之根據〉、〈論儒家大同主義本於老子說〉、〈消極革命者老莊〉。

他屢屢批判孔教和家庭制度，即魯迅所說的「吃人的禮教」。吳虞明確指出，不公平的社會階級分化是孔教思想的後果。在滿清時代，吳不得不銷聲匿跡，但1911年後，他開始出現在公眾面前，並且主編《醒群報》，隨後被四川省政府查封。陳獨秀創辦《新青年》之時，吳曾寫過幾篇「反孔教」的文章投稿。胡適稱之為「清道夫」。吳虞喜歡把自己的理論與自己的晚輩同鄉李芾甘（又名巴金）相比較。

（二）胡適和陳獨秀的政治宣言

1. 1917年1月號（第2卷，N°5）的《新青年》雜誌中，胡適首次發表他的文學改革宣言，《留學生季報》同步發表英文版。文中他用否定句闡述了他的文學革命宗旨的精髓，即「八不主義」：(1)不用典；(2)不用陳套話；(3)不講對仗；(4)不避俗字；(5)須講求文法之結構；(6)不作無病之呻吟；(7)不模仿古人，語語須有個我在；(8)須言之有

物。他還明確提出：「凡人用典或用陳套話者，大抵因自己無才力，不能自編新辭，故用古典套語轉一彎子，含糊過去……文勝質，有形式而無精神……注重言中之意……」（《胡適文存》卷一，第一章第2頁）胡適所想要的，即現實主義。

2. 在同一刊物接下來的一期中（1917年2月號）中，陳獨秀為這第一份宣言作了更加大膽的補充，題為〈文學革命論〉。陳獨秀在該文中宣布：「余甘冒全國學究之敵，高張『文化革命軍』大旗，以為吾友之聲援。旗上大書特書吾革命軍三大主義：曰，推倒雕琢的阿諛的貴族文學，建設平易的抒情的國民文學；曰，推倒陳腐的鋪張的古典文學，建設新鮮的立誠的寫實文學；曰，推倒迂晦的艱澀的山林文學，建設明瞭通俗的社會文學。」（參胡適的《中國的文藝復興》英文版第54頁，原文請見《胡適文存》卷一，第1章第25頁及其後頁）

    這些宣言引發了一場針鋒相對的論戰，論戰時常以相當激烈的方式上演，而往往結果僅僅是加劇了對立各方之間的鴻溝。落後者發動的是一場徒勞無果的戰爭。一些人就部分觀點作了退讓，但並未對文學改革的領袖產生影響，因為他們對其他的觀點仍舊非常堅持。還有一些沒有立場的人士甚至一下子就接受了胡適和陳獨秀鼓吹的眾多觀點，並且迅速運用到作品當中去。他們反對其他的觀點，但已開始用全新的語言創作，並成功地得到新文學運動領袖的賞識。溫和友好的諸多評論，帶來的效果是他們調整了宗旨中的某些方面，尤其是在語言的運用上。胡適後來的聲明就清楚地證明了這一點。（參鄭振鐸《文學論爭集》中余元游和朱經農的文章，第16頁）

　　余元游是贊成文學運動的，但表示有所保留。比如對於「八不主義」的第八點：「須言之有物，須有現實主義」，他說，言語當然要表達出思想，但思想和感情才是文學的真正源泉。然而胡適在他的宣言裡解釋道：「吾所謂物，非古人所謂文以載道之說也。」這個解釋必須區分清楚一點，他所講的「道」的一般意義即「理」，也就是說，符合道理的，符合理之本質。從這個意義上說，與情緒一樣，「道」肯定是思想的一種不可或缺的特質，不容忽略。禮、儀有「道」，一個社會和國家的治理有其必然遵循之「道」，甚至愛情小說，要言之有物，詞法句法也必須遵守其「道」。若是必須給「道」套上一個建基於教科書之中的孔教或形式上的傳統主義的意義，那麼必須承認文學革命要擺脫這束縛也是無可厚非的。實際上，陳獨秀在他的宣言裡似乎把「道」的含義擴大了。在新式樣社會大談特談「為藝術而藝術」的理論時，同時也賦予了「道」以同樣的寓意，明確排除了文學的所有道德觀念。這也是人們所不能接受的事情。

　　對於第五條，兩位作家如是說：當然必須要注重語法，但要努力形成一套中文自己的語法，而不是中文的西式語法，因為我們思考和感覺的方式與西方人大不相同。

　　最後，對於第四條「不避俗字」，是說無需斟酌，選取最能表達其思想的文字。還是這兩位作家，他們說：用詞恰當非常重要，一些觀點用古文難以簡便地表達，用白話卻能很快找到相當準確的字眼。這樣的情況下使用白話極其方便。但當文學作品中俗字出現過於頻繁，則將淪為粗俗之流。在表述特別是運用該規則時，必須加上更精確的限定。

　　值得注意的是，胡適的北大同事朱經農曾作過一個比較深刻而又相當溫和的評論。（朱經農，1885年生於江蘇寶山，早年赴日留學並加入孫中山的同盟會，1911年回國後，在長沙寫過一些革命作品。從上海南洋公學畢業後，開始投身新聞界。1916年赴美華盛頓大學和哥倫比亞大學主修教育學。回國後，成為國立北京大學的教授。1922年回到上海商務印書館工作，致力於「道爾頓計畫」在中國的推廣。1927年被任命為上海教育司長。1928年成為國民政府教育部長，後又出任上海吳淞中國公學副校長，然後又到暨南大學擔任校長一職。1941年擔任湖南教育司長。他的主要作品為商務印書館出版的《教育大辭書》。）

　　他說：「有些人認為，幾百甚至幾千年前古人所用的『文言』在今天實際上已成為『死文字』，而現代人所用的白話更適合表達如今的生氣，既然『文言』已死，在他們看來，就應拋之腦後。我個人是不贊成如此區分死文學和活的文學的。事實上，許多文學經典都是長生不死的，但白話文學中卻有些是不值得傳世的。因為，畢竟我們必須承認，像《紅樓夢》、《水滸傳》、《春秋》、《左傳》、《史記》等等作品並不是死文學。如果說文言文有死的和活的作品之分，把所有的都歸為古董是不公平的。我並不是反對『白話』，只是我認為國民新文學應有合理的選擇，不論是『白話』還是『文言』。這種新文學不是『白話』，也不是『文言』。必須取『文言』之精華而去『白話』之糟粕，構成一個新的具有生命力、講究的新文學，以便作者能夠更簡便、更完整地表達出所思所想。而且這個新文學還得讓讀者明白作者所表達的意思。最後，這個新文學要能夠以一種充滿活力並符合實際的方式，表

達出作者的全部思想和感受。有時『文言』更適合這個目
的，有時『白話』效果更佳，要根據實際情況來選擇使
用。如果需要用中文表述一個尚無固定譯法的術語時，要
毫不猶豫地使用羅馬字母，這就回應了文學和文風最初的
意圖：準確表達其觀點。」

3. 正是由於聽到這些意見和評論，胡適從美國回來之後，於
1917年修改了他的宣言。隨後他又以肯定的形式把八不主
義（破壞的八不主義）改為四點：

（1）要有話說方才說話。

（2）有什麼話說什麼話，話怎樣說就怎樣說。

（3）要說我自己的話，別說別人的話。

（4）是什麼時代的人，說什麼時代的話。

4. 最後，胡適在1918年4月15日發表的宣言〈建設的文學革命
論〉中，最終確定了他的計畫，並以兩句話陳述之：「國
語的文學，文學的國語。」

　　第一句直指「死文字」文言文，推崇有生命力的文
學；第二句賦予「白話」一種文學價值，白話後來被稱為
「國語」。若使用該語言盡可能作出更多有價值的文學作
品，如小說、書柞、話劇、詩集等，並且努力修正語法，
就能達到此目的。朝著這個目的，白話形式的文學讀本，
比如古代著名小說，將會大有用處。

　　胡適甚至還為「國語」做了一個定義：中國將來的新
文學用的白話，就是將來中國的標準國語。

　　幾個月後，在《新青年》1918年7月14日第2期的一篇
文章中，胡適再次做了明確的定義：「文學的國語；中國
今日比較的最普通的白話，這國語的語法文法，全用白
話的說法文法，但隨時隨地不妨採用文言裡兩音以上的

字。」

　　最後，1918年8月14日在反駁對手時，胡適最終總結了
自己的立場：

　　「許多人誤會了我們的意思。驚訝於我們推廣白話，
他們就以為我們反對古文，認為我們要丟棄祖先的古文……
這是不對的。現在中國人是否該用白話做文學，這是一個
問題。中國現在學堂裡是否該用國語做教科書，又是一
個問題。古文的文學應該占一個什麼地位，這又是一個問
題。」（參同上，鄭振鐸，第71頁）

　　1920年，正是這個國語取得了官方認可。

（三）反對和批評

1. 首先提出反對的是擅長言情的鴛鴦蝴蝶派。這是現代文學
   家給《玉梨魂》式的小說起的名字。本世紀初，《玉梨
   魂》由上海的徐卓呆所作，筆名李阿毛。胡適、錢玄同和
   羅家倫等人率先使用了這個修飾語。

   　　該派的作家以對個人生活、國家生活和社會生活抱
   有「遊戲的態度，冷笑的態度」而著稱。要麼嘲諷，要麼
   大量撰寫黑幕小說。輿論壓力之下，他們的諷刺作風稍有
   收斂，但仍然非常反對文學研究會的那套社會現實主義。
   後來他們被稱為海派——上海派，與京派——北京派相對
   應。現下的許多連載小說都出自這個流派，比如張恨水、
   劉雲若、顧明道、包天笑等人的小說。（參同上，鄭振
   鐸，第14頁）

   　　然而這並不是說每個人身上都有全部這些特點，而是
   這些人身上有著普遍的相同傾向。（常風《棄餘集》第14

頁，1941年藝文社出版）

2. 接著是林紓、張厚載等人的反對。他們的反對特別嚴肅，而且更具謀略。兩派之間的鬥爭從北京大學開始，林紓時任教授，周圍都是文學革命宣導者。由於桐城派運動對他的改變，林紓表示自己不反對同樣的文學改革，同時他也對當時孔教虛偽的形式主義感到非常氣憤。但是除了文學方面的，他還預見了胡適和陳獨秀發起的文學革命所帶來的道德上的後果。錯誤的形式主義必將沒落，但它的沒落已經牽涉到傳統和道德的絕對權威，如此規模的變動必然對全國上下造成不良影響。他將自己的反對立場概括為一句話「術道的熱忱」。作為嚴復的擁護者，他似乎引起了段祺瑞總理的武力干預，並把整個新文學運動引向了深淵的邊緣。其實，那段時間，北大校長蔡元培的政治壓力越來越大，1919年的5月4日發生的事件才把他從中解救出來。很快，這次事件引起了全國性的運動。表面上看，政治問題是關鍵所在，但實際上社會因素才是最重要的。政府不得不作出妥協。這是嚴復派的第一次失敗。而林紓的反對立場也在這個暗礁上被摔得粉碎。

由於陳獨秀在這次運動裡過於強調政治因素，1919年在一次反對軍國主義的事件中被段祺瑞逮捕入獄。由於北大出面說情，他才得以重獲自由，不過，被迫離開北京去了上海。在上海，陳獨秀組建了中國共產黨，繼續刊發《新青年》，越來越傾向托派。這時北京成立了一個新的社團叫「新潮」，英文作The Renaissance，是由傅斯年、羅家倫和其他北大學生共同組建的。但幾位成員的不同社會傾向導致了團體內部日益加深的分化。

1920年，國語改革事業取得了一定的成果。據教育廳

規定，今後初等教育前兩年必須教國語，並逐步在高等教育中採用國語。這個規定同時也影響到了中等教育，特別是師範學校，而師範學校承擔著培養初等教育師資之責。其他等級隨即也自發地推行國語。從那時起，人們都明白了運動中心由北大轉到了北京高等師範學校。

3. 然而，一股重要的反對勢力卻是來自東南大學的一些教授，這個群體自稱「復古派」，以胡先驌、梅光迪、吳宓等為首。1927年，他們借梁實秋之筆，尖銳地批評了胡適和陳獨秀發動的文學改革。他們表示支持進步、支持新文學和國語的運用，但他們不願意失去整個新文化運動的精華，那就是「以科學整理國故」。

   在他們看來，胡適和陳獨秀的改革並未解決此問題，認為他們只是一味地否認中國文化、模仿歐美文化，高呼「打倒傳統」。復古派聲稱要尊重傳統，承認自己是傳統的忠實傳播者。為了使自己的理論站得住腳，復古派以一種極其精確而科學的方法研究了外國文學與許多國家當前社會之間的關係和所帶來的影響，並且希望同樣在中國運用這種方法。值得一提的是，南昌作為「新生活運動」的發源地，成為了這個流派最活躍的運動中心。

   自1928年，他們對北京尤其是清華大學學界產生了較大的間接影響。他們對胡適和陳獨秀的文學改革中幾個過於激進的要點進行了修正，在許多觀點上與周作人及其弟子比較接近。

胡適與陳獨秀的文學改革之基本標準，即體裁新穎、拒絕效仿古人、反傳統主義、絕對自由。梁實秋稱之為「浪漫」和反動。

梁實秋並不完全同意這樣的反動，關於普遍的新文學運動

和個別的文學改革，看起來他還是有必要做出大量評論的。（參
《浪漫的與古典的》1927年新月書局出版）

　　作者的主要論點可以如此表述：新文學從外國文學作品的浪
漫主義思想得到啟發；換言之，它以反抗的形式試圖掙脫沒落的
古典主義的束縛，因為這古典主義已淪為了形式主義。他說，運
動的本質不是使古文和新文學對立，而是古典主義和浪漫主義、
中國和外國之間的對抗。（參同上，第2頁）

　　有人說，19世紀中國文學開始受到西方的影響，這種影響本
身並不壞（同前，第5頁）。然而為了從中受益，就必須在所遭受
的影響當中做出明智的選擇。那麼，什麼才是現代中國文學所缺
少的呢？她採納了、適應了，而不是效仿、抄襲了西方的浪漫主
義和印象主義。但她並未作出應該做的選擇，而僅僅是揀了現成
的，卻沒有認清這只是曇花一現。

　　梁實秋認為，如果仔細觀察這場語言的解放運動的過程，以
上所述是很明顯能看得出來的。整個文學的變革，語言的問題是
最基本、最重要的，無獨有偶，但丁之於義大利就是例證之一，
中國亦不例外，因為中國有「白話運動」。其實這場運動長期以
來已經存在，並非新鮮事。「白話運動」總的來說是反對複雜、
晦澀、刻板的舊文體的運動。而這場運動可以稱為一種中國式的
浪漫主義。

　　有人問：既然這場運動由來已久，那為什麼這幾年又捲土重
來了呢？梁回答道，我個人非常相信這是受了西方的影響。

　　其實文學革命這場戲的那些主演都是海外留學歸來的學生。
學習了外國語言和外國文學，他們更加意識到中國書面語和口語
之間巨大的差異。他們或多或少參與了外國相似的文學運動，
並且以一種缺乏獨立精神的方式照搬了他們的運動綱領。我們都
知道，胡適在美國留學期間發生了印象派運動（或稱意象派），

反對英、美的極端清教主義，追求精神解放。該運動由埃茲拉・龐德（Ezra Pound）領導的一小部分美國人發起，而在英國是以休謨（T.E.Hulme）為首，自1909年在倫敦召開了一次又一次集會。1912年艾米・洛威爾（Amy Lowell，1874-1925）成為這場運動在美國的領袖，並且由此形成了一個有明確主張的文學流派。在英國，運動遭到了冷落；而在美國卻取得了巨大的成功。1915年的年度選集中，意象派將其宗旨歸納為六點，而胡適的「八不主義」多多少少效仿了它。在此摘抄原文："1. To employ precisely, and without needless ornament, the language of common speech. 2. To create new rhythms, in free-verse if necessary, as the expression of moods. 3. To allow absolute freedom in the choise of subjects. 4. To present an Image（image, as defined by Ezra Pound, is that which presents an intellectual and emotional complex in an instant of time）. 5. To produce poetry that is hard and clear, never blurred nor indefinite. 6. To secure concentration, the very essence of poetry.（1.採用日常談吐之間準確而不是裝飾的字眼；2.創造新的旋律，如有必要則用無韻詩，來表現情感；3.許可題材選擇的絕對自由；4.表現一個意象（意象，根據龐德的定義，是表現出剎那間出現的知性和情感複合物）；5.創作犀利鮮明的詩，不要含混或曖昧；6.相信思想集中為詩之精要之點。）

　　由此得出結論，意象派在敘事和思想方面都缺乏連續性。其作品只是一系列感受和觀念的堆砌，並未被吸收，無法與生活和現實哲學相協調。他們追求美感、追求感動、追求戲劇性，卻不重視邏輯。由此意象派把自己的文學活動範圍限制在了語言的美感。（參W・E・泰勒的《美國文學史》，第390頁，及其後頁1936年美國圖書公司出版）這也是艾米・洛威爾被美國評論界所指責的不足之處，在某些方面與胡適的中國式批評有所相似。「艾米・洛威爾缺乏信心。她很敏感，特別是對於色彩和形

狀，她懂得創造人和事絢麗的幻影變化，但從不會賦予它們精神，正是精神賦予生命。她不是去喚醒讀者內心的人格力量，不是給他們傳遞一種具有張力、高雅、視域宏大的生活所帶來的感受，而是成功地從視覺和聽覺上吸引了讀者，就像將他們不斷引向充滿了顯然並無價值的古董和燦爛誘人色彩的博物館中。」（參同上）

梁實秋繼續說：留學海外的中國學生明顯受到了這些影響，開始模仿國外進行文學革命，特別是胡適的「八不主義」更像是一次複製，雖然他努力地想保住這本「發明者證書」。藉口不願模仿古人，胡適和陳獨秀卻模仿了外國人。

論證了文學革命只是一場模仿之後，梁實秋繼續論證第二點：文學革命是一場不恰當的模仿。

語言是文學的工具。在西方影響之下，中國利用新的工具找到了新的文學。這是值得肯定的。然而，這場運動中卻存在一個誤解。人們開始認為，所有的語言，包括俗諺俚語從今開始在文學天堂裡有了一席之地（這也是意象派艾米・洛威爾被大家所排斥的那種過分誇大）。人們混淆了通用語言和俗語，這裡的通用語言是與考究的語言相對而言的。

事實上，文學革命只抓住了運動的消極的一面：即反對舊體，統一語言。他們企圖將文學帶上白話之路，卻不願意讓語言去適應文學。所以中國即便產生了新的語言，但它不是文學，此種文學中的語言只是一種工具。

有些作家的否定之路走得更遠。他們希望使語體文歐化，用外國的「白話」替代中國的「白話」，因為根據他們的判斷，不僅僅是中文的文體，甚至還有日常的中文語體，都已不適合在新式文學當中使用了。

更有一些極端主義者宣稱，對新文學來說，中國漢字已顯貧

乏了，要用一種羅馬文字來代替。

以上就是梁實秋的論證。這些辯詞有許多需要推敲。他誇大或者轉化了問題的某些方面，這也是他捲入的這場激烈論戰所產生的後果。然而從本質上講，他有他的道理。他其實很好地總結了激發創新者投入活動的那種精神：「簡言之，文學革命是一個登峰造極的浪漫的夢，也頗為引人注目，本質上基於以下兩點：凡是模仿本國的古典，則為模仿，為陳腐；凡是模仿外國作品，則為新穎，為創造。」（參同上，第10頁）

因此他得出這樣一個結論：胡適和陳獨秀沒有真正理解問題的意義所在，他們混淆了方法和目的，他們一味地模仿，最終導致中國的困惑，也不算完全錯誤。

其實問題的本質在於以科學的方法整理國故，很早以前，張之洞就已明確指出：「中學為體，西學為用。」「但是方法究竟還是小事，最要緊的是標準，沒有標準便沒有方法去衡量一切，也便沒有方法去安配一切的地位與價值。外國影響侵入中國文學之最大的結果，在現今這個時代，便是給中國文學添加了一個標準。我們現在有兩個標準，一個是中國的，一個是外國的。浪漫主義者的步驟，第一是打倒中國的固有的標準；第二步是，建設新標準，實在所謂新標準即是外國步驟，並且如此標準亦不會建設。浪漫主義者的唯一標準，即是『無標準』。所以新文學運動，就全部看，是『浪漫的混亂，混亂狀態亦時勢之所不能免。」（參同上，第14，15頁）

胡適似乎已經深刻地領會了梁實秋指出的問題，在《中國的文藝復興》中進行了間接辯護："Cultural changes of tremendous significance have taken place and are taking place in China, in spite of the absence of effective leadership and centralized control by a ruling class, and in spite of the deplorable necessity of much undermining and erosion

before anything could be changed. What pessimistic observers have lamented as the collapse of Chinese civilization, is exactly the necessary undermining and rosion without which there could not have been a regeneration of an old civilization. Slowly, quietly, but unmistakably, the Chinese Renaissance is becoming a reality. The product of this rebirth looks suspiciously occidental. But scratch his surface and you will find that the stuff of which it is made is esentially the Chinese bedrock which much weathering and corrosion have only made stand out more clearly."
（具有重大意義的文化變革已經而且正在中國發生，儘管缺乏統治階級的有效領導和有效的中央控制，儘管任何變革發生之前者會有諸多破壞和腐蝕，雖令人難過，卻又是必需的。悲觀者所悲歡為中國文明之崩潰的東西，正是這種破壞和腐蝕，沒有它，就不會有古老文明的再生。緩慢地、平靜地、然而明白無誤地，中國的文藝復興正在變成一種現實。這一復興的結晶看起來似乎使人覺得帶著西方色彩。但剝開它的表層，你就可以看出，構成這個結晶的材料，在本質上正是那個飽經風雨侵蝕而可以看得更為明白透徹的中國根底。）（參同上，第4頁）胡適也表明，中國要保持原有的文化，而且這可能是他內心的信仰。但是從另一方面來說，他與陳獨秀等「新青年」之輩一起為反抗這種文化投入了太多的熱情。

（四）對胡適和陳獨秀作品的總體評價

（參《中國國民集誌》1943年6月號，第179頁）
我們如若將國民語言運動比作《神學大全》，那麼就要把條目彙編的崗位指定給胡適；把提出「並非如此」觀點的角色指派給他的反對者，把「對攻擊進行反擊」的角色分配給他的那些擁

護者。事實上,正是他最完整地闡述了別人所堅持或明確表達的論題。

　　胡適,陳獨秀當然也算一個,是摧毀呆板生硬而缺乏生命力的舊文體傳統的先鋒。他們的鬥爭口號是:打倒阻礙了我們說心裡話的舊體文!打倒束縛手腳殘害創新精神的孔教形式主義!胡適和陳獨秀有著許多想法,但他們的作品卻沒有感情,或者說很少,即使在詩歌裡面也很少。也許這就是他們激進反對的結果,隨著時間的流逝這樣的反對也變得緩和了。他們雖然自誇自己是現實主義,但由於他們接受了理性主義和個人自由主義的教育,這種現實主義還是不完整的,有許多事實還在他們的視野之外。他們考慮的僅僅是看似對他們有用的或者合於理性的事物。1920年後新批判主義使理性主義和實驗心理學的缺點逐漸暴露,因為它們無法解決生命和人類命運問題,為此胡適曾一度出現過游移。一些樂觀主義者曾私下說:「胡適會信奉基督教的。」但他卻什麼都不信。轉變態度對他來說太難了。相反,不幸的是,他更加強烈地與自由理性主義結合在一起,儘管自由理性主義在全世界已經走向窮途末路了。他很快丟掉了中國先進思想和先進文學領袖的位置,開始變成自由的反動派。其間他成了新式文學中文筆最優美的作家,語言解放的旗手。可是在「創造」的文學史上他只是一位走在前沿的文體家和理論先驅,而沒有成為一個大作家。

　　耶穌會的神父布里埃也曾得出過一個結論:「胡適仍稱得上是個嚮導,一個實實在在的創造者。他的詩文被編成文集,然而僅靠這些文集本身是無法證明『白話』適合流傳千古的。他的天賦不在文學,而在批評、邏輯。」(參耶穌會神父奧・布里埃所作的〈中國思想大師:胡適〉(Un Maître de la pensée chinoise: Hou Che),震旦大學簡報1944年III,第五卷,第4號,第871-

893頁）

　　鄭振鐸對胡適的文學價值作了一個更為嚴格的評價：「朱自清於1924年所寫的《蹤跡》，遠遠地超過了胡適的《嘗試集》。」並在別的文章裡說：「像胡適《終身大事》那樣淡泊無味的『喜戲』也已經無人再問津了。」（參同上，鄭振鐸，第15頁）

　　周作人也對此卻作出了很好的評價：「胡適之先生在他所著的白話文學史，就以為白話文學是中國文學唯一的目的地，以前的文學也是朝著這個方向走，只因為障礙物太多，直到現在才得走入正軌，而從今以後一定就要這樣走下去。」（參周作人的《中國新文學的源流》1934年人文書店出版，第36頁）

　　總體上胡適的文學運動還是比較消極的。他努力清除了阻礙改革自由進程的障礙物，他做了一項清除的工作。對於古代通俗作品（比如古代著名小說和通俗詩歌），他撰寫了一部修正性的著作，力圖去除那些長期以來或多或少敗壞了通俗文學作品聲譽的所有影響。但在整場運動最關鍵的環節——即創造一種新文學面前，他卻落於人後。他的評論、散文及詩歌創作便是佐證。

　　對胡適的最後一個評價，依沈從文的說法胡適是『國語運動』的主要推動者。除卻他的論文不議，他還寫了一些詩。他給了許多著名的古典小說一個新的定義，比如《紅樓夢》、《水滸傳》、《西遊記》等等。他教會青年一代以新穎的視角看待名著，他使我們承認有必要進行古代華麗的文體和現代簡潔真實的文體之間的交流，有必要用一種真實、易懂的文學代替晦澀、神祕的文學。胡適證明了文學體裁和語言必須齊頭並進，理想的文學體裁不能是模仿，而是說明，完美的文體在於效率，而不是固守陳綱。（參沈從文的〈論中國創作小說〉）

　　而陳獨秀則走得更遠。對這個托洛茨基共產主義的宣傳者來說，文學首先是喚醒人民的一種工具，是向他們傳授社會新理論

的工具。因此他一直在宣揚新的語言,甚至發起了一場廢除漢字的運動,目的在於更方便、更有效地在群眾中間開展宣傳。

(五)《新潮》雜誌:文藝復興

《新青年》雜誌是由北京大學一些教授創辦和領導的,她是新文學運動的一盞明燈。《新潮》雜誌則是北大的學生們創辦的,為的是作為他們社會、歷史和哲學研究的發表園地。創辦該雜誌的想法來自同系同宿舍的兩位學生,傅斯年和顧頡剛,實際上他們在1917年已有這個想法,但是一直到1919年才實現這個計畫。《新潮》漸漸在同類曇花一現的眾多刊物中遙遙領先,到1920年這些刊物都基本停刊了(1918年到1921年之間約有200家同類刊物)。

不過,這本雜誌一直都停留在思想潮流刊物的水準上,儘管傅斯年更希望辦成文藝思想出版物和人道主義的宣傳工具。1920年後曾周作人接管,但不久以後,1921年4月15日,雜誌停刊了。(參阿英編著的《中國新文學大系:史料索引》第405頁)

《新潮》雜誌和兩個主要創辦人並未在嚴格意義上的文學史中佔有重要地位,而是在新語言的傳播領域更加著名一些,因為他們曾在研究論文裡向人們介紹新語言的用法。他們向北大尋求新文學運動的支持。費了九牛二虎之力,蔡元培終於同意給他們少許補助金。胡適和陳獨秀在稿件和經營管理方面幫了他們不少忙。他們的宗旨是:「批評的精神,科學的主義,革新的文詞。」

雜誌於1919年1月初出版了第一號,雖然遭到林紓等保守派的反對,卻很快與《新青年》齊頭並進。1919年「五四」事件後,該雜誌停刊一段時間,但1919年秋,陳獨秀被迫帶著《新青年》

離開北京時，幾位新成員參與到「新潮」之中，主要有俞平伯、楊振聲。

傅斯年，1896年生於山東聊城。1917年就讀於北京大學文學系期間已加入《新青年》雜誌，也曾參加五四運動。大學期間，他和顧頡剛一起創辦了《新潮》雜誌。畢業之後他離開北京到倫敦和柏林學習歷史，1926年回國。他在廣東中山大學教了一段時間的文學之後回母校教書。同時，他已是國立中央研究院歷史語言研究所的一員，其語言學史著作廣為人知。1945年傅斯年在胡適的校長一職空缺時，擔任過北大代理校長。

羅家倫，1894年生於浙江紹興。傅斯年在北大的好友和同學，還是一起創辦《新潮》雜誌的主要撰稿人。從北大畢業後，羅家倫先後在美國普林斯頓大學、柏林、倫敦和巴黎繼續攻讀歷史和哲學。期間在文化方面，他已給同輩帶來深遠影響。1922-1926年混亂時期，遠在國外的他未受到該時期的衝擊，通過頻繁的書信，對他的國內朋友產生了正面影響（參看1924-1925《現代評論》中的他的那些信件和評論）。

回國後，羅開始投入新語言的鬥爭中，尤其是通過《文藝復興》雜誌的鬥爭。1928年，羅被任命為清華大學校長。至1931年，羅家倫對第三個階段的文學以及梁實秋、沈從文、萬家寶等青年作家產生了極大影響。1931年他離開清華大學前往國立武漢大學。

1932年，羅家倫擔任南京中央大學校長。1939年主持了重慶第三次全國教育會議。

一開始，羅家倫便對新文學今後的改革有著明確的看法。1920年，他已在《新潮》上發表過一篇出色的文章，其中將各種新趨勢清晰地劃分為三個類型。（參同上文）

顧頡剛，1893年生於江蘇蘇州，1913年進入北京大學學習，

於1920年獲得哲學學位。他先是在北京大學任教，後來到廈門大學，然後又到廣州大學。1929年擔任北京燕京大學歷史教授。同時，跟好友傅斯年一樣，他還是中央研究院歷史語言所的成員。1935年離開燕京大學到北大文學院教書。1941年又轉到雲南大學文學院擔任教授。和傅斯年一樣，他更大程度上是以歷史學家和語言學家而非文學家為人所知的。

俞平伯，1899年生於浙江德清，北大中國文學系畢業後，到燕京大學教授中文，隨後又去了清華大學。

他的作品中值得一提的有，1933年泰東書局出版的《冬夜》、《四選》、1923年東亞圖書館出版的《紅樓夢辨》、《燕知草》、《古槐夢遇》、與葉紹鈞合作的《劍鞘》（1924年北京樸社出版）、《憶》（1925年北京樸社出版）、《雜拌兒之二》（1933年開明出版）。（參《讀書月刊》第II卷，第11號，第8頁）。

朱自清，1896年生於浙江紹興縣，就讀於北大哲學系，學生時代亦協助《新潮》雜誌的出版。大學畢業後接連在家鄉的幾所中學任教，隨後進入高等教育機構擔任教職，先是北平大學女子文理學院講師，後就教於北京高等師範學校，最後是清華大學。1937年7月盧溝橋事件發生後，朱自清和聞一多隨清華大學學生南下，在昆明安家。由於體弱多病，朱自清在昆明的生活並不安逸。1941年，他被任命為西南聯合大學文學院院長。

朱自清以散文而聞名，據說近年專攻古代文學。其主要作品有：《詩集》（《中國新文學大系》良友圖書館，上海）、《笑的歷史》（商務印書館）、《毀滅》（同上）、《你我》、《雪朝》（1922年商務印書館）、《蹤跡》（1924年東亞出版社）、《背影》（1929年開明出版社）、《歐遊雜記》（1934年開明出版社）等等。

　　朱自清和他的好友俞平伯有許多共同點,「他的風格細膩、
深邃,充滿詩意、優雅,懂得如何運用和組織純粹的口語。」
(李素伯,《小品文研究》1932年新中國書局出版,第117頁及其
後頁)

六、文學研究會

　　1920年，文學革命在取得勝利之後進入了建設期，然而它的
參與者們卻很快支離破碎、互相對立。胡適為沒落的個人實用主
義和自由解放的哲學社會理論辯護，而陳獨秀則可以說是帶有
偏見地反對所有所謂陳舊的事物，意欲對抗一切跟傳統有或深或
淺淵源的事物。對如此激進所帶來的不利影響，二人似乎全然不
覺。自然而然地，眾多嚴謹的文人和思想家難以接受他們的觀
點，這些觀點即使不是沙文主義，起碼具有強烈的烏托邦色彩。
分歧越來越嚴重，論戰越來越激烈，新文化大軍甚至很可能會在
無謂的辯論和內部鬥爭中浪費掉獲取勝利所必需的優勢力量。為
了避免這種潛在的危險發生，並在一眾文人中形成真誠的融洽，
文學研究會在北京應運而生。該研究會成立於1919年秋，翌年春
開始活動，力求為會員搜集儘量齊全的外國作家的作品，以建立
一個書庫，還辦了一個印刷廠，出版發行新書及雜誌刊物等，為
青年人才提供用武之地。此外，該研究會還在文化界內建立起一
些有影響力的圈子，方便新問題的研究。

　　創辦於1909年由上海商務印書館發行的《小說月報》成為研
究會在北方地區的機關刊物（參阿英《史料》第413頁），1921
年經過文學研究會的澈底革新，雜誌開始只刊登新文學作品。自
1921年1月開始，在沈雁冰主編和後來的鄭振鐸主編期間，《小說
月報》刊載了大量外國作品的譯作、新文學趨勢的研究和中國各
式青年作家的作品。1932年，該雜誌因閘北事件（即1932年1月28
日的「一二八」事變）停止出刊。在南方，研究會的機關刊物是
《文學旬刊》，該雜誌與《時事報》一起，由鄭振鐸主編。（參

鄭振鐸主編《文學論爭集》，《中國新文學大系》，第8頁）

　　1920年11月29日文學研究會成立的準備會議召開，鄭振鐸負責起草簡章，周作人負責起草宣言，當時北京幾家報紙都刊登了這份宣言。成立宣言共有12人簽署，分別是：周作人、鄭振鐸、沈雁冰、郭紹虞、朱希祖、瞿世英、蔣百里、孫伏園、耿濟之、王統照、葉紹鈞和許地山。

　　隨後，1921年1月4日，文學研究會成立的正式會議在北京中山公園召開。蔣百里被選為主席，鄭振鐸任書記，耿濟之任會計。正式成員一共21名。（王哲甫《中國新文學運動史》第375頁）

　　研究會提出了一個宏偉的行動計畫，意欲「整理舊文學，創造新文學」。此外文學研究會在簡章中正式提出，社團成員已從思想觀念上澈底自由，明確將文學視為「人生之鏡子」（參同上，阿英，第71頁），認為只有倚靠文學，才可能實現社會各階層之間的和諧相處。

　　但實際上，研究會似乎沒有能信守中立的承諾，也沒有促進「為人生的藝術」成為趨勢。而繼文學研究會之後一年成立的「創造社」，一開始便做出「藝術至上主義」捍衛者的模樣，這似乎證實了以上那種不公正的懷疑。因為我們據此很容易推測，這個社團在形式上是反對文學研究會的，那麼此社團也會被認為是持相反觀點的。然而，如下的推斷和結論卻毫無根據：文學研究會從未偏離它的正式簡章，也從未偏離其中立原則，它從未用戰鬥口號去反對「創造社」的叫囂。不過，還是得承認，相當多有影響力的研究會成員是支持人道主義和社會寫實主義的，他們一直在研究會雜誌上維護著這些觀點。

　　生機論，一門世界範圍的哲學思潮，也影響到了中國，並促使研究會中最具影響力的成員開始思索文學和人類生命的聯繫。沈雁冰和周作人在一些理論論著中明確表示對人道主義文學的偏

好，而魯迅則以更為切實的方式，即在《吶喊》、《彷徨》兩本小說集中宣傳相同的理論。葉紹鈞也在短篇故事集中闡發了同樣的觀點。從兩人的作品中，我們偶爾能夠發現一些分歧，但他們無一例外地遵循同一個原則，「文學不可脫離生活」。例如，沈雁冰提出：「文學的使命不但是反映時代，還能影響時代，其內容不僅再現過去，還要預示未來。」（參《茅盾評傳》1931年現代書局出版，上海，第3頁）他們宣傳社會寫實的文學，認為文學必須反映時代，而不像以前的黑幕派一樣散播悲觀主義。文學創作者必須深諳他們所生活和描畫的那個社會的疾苦。新文學描寫社會黑暗，用分析的方法來解決問題；詩中多抒個人的情感；其效用使人讀後，得社會的同情，安慰和煩悶。他們宣傳人道主義文學，力求適當地滿足人類的各種需求；反對黑幕派將文學看作消遣和縱欲遊戲的觀點（參〈以文學為遊戲的鴛鴦蝴蝶派的海派〉，鄭振鐸，第8頁）。他們反對狹隘的傳統主義，另一方面卻又要保護青年並使其提防對所有健康和人道的事物的過分反抗，他們相信這種反抗本身帶有陷入混亂和遭遇毀滅的威脅。1922-1926年間陳獨秀激進論點的實踐證實了他們的擔心。根據他們的觀點，新一代的青年必須接受健康而純粹的文學引導，因此必須喚起社會覺悟（社會寫實）和道德心（人道主義）。社會覺悟和道德心建立在人類的共同屬性之上，不止局限於一個國家或一個民族，而是遍及全世界。沈雁冰很好地總結了這些觀點：「我自然不贊成托爾斯泰所主張的極竭的人生藝術。但是我決然反對那些全然脫離人生的中國式的唯美文學作品。我相信文學不僅僅是供給無所事事的人們去解悶，逃避現實的人們去陶醉。文學應當有激勵人心的積極性能量，尤其在我們這時代，我們希望文學能夠擔當喚醒民眾並給他們必不可少的力量的重大責任。我們希望國內的藝術青年，再不要閉了眼睛幻想他們夢中的七寶樓臺，而

忘記了自身實在是住在豬圈。我們尤其決然反對青年們閉了眼睛忘記自己身上帶著鐐鎖，而又肆意譏笑別的努力想脫除鐐鎖的人們……」（參同上，鄭振鐸，第10頁）

　　如果我們更深入具體地去分析他的觀點，會看到沈雁冰尤其強調了人道主義文學的時代性。他很重視人道主義在其歷史上的具體時刻——當下——的各種必要性，他尤其受到經濟和社會觀點的影響。「……文學要表現當代全體人類的生活，要宣洩當代全體人類的情感，要申訴當代全體人類的苦痛與期望，更要代替全體人類向不可知的運命作奮抗與呼喚。不過在現時種界國界以及語言差別尚未完全消滅以前，這個最終的目的不能驟然達到。因此現時的新文學運動都不免帶著強烈的民族色彩……對全世界的人類要求公道的同情……」（參同上，鄭振鐸，第145頁）當下要努力在全國使群眾認識各種文學，各種朝這個目標演變的文學。另外，需要完成的一個首要任務是激發國民的精神，使他們從事於民族獨立與民族革命的運動。（參同上，第167頁）

　　魯迅亦持相同觀點，但確切地說，僅限於喚起社會覺悟（在《吶喊》中）和道德心（在《彷徨》中），作為成功的首要條件。他在每部作品中都描寫了可憎的暴行，有時是誇張的傳統主義，有時是被陳獨秀誇大的新文化：要開拓一條新的道路，但不是陳獨秀說的這麼激進，而是和人類本性更相符合的。

　　周作人更傾向於理智的人道主義，他重視「時間和空間」中的人道，盡量考慮人類的肉體、精神和道德需求。他認為，一個完整的人，擁有肉體和靈魂，二者都有各自的需求。培養心智和精神可以提升人的素質；個人的進步可以使社會臻於完美，因為個人只是「林中一木」。周作人的觀點更具思辨和哲理，也更為抽象隱晦，因此他很少捲入文學爭論。然而他卻對同時代的一輩有著顯著的影響。

葉紹鈞的文學作品也顯露出了他的社會寫實主義和人道主義，但他更強調家庭觀念，他似乎主張：拯救中國的關鍵在於一個完好和諧的家庭的培養。

總而言之，通過審視這四位作家對人道主義和社會寫實主義的設想，我們可以發現些許偶然的不同，也能看到他們所具有的共同的理念。

周作人更像個理論思想家，博學多才，視野寬廣；他能夠中肯地看待事物，並且總是根據他所瞭解並堅定追隨的作家所遵從的準則去提煉出一些指導方針。他的《點滴》和魯迅的《吶喊》即可作明顯的比較。

周樹人（魯迅）是一位更加深刻、更為內在、更具個性的思想家，他的所見、所聞、所感都要經過思考、論證，然後從靈魂中尋找答案。所以他比單純藉他山之石的弟弟更加深邃。然而魯迅的特別優勢在於更具個性、更尖銳、更感人、更悲劇，因為他比較實際。他的這種作風也使得他面臨更為涉及個人也更為激烈的批判。因此他對青年的影響也更為深刻。1930年後他不得不屈從於左翼，從此他明顯地改變了原本直接、好鬥的作風，開始有限而不拘泥地藉助翻譯果戈理、盧那察爾斯基、普列漢諾夫的作品來表達自己的觀點。

沈雁冰（茅盾），氣魄稍遜的思想家，傾向於簡便的捷徑，主張用經濟問題的解決辦法來解決一切。他很敏感，對周圍的事物看得很清楚，但不如魯迅看得那樣深、那樣遠。他敏感的性格使其走入極端；狂熱的他意欲改造整個世界，但隨後卻很快因為看到人們的冷漠和平庸而跌回現實之中，淪為悲觀的懷疑主義者，在無情的命運面前承認自己無能為力：「一切世事是空虛的，是要走到幻滅的道路的，全篇的任務都似乎被殘酷的命運之神宰割著，他們雖然有各自的個性，有的努力於事業，有的追求

強烈的生活的樂趣，結果，但都被命運之神引向了幻滅死亡的道路。」（參同上，《茅盾評傳》，第27頁）

最後是葉紹鈞，一個感情細膩的作家。雖然經濟困難，但家庭生活幸福。失敗並未給他內心深處帶來影響，他描寫家庭生活和兒童嬉戲。同時，他懂得對同時代的人表達自己的同情，那些人感受不到他所享受到的那種幸福與安寧，而是在經濟困難和社會重壓之下艱難存活。

這種人道主義傾向當時表達的某些觀點導致分歧對立，並不奇怪。新文化的極端主義者和浪漫派理想主義者幻想著一下子摧毀一切歷史傳統，他們將這種人道主義文學看作對形式主義傳統的懦弱的讓步，甚至聲稱：魯迅一點都不懂新思想，還在模仿1900年的思想，最多是模仿1911年的政治革命思想；意思就是說魯迅滿足於局部鬥爭，並以毫無結果的妥協而告終。「他的創作絕不是五四運動以後的……」（錢杏邨《現代中國文學作家》1928年第I卷，第39頁）實際上，魯迅早已超越了其對手，他所明確批評的，正是「新興運動」的不足之處。

但畢竟，文學須服務於生活這條準則，本身就包含著一個一目瞭然的弊害，即再次將剛剛被克服的文以載道的那種缺陷重新引入了文學之中，這一點我們前面已經討論過。周作人已隱約預見過這種偏差的弊害：「這派的流弊，是容易講到功利裡邊去，以文藝為倫理的工具，變成一種地上的說教。」（參同上，鄭振鐸，第111頁）正是藉此，他痛斥了桐城派最後的倖存者——形式主義傳統的保衛者，新文學對他們進行過口誅筆伐。另一方面，從1922年開始，「創造社」以更加明確的立場反對腐朽的傳統主義論調，聲稱：「藝術家不必顧及人世的種種問題……能夠做出最美麗精巧的美術品，他的使務便已盡了，於別人有什麼用處，他可以不問了。」（參同上，第141頁）這無疑有些過於誇張了。

周作人在這一點上保持中立；對他來說，「文學須使讀者能得藝術的享樂與人生的解釋」。（參同上，第141頁）這個針對人生問題的解決之道須與人類本性一致，以便能夠適用於所有人。於此，他稱之為「藝術服務於人」或者「人道主義的文學」。

不過還是得承認，文學研究會這些大作家們幾乎全部是上世紀末自由個人主義培養出來的。因此他們往往對社會在人類集體生活中所當扮演的角色及其價值沒有正確的認識。對他們來說，社會僅僅是由個人組成的數量上的總和。1927年，左派共產主義開始了對這個明顯缺陷的譴責（不追求文學的社會根據。參蘇汶《中國文藝論戰》第273頁）。而左派共產主義自己也陷入了另一個極端。其實，成仿吾、郭沫若和他們的好友們認為，歷史唯物主義和決定論必將導致階級鬥爭，且終將以無產階級的勝利結束。經濟問題終將解決人類的一切問題（參《中國文藝論戰》第273頁：無產階級群眾的歷史角色）。這些嚴守成規的共產主義者們在原則上也許不盡正確，但是他們對文學研究會的指控卻也不是毫無來由的，起碼某些觀點是有根據的。馮乃超認為：「他們以為自己瞭解群眾，其實他們只看到群眾身上的重擔，卻看不到群眾在世界革命中的歷史責任。他們的作品中討論了許多社會問題，可是提出的方案卻總含糊不清。他們已經看清真相，卻不重視歷史唯物觀，只是描繪、期望抽象而虛幻的好運降臨。」（參同上，第273頁）假設該論斷前半部分為真，那麼後半部分必為假，因為它建立在一個錯誤的前提之上。事實上，周作人、魯迅、葉紹鈞等作家對自由主義的缺陷和沒落，以及其社會性的不公，都有著清醒的意識，但他們的信仰比那些只相信先驗論的共產主義的人們更深沉、更人道。魯迅在作品中尋找答案，然而這個答案必須能夠滿足精神和理性的渴望和需要，他曾不止一次地以令人心碎的口吻寫道：「我們必須為青年們開拓一條新的道

路。」他的作品足以表明，他在此談論的道路，既不是1919年五四運動也不是1925年五卅運動所走過的道路。他隱約意識到的，更大程度上是建立在社會意識和人道主義之上的解決之道，在諸多本質要點上都接近於基督教世界觀。他通過其小說中的人物給出了佐證，這些人物厭惡他們苟活其中的俗世的虛空和殘酷：「我願意有所謂靈魂，有所謂地獄。」（參1943年藝文書局出版的《魯迅集》第94頁和182頁）。我們誤將「俗世」一詞當作了「社會」，其實在魯迅和其他社會寫實主義者的作品中，這個詞基本上一直都意味著「社會之惡」。這正是天主教術語中「世俗」一詞所表達的實際意思，比如我們所熟知的關於人類三大敵害的闡述：魔鬼、「紅塵」和肉欲。而且不同的階段，在不同的作家，包括周作人、胡適、冰心、蘇梅等人身上，也都看得到相同的思想發展進程。但他們中大多數都沒有按照他們預設的邏輯走下去，因為早年所接受的理性主義教育在他們身上已經根深蒂固。確信無疑的是，社會寫實主義使他們順理成章地得出了不同的解決方案：冰心和蘇梅的，胡適和林語堂的，鄭振鐸和周作人的，還有魯迅的。過去已經分崩離析，需要新的事物。這些意圖明顯的文學家們最終遊走在兩個極端之間，一個是後半階段的「創造社」所走的共產主義路線，另一個是人類普遍問題和特殊社會問題的基督教路線。

　　社會寫實主義令人隱約意識到，即使不來場革命，也要進行改革的必要性，革命，正是一些大作家所懼怕的。有主觀也有客觀的原因，他們中的一些人喪失了對真正道路的真知灼見，最終投向左派，但是他們依然對共產主義方案的不足之處非常清醒。這方面，魯迅在1928-1929年的文學論爭中曾給予過有力的證明。

　　現在我們再來詳細討論上面提到過的幾個重要作家。

　　周作人，浙江紹興人。曾於江南水師學堂求學。1906年被政

府派往日本，在東京立教大學先學習政治科學，後轉習文學。1911年回國，與其兄魯迅一起，任浙江教育司視學，隨後到浙江省第四中學校任教。1913年與長兄一起到北京定居，受聘於北京大學附屬國史編纂處，後離職前往燕京大學擔任副教授。1919年有人為他提供了國立大學小說客座教授的職位，不過他把這個位置讓給了魯迅。1924年他離開燕京前往國立大學擔任日本文學教授。

正是1919年，周作人在長兄的幫助下奠定了文學研究會最初的基礎。1941年，他出任國立北京大學文學院院長，同時兼華北政務委員會教育總署成員。1945年日本投降後卸任，同年12月因附逆被捕入獄。

其主要作品有：《自己的園地》（1927年，北新）、《談虎集》（同上）、《雨天的書》（同上）、《談龍集》（開明出版社）、《澤瀉集》（北新）、《永日集》（同上）、《過去的生命》（同上）、《陀螺》（同上）、《兩條血痕》（開明出版社）、《黃薔薇》、《域外小說集》（群益書局）、《炭畫》、《瑪加爾的夢》、《點滴》、《狂言十番》（北新）、《現代小說譯叢》（商務印書館）、《如夢集》（1945年）等等。

周作人是中國新文學的先驅作家之一。在《點滴》的序中，他作過如下解釋：「我從前翻譯小說，很受林琴南先生的影響；1906年往東京以後，聽章太炎先生的講論，又發生多少變化。1909年出版的《域外小說集》，正是那一時期的結果。1917年在《新青年》上做文章，才用口語體，當時第一篇的翻譯是古希臘的牧歌。」

周作人從事業之初就開始捍衛的哲學、宗教和道德信仰從何而來？在北京輔仁大學一系列會議上，周作人作了部分解釋：「我的意見並非依據西洋某人的論文，或是遵照東洋某人的書本演繹應用來的，那麼是周公孔聖人夢中傳授的麼？也未必然，公

安派的文學歷史觀念確是我所佩服的，不過我的杜撰意見在未讀三袁文集的時候已經有了，而且根本上也不盡同。因為我所說的是文學上的主義和態度，他們所說的多是文體的問題。這樣說來似乎事情非常神祕，彷彿在我的社園瓜菜內覓出了什麼嘉禾瑞草，有了不得的樣子；我想著當然是不會有的。假如要追尋下去，這到底是那裡的來源；那麼我只得實說出來；這是從說書來的；他們說三國什麼時候，必定首先唱道；且說天下大勢，合久必分，分久必合。我覺得這是一句很精的格言。我從這上邊建設起我的議論來。說沒有根基也是沒有根基，若說是有，那也很有根基的了。」（參《中國新文學的源流》第3-4頁）在此周作人首先是在表達他的文學觀點。仔細研究會明顯發現，他的觀點和信仰的形成還有其他幾個因素的協助：俄羅斯人道主義占很重要的地位。所以他翻譯托爾斯泰、丹欽科、契訶夫、索羅古勃、吉卜林、安特列夫和其他作家的作品，並不是偶然。

　　不管是文學上還是道德上，周作人本質上的人道主義促使他朝著社會寫實主義發展，並且時時對嶄新的空想社會主義的共同生活，流露出相當的熱情；這種建立在勞動、共同生活和互助之上的生活完全符合人類本質。此外有段時間，他還參與了1918年在日本試行的新村運動。新村運動認為，人類是由個體為組成部分的一個大整體，每個個體都為了共同利益而努力。人在自然生命中追求兩個目標：自我保護和追求福利。追求這兩個目標，不可阻礙他人的自我保護和福利的獲取，而應該互幫互助以達此目標，因為「彼此都是人類，卻又各是人類的一個，所以須營一種利己而又利他，利他即是利己的生活。（參《中國新文學大系》，《建設理論中》的〈人的文學〉一文，第195頁）」事實上，世界當前的形勢中，每個人以破壞後人的幸福為代價來追求自己的幸福，這樣的行徑是違背自然的，必須改變的就是這種趨向。

　　周作人在一系列主張的基礎上形成了自己的觀點，這些觀點跟托爾斯泰很是相似。不過據他所說，托氏的立場太過局限，忽視了太多人類的精神需求，因為依周作人的說法，人有靈肉二種的生活。（參同上）

　　周作人強調，最後的這個問題，古人已有兩個極端流派：一個認為人生有靈肉二元，共同存在且永相衝突，他們認為肉體是動物性生命的餘存，靈魂是精神發展的最高境界。因此他們認為人類的目標應為重新發展精神本質和「滅了體質以救靈魂」。正是這個目標使他們如此嚴格地堅持禁戒、懺悔的必要性並極力馴服自己的本能。（周作人在此顯然是指柏拉圖主義，或許多新教徒信奉的奧古斯汀主義，其實在燕京大學任教期間作者受到了一些基督教影響。）周作人又寫道，除了古人的那些嚴守戒規的理論，另一個極端來自不顧靈魂的快樂派，可以用一句話概括：「死，便埋我。」在作者看來，這是兩個極端的立場都沒有恰當地詮釋人類生命在現實中表現出來的價值。繼而是更為現代的思想家，他們認為構成人的精神和肉體的，實際上只是同一事物的兩面，絕不是對抗的二元。「僅僅滿足動物性需求是不能給予人幸福的，還要滿足他的高等需求。另一方面，僅僅滿足理性，也同樣不能帶來幸福」（參〈人的文學〉第194頁）。因此實證理性主義將被拋棄。

　　周作人由這個雙重論點推出這樣的結論，即個人的教化是人類社會教化的必要基礎（參戴遂良《現代中國》第II卷第273-274頁）。不過周作人沒有能夠完全擺脫理性進化論，對他來講，人只是「從動物進化的」（參同上，第194頁）。

　　對於人類的教化這個概念，作者將宗教看作一個首要因素，但未指明應該信什麼教。這個信念激發了他研究《師主篇》（L'imitation de Jésus-Christ）的興趣（參《自己的園地》），還在

1907年留日期間便使他有了把《聖經新約》翻譯成現代漢語的想法。於是開始學習希臘語，以便能夠駕馭原著。然而先是經濟困難，然後是文學改革活動，使他沒能實現這個計畫。

1922年反宗教運動中，周作人就普遍的宗教尤其是基督教公開發表了自己的觀點，他反對無神論、反對共產主義或自由主義的唯美論（參戴遂良《現代中國》第III卷第123頁）。可是，當他談及天主教時，許多次表現出對天主教教義甚至是基本教義的無知。這只能解釋為缺乏完整和準確的資料。

他對人的肉體與靈魂的全面發展給與持續關注，這使他避免了如陳獨秀和其他人那樣的浮誇，但也招致了一些言辭犀利的批判。他與一位日本女性結婚更是引起了許多惡毒的攻擊。

在聽慣了陳獨秀大聲疾呼的口號和胡適持續發出的激進指令後，再聽聽周作人闡述他內在而深刻的信仰，實乃一件樂事，尤其是他的文章〈人的文學〉，值得全篇閱讀和深入思考。他在文章中談到：「文學與人生不可分割。我以為藝術當然是人生的，因為他本是我們感情生活的表現，叫他怎能與人生分離呢？」（參李素伯《小品文研究》第94頁）另外，他還說：「我們為新文學而鬥爭所要爭取的，簡單的說一句，是『我們在尋找人的文學』。應該排斥的，便是反對人道主義的文學。這就是我們的立場。新舊這名稱，本就很不妥當，其實『太陽底下何嘗有新的東西？』新與舊僅是相對而言。思想道理，只有是非，並無新舊。要說是新，也單是新發現的新，不是新發明的新。真理永遠存在，並無時間的限制只因為我們愚昧，問道太遲……所以稱他新『新大陸』是在十五世紀中，被哥倫布發見，但這地面是古來早已存在。電是在十八世紀中，被弗蘭克林發見，但這物事也是古來早已存在。」

然而周作人似乎並沒有覺察到這樣的推理方式帶來的全部結

果，有時甚至還會自相矛盾。例如，《談虎集》中他寫道（參同上，李素伯，第97頁）：「我不信世上有一部經典，可以千百年來當人類的教訓的。只有記載生物的生活現象的Biology才可供我們參考，定人類行為的標準。」這就是我們前述周作人未能完全擺脫理性進化論影響的原因。也正是這一點，構成了他哲學、道德觀念整體上的一種奇怪的矛盾。其實他在別處清楚地表示過：

我們的文學觀念主張不誇大不管是肉體還是精神的作用。靈肉本是一物的兩面，並非對抗的二元。我們所信的人類正當生活，便是這靈肉一致的生活。我們熱愛完整的人性……人道主義文學要求我們對等地擁有人道主義道德，這包括了：兩性平等，男女兩本位的平等和戀愛的結婚。（〈人的文學〉第197頁）

周作人很重視群體生活中的個人。但其他作家則很快就只把個人當成了公共生活、國民生活、種族生活或社會生活的整體中的一個組成部分，這一看法，將會導致當時人們所知的一切形式下的極權主義。周作人始終沒有改變其本來的看法，而其兄魯迅在1930年面對右翼的批判和左翼的威脅之時卻轉變了，至少是表面上違心地轉變了。

究竟該如何實現人道主義的文學？周作人提出兩種方法：正面方法，即描繪生活應該有的樣子，找到如何實現的方法。《點滴》即是以此方法所作。還可以從側面或通過對比來著手，即描繪生活實際的樣子，同時揭露出反人道主義文化的弊端。這個方法也許對喚醒社會意識，使人們認識社會現有和本該有的樣子會更有效。這也是魯迅在《吶喊》和《彷徨》中所設計的社會寫實主義，它極大地促進了新的中國的覺醒。

朱希祖，1897年生於浙江海鹽，日本早稻田大學畢業，最初在師範學院，後轉入歷史地理學院。回國後於1921年任浙江教育局局長。1923年任國立北京大學歷史學院教授和院長，1927年兼

任清華大學歷史教授。隨後又被派往南京擔任中央大學歷史學院院長。其歷史學研究廣為人知。

耿濟之，該作家基本上僅以其對於俄羅斯作家的譯著而聞名，其中包括：契訶夫的《柴霍甫短篇小說集》（商務印書館）、《犯罪》（同上）、《遺產》（同上），列‧托爾斯泰的《托爾斯泰短篇小說集》（商務印書館）、《黑暗之勢力》（同上）、《復活》（同上）、《雷雨》（同上），伊凡‧屠格涅夫的《父與子》（同上），安德列耶夫的《人的一生》（同上），等等。

瞿世英，筆名菊農，江蘇武進人。燕京大學畢業後於美國哥倫比亞大學獲得哲學博士學位。回國後擔任國立自治學院院長，後擔任高等女子師範大學教授，並相繼在私立中國大學、平民大學、清華大學和燕京大學任教。畢生從事哲學和教育學工作。

鄭振鐸，1897年生於福建長樂。北京交通大學畢業後赴倫敦留學，曾遊歷歐美。回國後相繼在國立暨南大學、私立中國公學和復旦大學擔任教授，同時擔任上海《小說月報》的主編。1930年定居北京，在清華大學教授中國文學，後任燕京大學文學院院長。1935年回上海任暨南大學文學院院長，1941年前往香港並在香港大學教授中國文學。

1932年後，鄭振鐸成為自由作家中的一員，這些作家只是間接和部分地反對執政黨所強加的約束。1935年文藝協會成立，所創辦的幾本雜誌均由生活出版社出版。他主要以中外文化史的研究聞名，特別是對泰戈爾作品的研究。

他的創作中值得一提的是1931年開明出版社出版的《家庭故事》。書中談及受新文化衝擊而保守派卻不加辨別地去極力衛護的家庭制度，他認為，這種制度本身不好也不壞，其價值需依對其加以運用的個人的精神而定，所以首在培養個人（讀書月刊，

一卷，第八期，第19頁）。

沈雁冰，德鴻，其「茅盾」的筆名更為人們所熟知：

1896年生於浙江桐鄉。1914年入國立北京大學，1917年因家庭經濟困難被迫肄業。1920年文學研究會將上海商務印書館出版的《小說月報》納為在北京的機關刊物時，沈雁冰在這家印書館謀得了一個職位，同時擔任雜誌的臨時主任，第二年將此位讓給了鄭振鐸。

1926年國民黨左派在武漢成立自治政府時，沈雁冰加入政治宣傳部並且成為《武漢日報》的編輯。但該政府一些行為令他很不快，1927年該政府與國民黨分離後他回到上海。正是這幾年間，他創作了《蝕》三部曲。1928年沈雁冰前往日本並發表了〈從牯嶺到東京〉，為其在三部曲中所構想的政治和社會思想作了辯詞。1930年3月2日加入中國左翼作家聯盟，該聯盟旨在創造一種無產階級的、新寫實主義的藝術。在此期間，茅盾隱居上海。1936年3月他在武漢發起成立了文藝協會，意在集合所有左翼作家和國防文學這個獨特旗幟下的自由主義者。1940年，他反對重慶政府，在香港待了一段時間。1941年任新疆大學文學院院長，和中蘇文化協會新疆分會會長。

他的文學研究著述中值得一提的是：〈文學和人生的關係〉、〈未來派文學之勢力〉、〈自然主義與中國現代小說〉、〈騎士文學ABC〉。

他的其他主要作品有：開明出版社《蝕》，由1925年寫的《幻滅》、1926年寫的《動搖》和1927年寫的《追求》組成。隨後有大江書局於1929年出版的短篇小說集《野薔薇》、1930年出版的《虹》、1931年出版的短篇小說《宿莽》、由開明書店於1932年出版的小說《三人行》、光華書局於1932年出版的小說《路》、開明書店於1933年出版的小說《子夜》、良友圖書公司

於1934年出版的散文集《話匣子》、生活出版社於1935年出版的
短篇小說《泡沫》、1936年出版的小說《多角關係》、開明出版
社於1936年出版的《茅盾短篇小說集》等等。

他的翻譯作品要記住的是：《印象・感想・回憶》1936年，
文化生活出版社、《桃園》、丹欽科的俄語小說《文憑》，現代
書局、比昂鬆的《我的回憶》，生活出版社、俄國作家短篇小說
集《雪人》，開明出版社、鐵霍諾夫的俄語小說《戰爭》，1936
年，生活出版社、《一個人的死》等等。

茅盾作品的特點是他會以分外精準的方式來描寫他所生活的
時代。在愛情故事的掩飾下，他會描繪他所處的那個革命時代的
社會，描繪改革運動所固有的現象：失望、懷疑、所有心靈和思
想所遭遇的悲劇。茅盾會特別剖析青年人的愛情，卻也誇大了多
愁善感的成分。他喜歡用年輕女孩作為小說主人公，而且熱衷於
以悲觀的年輕女孩為創作原型。他所描繪的年輕人充分地反映出
了當時讓青年們躁動不安的那種誇張的浪漫主義情感。我們以為
茅盾會成為心理學家，但他一直沒有取得成功。

茅盾稱自己的文學傾向是「客觀的舊寫實主義」，我們用
「自然寫實主義」也許能更好地傳達這個稱呼的意思。由此，他
的描寫中時常會出現不討喜的地方，我們有時能強烈感覺到心理
上的不滿足。（參伏志英《茅盾譯傳》1931年現代書局出版，第
8頁）

他認為文學具有社會功能。藝術和人生不可分離，文學擔負
著書寫時代、編制當代人類疾苦清單的責任。茅盾在有意識地填
寫著這個清單，這是「最重要的任務」（參1943年《震旦大學簡
報》第III卷第249頁，耶穌會神父奧・布里埃的〈時代的畫匠：茅
盾〉。

「真正的文學，他說，是反映時代的。我們生活於什麼社

會？看看周圍，到處是動盪和紛爭……暴怒的保守派和衝動的革新派一直在進行思想的暴力衝突，得好好描述一下。描繪我們時代的作品已不復存在。因此我認為新文學應記錄當前的社會才恰當。」（參同上，布里埃，第249頁）

然而應當依據周作人在有關人道主義文學的文章中的意見來理解這些思想，僅僅是為描寫而描寫就不是自然主義者。描寫中要注入牢固、直接的創見，就像魯迅的《吶喊》、《彷徨》那樣，要在裡面體現開創新生活的趨勢。

事業初期，茅盾曾公開承認自己傾向於自然主義，這讓一些評論家對他產生了誤判。雖然他確實受過相當大的影響，但絕不能將他歸於自然主義者之列。他在1928年的文章〈從牯嶺到東京〉中提到：「……我愛左拉，我亦愛托爾斯泰。我曾經熱心地——雖然無效地而且很受誤會和反對，鼓吹過左拉的自然主義，可是到我自己來試作小說的時候，我卻更近於托爾斯泰了。自然我不至於狂妄到自擬於托爾斯泰；並且我的生活、我的思想，和這位俄國大作家也並沒幾分的相像；我的意思只是：雖然人家認定我是自然主義的信徒，——現在我許久不談自然主義了，也還有那樣的話，——然而實在我未嘗依了自然主義的規律開始我的創作生涯。相反的，我是真實地去生活，經驗了動亂中國的最複雜的人生的一幕，終於感到了幻滅的悲哀，人生的矛盾，在消沉的心情下，孤寂的生活中，而尚受生活執著的支配，想要以我的生命的餘燼從別方面在迷信亂灰色的人生內發一星微光。人家看我自然是一個研究文學的人，而且是自然主義的信徒；但我真誠地自白：我對於文學並不是那樣的忠心不貳。」（參《中國文藝論戰》第359頁）儘管他這麼明確地否認，我們依然可以說：茅盾，自然主義者。不過這個詞和這種思想多少有點過時，稱現實主義更好一點，然後給它一個當下的意義，如同

他解釋的：「要直面現在，從現在中發現未來的必然性。洞察了現在的錯誤才能看見壯麗的未來，才能激發信心。因此要觀察現實、解剖現實、分析現實。」（參同上，布里埃）

因此，不必將茅盾所說的「我認為自己是左拉的信徒」看得過於嚴肅，也不要太在意那些一本正經地將之稱呼為「左拉主義」的評論。這裡指的絕不是只描寫盲目的本能衝動和個人熱情的自然主義，而是現實主義，抑或如我們如今所稱的，未成熟的新寫實主義。（見下文）

迄今為止，茅盾在作品中一直堅持著現實主義的原則，描繪當代社會之傷和人類之痛。他不像共產主義空想家那樣，在讀者眼前呈現出一個光芒四射的虛幻未來，以撫慰現世的痛苦。可能連他自己都沒有覺察到，他正在散播不滿甚至是反抗。他喚醒了讀者意識中必須從根本上改變當今社會狀態的那份信念。

不過，這位作家與「創造社」的那些共產主義作家不一樣。如同魯迅、葉紹鈞等人，茅盾在以一種悲劇的方法來描寫現今中國社會混亂崩潰的局面，這種方法讓這些作者看上去似乎會激發階級鬥爭。而且，1925年5月30日的南京路事件給茅盾留下深刻的印象，使他認定中國急需一次社會變革。共產黨人希望「通過」或者「利用」無產階級革命來爭取利益，茅盾則認為中國真正受壓迫的是占總人口60%的小資產階級。於是「創造社」狠狠地對他說了一句：「他想要小資產階級革命，所以他是反革命分子，要打倒他。」事實上，茅盾在作品中非常細膩地描寫了小商人、小農、沒落知識分子家庭等等的苦難。（參《中國文藝論戰》第244頁）

茅盾猛烈地抨擊了成仿吾、郭沫若的簡單的唯物辯證論和虛空的唯物主義，他相信人的自由的主動性能夠使「歷史的車輪」適應新的需要，能夠給如今的世界一個新的秩序。他認為，這項

事業在中國需要由小資產階級來完成，而不是由必然的階級鬥爭來決定，也不是由無產階級對社會其他階級的領導來實現。

他認為，1919年那場啟動新文化的五四運動過於個人主義，過於自由，那樣只會帶來道德的淪落和社會的衰退。而1925年的五卅運動指出的是一條快捷的集團新方向。左翼作家的叫罵沒有實際意義，應該努力激勵中國產生一種新的富有組織力和判斷力的精神。（《中國文藝論戰》第407頁）

布里埃神父在前述文章中對茅盾的作品給出了較為公正的評論：「……他的自然主義實證論其實只是個基礎，對此要持審慎態度。他的作品中滿是對道德風尚的描繪，有時顯得不夠成熟……即使他有原則，並非墮落，但是某些場景甚至還有點輕浮。」理性是本世紀初自然主義的文學表達方式，如果考慮到理性崇拜對他的影響，我們就能更好地理解茅盾的作品在中國現代文學發展時期的寓意。這種影響還應加上托爾斯泰富有同情又尖銳的人道主義的成分。茅盾努力地想把二者結合在「唯物人道主義」的悖論中。1930年後他聲稱自己是新寫實主義，卻沒有成功，因為他描繪的帶有物質要求和精神要求的人文生命中，有太多的模糊不清和不夠完整。實際上，我們能夠從他的作品中感受到像理性主義和自由主義所描繪的那種厭世與生命的毀滅，同時還有不自覺的對完美生活——與人類實際本質相稱的生活——的憧憬，可是卻無法達到。

概而言之，可以總結為這樣一句話：我們真的很想知道茅盾和其他新中國的作家，究竟要克服怎樣的困難才能擺脫理性主義者的偏見；這種偏見已經在他們青年時代浸透了他們的思想，時下妨礙他們看清、提出和實現生命與社會的必要改變。

（近幾年茅盾還在寫作，其中有一部以《人》為名的小說，描寫了中國在抗日戰爭時期的國民現狀和政治社會境況。）

　　孫伏園，和其他著名作家一樣是紹興縣人，幾乎只翻譯過托爾斯泰的作品。

　　葉紹鈞，1893年生於江蘇黃縣一個貧困家庭，讀完中學就結束了學業。出於生活需要，到一所小學當老師，並利用業餘時間完善自己在接受教育上的不足。1920年加入文學研究會，辭去教師工作，到上海商務印書館工作，同時為兩本雜誌撰稿：《婦女雜誌》和《中學生》，一個由商務印書館出版，另一個由開明出版社出版。

　　1941年他擔任重慶大學教授。其作品主要有：《火災》（開明出版社）、《稻草人》（商務印書館）、《線下》（商務印書館）、《作文法》（1934年開明出版社）、《文心》（1934年開明出版社）、《未厭集》（1929年商務印書館）、《未厭居習作》《1935年開明出版社》、《城中》（1926年開明出版社）、《倪煥之》（1930年開明出版社，茅盾對之作了一個很有趣的分析，參《中國文藝論戰》第399頁）、《隔膜》（1922年商務印書館）、《劍鞘》（1924年樸社，與俞平伯合作完成），等等。

　　作為寫實主義的小說家，他描寫生活的方式與周作人、茅盾等一樣，但口吻更樂觀，也更細膩溫和且富於藝術性。沈從文對葉紹鈞的文筆的評價頗為有趣：「在第一期創作上，以最誠實的態度，有所寫作，且十年來猶能維持那種沉默努力的精神始終不變的，這是葉紹鈞。寫他所見到的一面，寫他所感到的一面，永遠以一個中等階層知識分子的身分與氣度，創作他的故事。在文字方面，明白動人，在組織方面，則毫不誇張。雖處處不忘卻自己，卻仍然使自己縮小到一角上去，一面是以平靜的風格，寫出所能寫到的人物事情，葉紹鈞的創作，在當時是較之其他若干作家作品為完整的。他的作品中充滿淡淡的哀戚。作者雖不缺少那種為人生而來的憂鬱寂寞。葉早早地完了婚，他的願望得以實

現。卻能以作父親態度，帶著童心，寫成了一部短篇童話。這童話名為《稻草人》。讀《稻草人》，則可明白作者是在寂寞中怎樣做夢，也可以說這是當時一個健康的心，以及所有的健康的人生態度。求美，求完全，這美與完全，卻在一種天真的想像裡建築那希望，離去情欲，離去自私是那麼遠，那麼遠！」（參沈從文〈論中國創作小說〉、謝六逸《模範小說選》中出版）

1922年之後文學的整體風氣變得浪漫起來，郁達夫式的悲憫情懷逐漸成為一種時髦，葉紹鈞的夢幻招來了人們的嘲笑，接著青年人也淡忘了他。但由於他的溫和的文筆和優美的文風，還是有人讀他的作品。

誠然，葉紹鈞寫的故事缺少耀眼的光芒，但處處能品出溫暖、美好的愛，由此吸引讀者；不是簡單的興趣，不是感動，而是認識，是智慧，然後學著想像，學著講故事。在這點上，葉紹鈞的作品至今仍是文壇中的翹楚。（參同上，沈從文）

他在短篇小說〈微波〉中痛心地講述了「新文化」的激進所帶來的某種不幸：自由而悲苦的婚姻。作者突出了境遇的悲劇性，儘管沒有陳獨秀的反抗精神，沒有郁達夫的色情，也沒有張資平或張恨水的三角戀，其結局卻顯得直率而令人敬佩：為了孩子們的福祉，我們要承擔起肆意地加放在我們肩頭的負擔和責任。葉紹鈞的作品還有另一個特點：尊重婦女。其作品中總是把母親作為家庭中最為重要的人物。葉紹鈞不像周作人那樣重視人道主義文學中的個人，也不像茅盾那樣重視社會，他看重的是家庭中的人。因此不得不承認葉紹鈞比其他人更加講求人道。

著名批評家趙景深很好地總結了葉紹鈞一生的各個文學時期：「葉紹鈞最初作〈隔膜〉，多寫小學生和兒童的生活；及作〈稻草人〉，則以美麗的筆習幻想的故事，滲入以平民思想；復作〈火災〉，則更擴大其寫作範圍至於社會；最近的〈線下〉與

〈城中〉，復由日本白樺派的風味改而為柴霍甫式的幽默。」
（參同上，阿英，第48頁）

許地山，筆名落華生更為人知，1893年生於福建龍溪。先在
燕京大學學習，後前往美國獲得文學學位，也曾在牛津大學學習
過一段時間。回國後加入教育部國語統一籌備委員會，並在燕京
大學任教。1928年在清華教授社會學和人種學，同時在國立北京
大學任教哲學。幾年後離開北京前往香港大學擔任文學院院長。
還以中國的道教研究而聞名。

其文學作品值得一提的有：《綴網勞蛛》（商務印書館）、
《空山靈雨》（同上）、《無法投遞的郵件》（1928年，文化學
社）、《解放者》（1933年星雲堂）等等，還有一些小說和故事
集，主要描寫國外風土人情。沈從文這樣評價他：「他的風格
和情感、特別是愛情，都很優美、考究。」（《讀書月刊》創
刊號中的〈落華生論〉）沈從文還說：「落華生在文學研究會中
據有一席之地，在『技術組織的完全』與『所寫及的風光情調的
特殊』兩點上，落華生的《綴網勞蛛》，是值得注意的。……落
華生的創作，同『人生』實境遠離，卻與『詩』非常接近。以幻
想貫串作品於異國風物的調子中，愛情與宗教，顏色與聲音，皆
以與當時作家所不同的風度，融會到作品裡。一種平靜的，從容
的，明媚的，聰穎的筆致。」（沈從文〈論中國創作小說〉）

胡愈之，1900年生於浙江余姚。年輕時為《東方雜誌》撰
稿，學習國際政治。1930年遊學歐美，宣傳世界語。回國後撰寫
了他的《莫斯科印象記》，從此被列為左翼作家。

其作品有：《詩人的宗教》（商務印書館）、《星火》（1933
年現代出版社）、《圖騰主義》（譯自倍松的Le Totémisme，1932
年，開明出版社）、《國際法庭》（1933年商務印書館）、《莫斯
科印象記》（1931年8月出版，作者為了考察蘇維埃體制而在莫斯

科逗留了8天。由於出版期間恰逢「政治清洗」，作者出於謹慎作了一定的保留。《讀書月刊》第I卷，1932年1月第4號，第6-11頁）

謝六逸，1906年生於貴州貴陽，於日本早稻田大學完成學業，回國後先是成為復旦大學文學和新聞學教授，後成為中國公學的文學教授。1940年成為暨南大學教授。

其作品值得重視的有：《日本文學》（1927年開明出版社）、《俄德西冒險記》、《西洋小說發達史》（1933年商務印書館）、《兒童文學》（1935年中華書局）、《小說創作選》、《模範小說集》（新中國出版社）、《海外傳話集》、《母親》、《清明節》、《茶話集》、《接吻》、《紅葉》、《鸚鵡》、《希臘神話》、《徒然草》、《範某的犯罪》（1929年現代出版社）、《文學與性愛》（由日語翻譯，開明出版社）等等。

蔣百里，又名蔣方震。1880年生於浙江海寧。最初在杭州求是學院學習，後進入日本軍事學校，最後又到德國軍事學校學習，曾在德國軍隊服役。1911年回國，擔任奉天總督的軍事顧問。辛亥革命後成為保定陸軍軍官學校校長和袁世凱的軍事顧問。1916年跟隨梁啟超進入廣東肇慶政府軍務院，反對袁世凱稱帝的野心，跟隨蔡鍔左右討袁，後成為吳佩孚的顧問。

1921年在北京當選文學研究會主席，1930年被南京政府逮捕入獄。他更多地是以飽學之士和教授聞名，而不是文學作家，曾作《歐洲文藝復興史》（1921年商務印書館出版）。

傅東華，1895年生於浙江金華。擁有上海南洋大學工程師文憑，很快在新文學運動中獲得重要地位。相繼在幾所大學任教，是文學研究會的活躍會員，並於1935年在中國文藝家協會獲得重要頭銜。以譯作、文學評論和中國歷史學研究而聞名。

其譯作有：《社會的文學批評》（商務印書館）、《近世文學批評》（譯自美國的琉威松的作品，1928年，商務印書館）、

《詩之研究》（譯自美國的勃利司・潘萊的作品，1933年，商務印書館）、《詩學》（譯自亞里斯多德的作品，1933年，同上）、《比較的文學史》（譯自法國的洛里埃的作品，1931年，同上）、《美學的原理》（譯自義大利的貝內德托・克羅齊的作品，1934年，同上）、荷馬的《伊利亞特》和《奧德賽》、《人生鑑》（譯自厄普頓・辛克萊的作品，1929年，世界書局）、《一個兵士的回家》、《靜》、《活屍》、《生火》、《反老回童》、《参情夢及其他》（1928年，開明出版社）、《文學概說》（譯自美國的韓德的作品，1935年，商務印書館）、《我們的世界》（譯自美國的亨德里克・威廉・房龍的作品，1933年，新生活書局）、《失樂園》（譯自彌爾頓的Le paradis perdu）、《青鳥》（譯自梅特林克的L'Oiseau bleu）等等。

李青崖，湖南長沙人。北京孔德學校的創始人，相繼在上海暨南大學和復旦大學任教，以翻譯莫泊桑的作品聞名，1941年在新華藝術專科學校任邏輯學教授。

其譯著有：《羊脂球集》（譯自莫泊桑於1880年寫的Boule de suif，1929年出中文版）、《北新莫泊桑短篇小說集（1-3冊）》，商務印書館出版。首冊為《一個瘋子》，第二冊包括《巴蒂斯特太太》、《蠅子姑娘集》、《薔薇集》、《珍珠小姐集》、《遺產集》、《霍多父子集》、《鷗鴣集》、《苡威狄集》、《哼哼小姐集》以及所有其他莫泊桑的譯作、《俘虜》（莫泊桑、都德、左拉短篇小說集，開明出版社），另外，還有福樓拜、佛朗士等人的譯著。

郭紹虞，1893年生於江蘇吳縣。國立北京大學畢業，畢業後先是在福州協和大學任教，接著任職河南中州大學。1941年擔任燕京大學文學院院長。1920年開始通過《新潮》、《小說月報》、《文學週報》等雜誌專欄傳播社會寫實主義。著有若干中

國文學研究著作。其譯作值得推薦的有：《阿那托爾》（譯自奧地利作家亞瑟‧史尼茲勒的Anatole，1922年，商務印書館）。

王以仁，浙江台州人，流浪作家。1924年秋至1925年夏創作了一部書信體小說《孤雁》（1926年商務印書館出版），書中主人公吐露出作者自己的心理：一個很有天賦的年輕人寫信給朋友，不加掩飾地告訴他，自己，沒有工作，是如何與生活中的困難做鬥爭，如何在上海這個大城市流浪，如何陷入絕望，染上各種道德惡習，最後在精神錯亂中死去。

現實中，王以仁1926年便失去了蹤影，沒有留下任何線索。有人曾經找過他，但以失敗告終。直至今日也沒有人知道他的去向。之後其友許傑發表了一些他的作品。

王以仁是個擅長描繪纏綿悲切的愛情的作家，由於和社會的對立，他總是站在個人主義的立場，只顧念到自己的失敗。

梁宗岱，1903年生於廣東新會。廣州培正中學畢業後進入嶺南大學，一年後前往歐洲日內瓦大學，並在巴黎、柏林學習文學和哲學，在文壇獲得較高的聲譽。為文學研究會廣州分會撰稿。

回國後在國立北京大學教法語，接著又到清華大學教外國文學，後來曾旅居日本。他以教授和文學評論家身分廣為人知。

其作品有：《詩與真》（1936年，商務印書館）、詩集《晚禱》、《水仙辭》（譯自保羅‧瓦勒里的Narcisse）等等。

孫俍工，1893年生於湖南邵陽。1920年畢業於北京高等師範學校，隨後赴日本上智大學學習德國文學。回國後相繼擔任幾所大學文學教授。

其作品有：《海底渴慕者》（民智出版社）、《生命的創痕》、《一個青年的夢》、《世界的焦點》、《血彈》，還有若干文學論文和日本文學譯作。

《海底渴慕者》透露出帶有作者明顯的個人色彩的三個核心

思想：家庭制度的羈絆，虛榮愛情的誘惑和社會的腐敗。（參同上，王哲甫，第149頁）

白采，筆名白吐鳳，原名童漢章，江西萍鄉人。執教於上海立達學院。1926年7月24日從廣州登船回上海，三天後病逝於船上。

1923年她開始在《小說月報》、《文學週報》和《文匯週報》上發表作品，以傷感、悲苦為特點。詩人，同時還寫短篇小說。其作品有：《白采的詩》（1925年）、《白采的小說》（1924年）、逝世後重新出版的《羸疾者的愛》、《絕俗樓我輩語》（1927年死後出版）等等。

王魯彥，原名王衡、王忘我，浙江鄞縣人。1925年開始在《小說月報》、《語絲》等雜誌發表作品。作為文學研究會成員，信奉社會寫實主義和國際人道主義。其文筆風格介於魯迅和葉紹鈞之間。

其作品有：《柚子》、《黃金》、《童年的悲哀》，1925年這三部作品使之成名。隨後又有：《愛的衝突》、《在世界盡頭》、《肖像》（翻譯自俄國作家果戈理的作品）、《一個城市的賊》、《波蘭小說集》、《世界短篇小說集》、《顯克微支小說集》、《苦海》、《懺悔》、《猶太小說集》等許多翻譯作品；1932年後創作了《小小的心》、《屋頂下》、《雀鼠》、《驢子和騾子》等等。

文學研究會中的二線作家還有：

王任叔，有幾部小說如《監獄》、《殉》、《死線下》、《阿貴流浪記》等等。

張聞天，《青春的夢》、《旅途》等等。

顧仲起，《最後的一封信》、《歸來》等。

徐玉諾、李渺世、徐雅。

七、創造社

以上我們認識了文學研究會，試圖僅僅聯合和支援新勢力，卻不對各種取向做任何區分，也不正式參與有關「文學的目的」的討論。事實上，研究會一些有影響力的成員各自支持社會寫實主義和人道主義，這就必然帶來研究會內部的爭執。

1920年初，身在日本的一群年輕留學生夢想著創辦一本完全自由的純文學雜誌，不關注任何政治理論和社會理論。他們從一開始就顯示出了某些特點，未曾參加過五四運動的他們可以較少地考慮政治問題；但另一方面，他們身上都有或多或少受到耶穌教影響的全部特徵。1922年他們終於決定成立一個組織，命名為「創造社」，以《創造季刊》為機關刊物。該雜誌只出版了一年便在1923年因編輯社的解散而停止。

新的社團的首要立意是體現新文學當中純粹的創造精神，她拒絕承諾採取某種形式的舊文學式的主張。她需要新鮮的、原創的東西，總之，就是新的「創意」。雖然社團的官方宣言中沒有包含這些意味（參阿英《史料索引》第89-92頁），但我們能很明確地在社團裡著名作家的文章中找到。社團信奉藝術至上主義，自稱「藝術派」，與追求藝術服務於生活的人道主義派截然相反。成仿吾在〈新文學的使命〉一文中明確地說過（參同上，鄭振鐸，第12頁）：希望揮著浪漫主義的大旗，只以至臻至美作為文學之標準。他說：「藝術派的主張不必皆對，然而至少總一部分的真理……不是對於藝術有興趣的人，絕不能理解……而且一種美的文學，縱或它沒有什麼可以教我們，而它所給我們的美的快感與慰安，這些美的快感與安慰對於我們日常生活的更新的

效果，我們是不能不承認的……而且文學也不是對於我們沒有一點積極的利益的。我們的時代對於我們的智與意的作用賦稅太重了。我們的生活已經到了乾燥的盡處。我們渴望著有美的文學來培養我們的優美的感情，使我們的生活洗刷了。文學是我們精神生活的糧食，我們由文學可以感到多少生活的歡喜！可以感到多少生活的跳躍！（參同上，鄭振鐸，第11頁）」然而「創造社」並不在意靈魂，它與新批判主義的重要問題也無關連。更確切地說，她是自由思想的女兒，反宗教的或者無宗教的，使創作無道德的要求，為坦白，自由的。以喚醒世人的病了的良心為使務的文學家，也只爭逐自己的名利。（參《史料索引》中的「成仿吾」，阿英，第103頁）

「創造社」的作家中，有些人屬於浪漫主義，在精神和道德方面不甚協調，無法理解「藝術服務於生活」這一原則的真正寓意，更令他們痛恨的是這個原則阻礙了他們「過自己的生活」（參《史料索引》，第104頁）。他們要新的創造，郭沫若甚至在詩中高呼要「在上帝未完工的第七天重新創造自我。」（上帝，你如果真是這樣把世界創出了時，至少你創造我們人類未免太粗濫了罷……你在第七天上為什麼便那麼早早收工，不把你最後的草橋重加一番精造呢？上帝我們是不甘於這樣缺陷充滿的人生，我們是要重新創造我們的自我，我們自我創造的工程便從你貪懶好閒的第七天上做起……參《史料索引》，第99-100頁的〈創世工程之第七日〉）但是他們卻沒有考慮到現實，而是陷入了黑格爾式唯心論的空想浪漫主義，進而導致其中一些人走向尼采的悲觀主義或者馬克思主義的烏托邦。「山川草木，鳥獸蟲魚和世界萬物，都是由而有，由黑暗而光明，漸漸的被創造者創造出來的，我們不信受天惠太厚，人類眾多的中華民族裡，就不會現出光明的路來。不過我們不要想不勞而獲，我們不要把伊甸園內天

帝吩咐我們的話忘了。我們要用汗水去換生命的日糧，以眼淚來和葡萄的美酒。我們要存謙虛的心，任艱難之事，我們正在拭目待後來的替民眾以聖靈洗禮的人，我們正預備著為他縛鞋洗足，現在我們的創造工程開始了。我們打算接受些與天帝一樣的新創造者來繼續我們的工作。」（參《史料索引》第105頁），著名文學家郁達夫、郭沫若、張資平等明顯受到不規範的耶穌教的影響，曲解了基督教的啟示，因為他們拋棄了全部的教條主義，卻單單只保留了道德法規，而這些法規又缺乏動力，且毫無永恆的基礎可言。受虛幻的唯心主義驅使，他們常常沉迷於「殉情主義」的文學，比如郁達夫，他如此表達他的主要思想：「我覺得，生而為人已是絕大的不幸，生而為中國現代的人，更是不幸中的不幸，在這一個熬煎的地獄裡，我們雖想默默地忍受一切外來迫害欺凌，然而有血氣者又那裡能夠。」（參《史料索引》，第109頁）此外，在別的地方，他也繼續陳述著其悲觀思想：「我們的文學是人類絕望的寫照，這一聲吶喊將為困難中掙扎的靈魂帶來慰藉，但同時也將成為如今反抗社會不公平秩序的革命警鐘。」（參同上，第109頁）郁達夫毫不掩飾地宣傳其感傷主義，他公開表示，這樣的靈魂狀態是經受了失敗的生活在空虛中的人們所具有的本性，他們能夠保有的全部安慰就是那些過去的感覺和印象中徒勞的遺憾與苦澀的回憶。（參1942年一流書局出版的《中國文學論集》中郁達夫的〈文學上的殉情主義〉一文，第21頁及其後頁）不過，作者還是表示，要保持真誠。他們確實都做到了，除了張資平。

　　和文學研究會的作家們一樣，「創造社」也非常重視創作，不過他們不太在意現實。其作品氛圍大都承載著太多的不滿和失望，這正是其他人希望改變、革新和彌補的地方，而他們只想碾平過去，重新開始。這是一種階級鬥爭的精神，尤其在陳獨秀的

推廣下，借「新文化」的虛名開始產生影響，並引領一大批作家轉向左派和共產主義，其原則是「破壞是比創造更為緊要」（參同上，第110頁）

1924年起，創造社主要作家開始有了不同的聲音，「為藝術而藝術」的原則漸漸改變，甚至三四年後幾乎轉向對立面。成仿吾在〈藝術之社會的意義〉中如此描述這個大轉變（參同上，鄭振鐸，第12頁）：「既是真藝術，必有他的社會的價值……我們自己知道我們是社會化的一個分子，我們自己知道我們在熱愛人類，絕不論他的善惡妍醜，我們以前是不是把人類社會忘記了，可不必說，我們以後只當更用了十二分的意識把我們的熱愛表白一番。」從此「創造社」或多或少地重蹈了文學研究會的覆轍，甚至其極端主義走得更遠，直到成為文壇上共產主義傾向的核心。本身是左派的錢杏邨認為，這種團體的演變發生在1922-1926年帝國主義和軍國主義的高壓之下。他認為，鑒於五四運動，青年們開始向新文化的方向發展，然而軍國主義的到來擾亂和抑制了這個運動。鬥爭中，一派是不怕一切的壓迫與犧牲，始終如一的向前抗鬥——最驚人的是郭沫若的例子——一派是因著外力的襲擊迫害，頹喪了他們的意志，於是灰心消極，走上幻滅的路。郁達夫是這部分人的一個縮影。（參《現代中國文學作家》泰東圖書館，第I卷，第56頁）郁達夫即於1927年脫離了創造社，倒向了魯迅一方。

梁實秋對創造社的思想和傾向有個非常恰當的評價（參《浪漫的與古典的》），作者的敵視情緒雖有點過分，然其評價卻不失趣味：「古典主義者最尊貴人的頭；浪漫主義者最貴重人的心。頭是理性的機關，裡面藏著智慧；心是情感的泉源，裡面包著熱血。古典主義者說：『我思想，所以我是』；浪漫主義者說：『我感覺，所以我是』。……浪漫主義者覺得無情感便無文

學，並且那情感還必需要自由活動。他們還以為如其理性從大門進來，文學就要從視窗飛出去。」實際上，新文化與理性是水火不相容的，它只是一堆混亂的感情，尤其是性。接吻、肉欲成了新浪漫主義的本質。如此思想必然引向頹廢或假理想主義。（參同上，第12頁）

頹廢主義的文學即耽於聲色肉欲的文學，渴望自由卻成了奴隸，甚至成為了荒淫無度的殘骸。從他們的作品判斷的話，他們的唯一目的是激發自己和別人的衝動。他們偶爾也會感到需要為自己開脫（比如張少峰的《鬼影》中的引言），但他們並不因此而顯得不那麼地不道德。他們自己也許承認是過於自然的，但有時實是卑下的。（參同上，梁實秋，第14頁）

假理想主義者，即是在濃烈的情感緊張之下，精神錯亂，一方面顧不得現世的事實，一方面又體會不到超物質的實在界，發為文學乃如瘋人的狂語，乃如夢囈，如空中樓閣。（同上，第14頁）

有個心理學上的關聯將這兩個同源的派系連結了起來：過度敏感。這並非是出於他們情感的湧動，而是由於他們的無節制，一味想像著能夠單憑感情就創造出文學。在其作品的創作中並不重視積極實際的法則，而只是藉著感覺由著性子來做夢。他們不注重文學方法，僅僅是等待繆斯和瞬間靈感給予一切。他們的作品毫無組織，也不講形式，大部分時候只是一連串靈光式的感想和印象（參同上，第19頁）。因此，他們無法創作出有深度的小說，也不足為奇，其實，比起長篇小說，他們的理念更適合寫簡短的故事或短篇小說。

1925年5月30日南京路事件後，假理想主義作家們出現了一次匪夷所思的大轉變，我們以此把「創造社」劃分為前後兩個時期。在俄國作家作品的影響下，成仿吾和郭沫若成為了在廣州的

主要領導人（參《中國文藝論戰》第394頁及其後頁），同年共同創辦了《洪水》雜誌，專注於文學和社會學。隨著新成員潘漢年、周全平、陶晶孫等等的加入，第二年他們以純文學為目標又創辦了雜誌《創造月刊》。

創造社後期的文學實質上是革命的文學。他們認為，凡足以引起革命情緒的文學，即可謂之革命文學；不足以引起無產階級革命的則是反革命的文學，連文學都稱不上是，所以要打倒它。誠如他們所說：「我們都信厄普頓・辛克萊的格言：文學即是傳教。」1927年，隨著俄國托洛斯基的《文學與革命》的發表，成仿吾也撰寫了文章〈從文學革命到革命文學〉（參《中國文藝論戰》，第330-340頁），在文章中，他純然立足於唯物辯證法，即歷史的必然的進展，提出了新的綱領。他的結論是：世界至此，資本主義已經發展到了最後階段，它就是帝國主義，無產階級革命迫在眉睫，人們一旦掌握了唯物辯證法的真諦，這個預言必將形成一股無可逆轉的潮流……

文學表現社會生活，所以必須適應工人階級和農民階級，這才是整個新文學的中心之所在。因此我們必須從五四運動的文學革命，行進到五卅運動的革命的文學。一切在此之外的文學活動都已過時，必須消失。所有的從事文學的人必然面臨左右兩個選擇：革命者還是反革命分子，但反革命分子必在現代文壇失去地位，且沒有中立。1928年1月郭沫若在〈桌子的跳舞〉（參《中國文藝論戰》第341頁及其後頁）中即得出了這樣的結論。這不過是一篇為捍衛辯證歷史唯物主義而展開尖銳抨擊的文章；整篇文章只是一系列的想法，或者說是詛咒，其間沒有任何聯繫。除了題頭的序號，一切都凝結在那句簡單的口號上：「成為共產主義的無產者！」雖程度和音調有所不同，但主旋律還是貫穿全篇的。這不過是一種單純而簡明的保證罷了，毫無邏輯、缺乏基礎、無

視前提、不講推理，簡單一句，如梁實秋所定義的，這是「幻想的浪漫主義」。

以下是革命文學主要指導原則：

1. 反對小資產階級的閒暇態度和個人主義。

2. 促進集團主義。

3. 發揚反對的精神。

4. 成為新現實主義者。這裡指的是共產主義新現實主義。他們認為無產階級戰勝其他階級將會是明天新的現實。（參《中國文藝論戰》中茅盾的〈從牯嶺到東京〉，第373頁，及其後頁）

5. 文學鬚根據辯證法的新方法，借鑒歷史唯物主義。

毫無疑問，這麼一個綱領必然引起具有文學才能而又具備理性的所有人的強烈反對。1927年開啟的激烈的文學鬥爭一直持續到1930年，很多時候變質成了毫無來由的人身攻擊。

當然，創造社的缺陷是顯而易見的，對它來說，文學應變成標語和口號的宣傳活動；其所負載的是一個混雜的、受過教育與否都未能弄明白的術語，它只能是無產者的，而非共產主義思想所能正式接受的東西。

但是，成仿吾和郭沫若的澈底轉變並未成功去除他們思想和作品中先前留下的痕跡。這種歷史遺留常常使他們在歇斯底里地吶喊的同時又夾雜著空洞而不切實際的聲音。他們與民眾之間的共同之處，只有不滿和對立。有人甚至指責成仿吾是在日本的修善寺宣布他的文學革命的，那個地方是眾多資本家、外交家、官員和統治者每年度假的地方！若成仿吾被認為是無產階級革命者，他顯然不該居住在這個地方。（參《中國文藝論戰》第119頁）

創造社於1930年左翼作家聯盟成立時解散，由此，我們有正當的理由採用梁實秋關於語言解放運動的中肯的評論，來作為

「創造社」的概況總結。帶著對「模仿前人」原則的強烈反對，胡適及其弟子有意無意地陷入了對美國作家艾米・洛威爾更加精確、更加逐字逐句的「模仿」。「創造社」遭遇了同樣的命運，只是這次模仿的對象不是美國，而是布爾什維克的俄國。過分強調精神、金錢、武器和俄國加農炮的他們，攻擊中國大地上一切外國的東西，特別是在中國已出現好幾年的商業和政治帝國主義。但是他們似乎並未察覺他們對其他國家的這種決裂同時會使他們前所未有地依賴俄國。事實上，這個國家儘管已經改變了帝國主義的主體和對象，卻依舊屬於帝國主義、專制獨裁和恐怖主義。政府首腦和政治官員比如孫文、胡漢民、蔣介石，對此心知肚明，他們從來就不是「共產主義者」；除非出於「政治」的需要，起碼他們希望我們願意承認他們曾經是。

第一次國共合作期間（1923-1927），「創造社」在廣州中山大學曾有一個主要活動中心，但政府開始傾向右翼的時候，《洪水》和《創造》兩家雜誌被查禁，從1928年起，活動中心轉移到了上海。此後是郁達夫的放棄，郭沫若被驅逐到日本，成仿吾遊歷歐洲，只有張資平和王獨清還在堅持最初的方向。一大批曾在日本留學的年輕作家越來越多地佔據了前沿，這些人幾乎都是共產主義辯證法和革命文學的忠實擁護者：李初梨、馮乃超、彭康、朱鏡我、成紹宗、邱韻鐸、梁預人等等。（參《中國新文學運動史》，王哲甫，第381頁及其後頁）

「創造社」主要代表作家：

成仿吾，1893年生於湖南新化，就讀於日本帝國大學，在此認識了郭沫若、郁達夫和張資平，1919年開始一起策劃成立一個文學協會。回國後，於1921年正式成立「創造社」。和共事者一樣，1924年之前成仿吾提倡「為藝術而藝術」，否定其他文學目標。成仿吾公開宣布：「我們如把它應用在一個特別的目的，或

是說它應有一個特別的目的，簡直是在砂堆上營築宮殿了……」
（參鄭振鐸《文學論戰集》第175頁）文學的最高標準應是表達內
心的要求。文學之全與美，乃其雙重目標。（參同上，第180頁）

1924年後成仿吾拋棄這些理論，與其他朋友一起轉向唯宣傳
和革命為其要旨的文學。作為作家，他業績平平。論其文學貢
獻，主要在詩歌、評論和外國文學的翻譯上。1925年他離開上海
前往廣州中山大學教授科學。自此開始了他的政治活動。

1928年成仿吾遊歷歐洲，期間「創造社」被政府解散。回國
後他便加入左聯，現服務於延安共產主義政府。

其作品有，《使命》、《流浪》和1927年與郭沫若合作的
《從文學革命到革命的文學》。

郭沫若，1891年生於四川成都南部的嘉定。1910年進入天津
陸軍軍醫學校，但即將畢業時肄業了。其兄在北京政府部門工
作，送他去日本九州福岡帝大醫學部學習，在那裡，他與一個日
本女子結婚並育有幾個兒女。學醫並不怎麼吸引他，相反他將大
部分時間花在文學上。正是這個時期，他創作了一些詩歌，後來
編為《女神》。在日本醫學系學習時的一個重要學科是德語，於
是郭沫若有機會接觸到德國詩歌和思想。歌德和其他德國著名哲
學家深深吸引了他。（參三通書局出版的《現代作家選集》中的
《郭沫若代表作》）他一下子強烈感受到中國文學的缺陷，尤其
是中國缺少純文學雜誌。為了填補這個空缺，他努力聚集起文學
界的朋友，並開始策劃。1919年起他便開始與當時也在日本的成
仿吾談起這個計畫。1921年郭沫若放棄醫學學業，離開妻兒，回
到上海積極編輯新的文學雜誌。次年初，協會最終成立，成員有
郁達夫、宗白華和其他作家。（參王哲甫《中國新文學運動史》
第281頁）

郭沫若宣揚浪漫主義，尤其反對魯迅的「自然主義」（指

「寫實主義」）。這是他那幾年的特點所在。後來郭成為上海泰東書局的編輯，接著又兼任了幾個教授職位：學藝大學文科主任、廣東大學文學院院長，1926年成為廣州中山大學文學院院長。同年開始進入廣東政府從政，任總司令部政治宣傳科長，政府分裂時他又擔任武漢國民政府政治部祕書長。從這個時期起他最終加入左翼作家聯盟，開始宣導第四階級的文學。1927年，郭擔任武漢共產黨部隊總政治部主任直到離職。本來應避難到香港的他，重回上海並且重新加入「創造社」左翼行列。1928年蔣介石將其逮捕並驅逐出境。在日本避難一段時間後，他很快又回到上海外國租界從事他的活動。1930年左翼作家聯盟成立的時候，他是第一批成員。同年國民政府再次剿殺共產黨員，左聯幾位作家被槍決。郭沫若雖然保住了性命，但又一次被迫踏上流亡之路。在日本將近六年多時間裡，他研習了古代歷史、原始社會和古代文字，特別是甲骨文和石刻文。因1936年南京政府和共產黨簽訂的統一戰線協定，郭沫若獲取赦免，他回到中國，留下妻子和六個兒女在日本。其實他很深情地愛著他的妻兒，這在回國旅途中的一些詩歌中有所體現。他投身於拯救祖國的戰役，被任命為大本營政治訓練部部長。

　　1945年8月初，在俄國對日本宣戰的前幾天，郭陪同宋子文到莫斯科進行外交活動。作為重慶無黨派的正式成員，他積極參與政府與延安的談判。同年12月代表無黨派人士參加重慶各黨派大會，不過私底下他對共產主義抱有好感。

　　其主要文學創作有：《女神》（1928年創造社出版，他的青年時期詩歌）、《沫若詩集》（現代書局）、《瓶》（1928年，詩集）、《我的幼年》（1931年創造社出版，自傳）、《反正前後》（1932年，現代書局，自傳）、《創作十年》（1932年，光華書局，自傳）、《北伐途次》（1936年，文化書店）、《塔》

（光華書局，小說）、《橄欖》（現代書局）、《水平線下》
（同上）、《文藝論集》（兩卷，1925年，光華書局）、《落
葉》（光華書局）、《三個叛逆的女性》（光華書局）等等。

左翼作家中的翻譯家錢杏邨，給了郭沫若一個詳細的文學評
價，（參《現代中國文學作家》1928年，第I卷第5539頁），在此
總結幾個要點：

縱觀1930年以前郭沫若的生活，可以發現分為兩個明顯的階
段。第一個階段是一位充滿幻想的詩人，開始觸及生活的現實實
際需求與經濟上的必需，並發現所面對的是顯而易見他無法解決
的矛盾。第二階段的他似乎從階級鬥爭中找到了解決之道，意欲
開創無產階級文學。為什麼1924年是決定郭沫若一生的一年呢？
作者自己在作品中給出了答案。

1924年以前，是《女神》、《瓶》、《前茅》的時期，其中
第一部作品是一首氣勢恢宏的詩歌，顯示了作者是個失去平衡的
天才空想家，是個理想主義者，容易被空虛的幻覺激發。他說，
「詩的事職是抒情……要出於無心，自然流瀉……生的顫動，靈
的叫喊……」（參同上，錢杏邨，第66頁中引用的《三葉集》第
46頁）

第二部作品《瓶》中，作者以同樣的熱情歌頌自由戀愛。

第三部作品《前茅》開始透出革命理想主義的微光，即將成
為驅動他今後活動的思想，更確切地說成為他今後活動中的不變
的思想。

上述評論用三個修飾語來為這位作家的全部文學作品作出總
結：靈感的豐富、偉大的力、狂暴的表現（參同上，第18頁）。
郭沫若自己曾經承認：「我是一個偏於主觀的人，想像力比觀察
力強……我又是一個衝動性的人……我便作起詩來，也任我自己
的衝動在那裡跳躍。我一有衝動了的時候，就好像一匹奔馬，我

在衝動窒息了的時候，又好像一隻死了的河豚。」（參同上，錢杏邨，第69頁）

1924年以前，他已與經濟困難、現實社會的殘酷抗爭了許久，卻一直心存希望，未被擊倒。由於享有政府的經濟補助，他還能有空閒隨意幻想一種充滿詩意的生活，他其實尚未遭遇到生活所固有的苦痛。

回國之後，這樣的幻想一個接一個破滅了：經濟補助斷流，他越來越多地覺察到他的藝術家之夢的實現幾近無望。他的孩子們需要的是麵包，他強烈感受到物質生活的需求和社會的不公。如此殘酷的現實斷送了他對未來的美夢。他心中的不滿開始沸騰，正如他自己寫的「暴風雨猛烈地拍打著烏雲」所描繪的那樣折磨著他。他發現自己很快被拖向絕望的深淵，很快便感覺到「被含著泡沫的浪尖擁簇向天空……」的感覺。這是他的不滿和反抗既有的社會秩序的時期。他想要改變世界，改變「上帝留下的遺憾」。他深信上帝創造世界時「提前一天休息了……」，於是他繼續「這份第七天未完成的作品……」。他的話劇《三個叛逆的女性》很好的詮釋了他的精神狀態，特別是現實生活與其渴望自由之間的衝突。這導致他走向「共產主義的對照面」，按唯物辯證法的術語叫做「過渡的黎明期」。郭沫若開始幻想著破壞當前的經濟體制，以便更快地達到幸福的階段（「走上了因生活的壓逼，自由的渴求覺悟，到現代經濟制度非顛破沒有幸福的時候的過渡的黎明期。（參同上，錢杏邨，第60頁）」這部話劇中，郭沫若採用了一個廣為人知的歷史主題，不過運用的是現代手法：優雅、活潑、表現力，卻偶爾也有顯而易見看著就離譜的時代錯誤。女性的反抗和命運的開拓構成了緯線。作者承認受歌德的影響很深，尤其是歌劇的《浮士德》，以及奧斯卡·王爾德的《莎樂美》和易卜生的《玩偶之家》。這種影響給郭沫若帶來

了思想指引，甚至常常令他陷入模仿和抄襲。（參同上，錢杏邨，第78-79頁）

這幾年裡，郭沫若通過日文翻譯知道了馬克思和列寧，立刻開始把他們的作品翻譯成中文，其中包括卡爾·馬克思的《政治經濟學批判》。該書被中國政府查禁。共產主義思想從此佔據了他的生命，他在其中找到了解決所有經濟和社會問題的方法。

意識到以往自己的理想主義之幻想的自負，他在1925年所作的《文藝論集》的序言中說道：「我從前是尊重個性，景仰自由的人，但是最近一兩年之內，與水平線下的悲慘社會略略有所接觸，覺得在大多數人完全不自主的失掉了自由，失掉了個性……」（參同上，錢杏邨，第63頁）

郭沫若就這樣風風火火地開始了他的革命文學和階級鬥爭。他的浪漫主義理想在現實面前破滅了，滿腔的怒氣和怨恨使他人生的小船駛向了另一個方向。他似乎從未懷疑過理想幻滅的真正原因其實首先是出於他的衝動和精神失衡，而不是客觀的現實。他給人的印象偶爾像個清醒、聰明的瘋子，只是對某些特定的想法太過癡迷。

郭沫若人生的第二個階段創作了小說《橄欖》，與厄普頓·辛克萊的《斯提靈日記》有些相似之處。作者在書中描寫了在這個物質生活勝過一切的世間那些詩人和作家的悲慘生活，富人主宰社會，文學家們只不過是牛馬一樣的畜生，懷揣藝術理想，卻被經濟需求牽制著，他們的操勞只是在為富人提供娛樂，為自己養家糊口，他們對未來唯一的希望便是死亡。

隨後他又創作了《塔》，由七個簡短的故事組成，描寫愛情，也講述經濟生活的困難。

他的《落葉》是一部書信體的短篇小說：一個日本女孩放棄一切跟隨丈夫，後來被迫分開，寫了42封情書給他。「從這部

書裡，我們可以看到日本少女戀愛心理的解剖，可以看到女主人公的溫柔活潑，措辭異樣的嫵媚，實在具有櫻花下面的風光。」（參同上，錢杏邨，第89-90頁）讀這部小說，我們自然而然會悲傷地聯想起被作者為了獻身於社會和祖國的理想而留在了日本的妻兒。

郭沫若的譯作主要有：《浮士德》（歌德，1932年，現代出版社）、《少年維特之煩惱》（歌德，1928年，創造社）、《茵夢湖》（T・斯篤姆，1930年，光華出版社）、厄普頓・辛克萊和高爾斯華綏的小說、雪萊的詩集、俄國現代詩歌集、托爾斯泰的《戰爭與和平》和許多其他作品。

他的歷史和社會學著作中，應當推薦《甲骨文研究》（1931年）。能夠準確地衡量出其人、其作以及其在古代研究中所佔據的位置的典型作品，當屬《中國古代社會研究》（1932年）。作者基於歷史唯物論和涂爾幹的人類學，對中國社會的起源進行了研究，其科學的論據具有重要價值，但他以社會角度所提出的結論往往過於浮泛，這是社會學的固有缺陷。該書完整表達了作者的唯物主義社會觀的傾向，「研究中國古代社會史，僅僅了解書面資料和古代史學家是不夠的，首先要知道馬克思、恩格斯，因為他們給予了我們必須遵循的詮釋方法，即唯物辯證論的觀念。」所以應當擺脫歷史學家所說的科學、普遍和經典的方法，因為這些歷史學家往往深受其偏見影響。相反地，「既用新的方法——『近代的科學方法』；就不能只在舊紙堆裡取資料，要從新的園地取新的材料，這新的園地就在殷虛文字裡頭；我們可以從中發現以往的任何一個史學家都未曾認識其真正價值的歷史。有這新的園地才可取出新的材料，有這新的證據，才可明瞭中國社會史的真象。」（參郭湛波《五十年來中國思想史》第235頁）。換句話說，他認為必須首先明確自己所發現或所要證明的

觀點，然後才能開始進行觀點的論證研究！

郭沫若認為，中國社會起源於母權制度：大家都效忠於已故的母親，很少談及父親或者後代。作者所一直堅持的社會學思想，即是希望科學地、歷史性地提出「新文化」的口號，來強烈攻擊傳統、普遍意義上的宗教、特殊意義上的形式主義和孔教開創的父權制。

從上文所列並不完整的作品清單來看，作為文學家，郭沫若是最多產的現代文學家之一。他對青年的感召力很可能來自於他對封建習俗和封建道德之「停滯的影響」所具有的反抗精神。作為詩人，他是熱烈、激動、天真浪漫的，正如他自己所說「（我的）想像力實在比觀察力要強」。（參《天下月刊》1935年第281頁和1938年第328頁）他的全部作品都顯示出他是詩人，他的話劇也是在散文裡夾雜著詩歌。（參李素伯《小品文研究》第179頁）

不過，沈從文的評價（參沈從文〈論中國創作小說〉第11章）就沒有那麼恭維他了：「從微溫的，細膩的，懷疑的，淡淡寂寞的憧憬裡離開，以誇大的，英雄的，粗率的，無忌無畏的氣勢，為中國文學拓一新地，是創造社幾個作者的作品。郭沫若，郁達夫，張資平，使創作無道德要求，為坦白自白，這幾個作者，在作品方向上，影響較後的中國作者寫作的興味實在極大。同時，解放了讀者興味，也是這幾個人。」

「但三人中郭沫若，……文字不乏熱情，卻缺少親切的美。在作品對話上，在人物事件展開與縮小的構成上，缺少必需的節制與注意。……郭沫若的成就，是以他那英雄的氣度寫詩，……但創作小說可以說實非所長。」

若從另一個角度來看郭沫若的作品，必須無可辯駁地承認的是，他是上面提到的三位作家中最為道德的一位。他確實很狂熱，但他是為思想而狂熱，他的思想一直都比其他兩位要高。

（至於其劇作，參同上，第15章）

　　郁達夫，1896年生於浙江富陽。考入杭州府中學堂一年後，革命爆發，所有公立學校都停課。坐等復課期間，郁達夫申請了一所基督學校並被錄取。那裡的學習水準相對較低，於是郁達夫有了許多空閒，他便利用閒置時間貪婪地讀完一部又一部小說。他在這所學校待了不久便於同年八月前往日本，六個月便完成了中學學習。很快進入了東京師範學校預科班。在這裡，他第一次接觸到外國文學，陸續閱讀了屠格涅夫、陀思妥耶夫斯基、托爾斯泰、高爾基、契訶夫等作家的英文版作品，隨後他又閱讀了德國、法國、英國和日本作家的作品。他把自己關在旅館的房間裡一部接一部地讀書，對自己的課程卻是一掃而過。他承認，四年間閱讀了上千部小說。這麼多小說，特別是俄國小說，對他的健康和精神帶來了不利的影響。正是從這段時間開始，他常常受神經問題的困擾。郁達夫本人也承認，1917年被東京帝國大學經濟科學系錄取後，他不顧學業，繼續貪婪地閱讀到手的每一本作品，與狐朋狗友一起在咖啡館裡很快就蝕磨掉了大好的青春。這個時期他創作了《沉淪》（1921年）。1921年回國後，郁達夫成為一所中學的英文老師，幾個月後辭職開始以筆耕謀生計的生涯，這時他已與「創造社」和浪漫主義群體有所聯繫。1923年發表了四十幾部短篇小說，他的文學生產力和對金錢的需求是成正比的。同年他被聘為北大教授以後，為了認真備課，他減少了作品的產量，兩年內只發表了一部短篇小說集《寒灰集》，1925年任職武昌大學教授期間甚至一部作品都沒有發表。武昌這座城市使他非常不愉快，一年後他帶著生活的種種不順，最終離開，定居上海，逐漸走出絕望，重新拾起了筆桿子。隨後不久，郁達夫又重新當起了高等院校教授，先是在廣州中山大學，後來去了安徽大學。

　　1925年是他人生中最黑暗的一年。這一年，他不讀書、不寫作，終日飲酒作樂。這年秋天終於因放蕩不羈的生活，進醫院躺了半年，這次休息對他的身體和精神著實起了很大的效果。於是他澈底改變了生活觀念，在《雞肋集》（1928年，創造社）的序中作了懺悔。1926年，郁達夫前往廣州，希望完全投入革命活動之中，但新的問題令他掃興而止：他所看到的，只有欺詐、陰謀和腐敗。這樣的情形之下，革命絕不可能成功。他再次辭職回到上海，過著孤僻、厭世的生活。在《雞肋集》序中，他說，當自己達到絕望頂點的時候，忽然間找到了「新的生活救星」，正如他在這篇序言中所言這個「救星」，其實就是他的妻子，她盡心盡力地照料著他。於是，郁達夫認真地開始了新生活，他回到了正軌，並與「創造社」斷絕了關係，因為「創造社」越來越共產主義，郁達夫難以原諒它在革命活動中缺乏真誠。

　　1928年他又來到上海，成立了《大眾文藝》雜誌社，1930年在不情願中重新歸隊左翼，1937年戰爭爆發時任福建省政府參議。1938年任《星洲日報》總主編，1939年攜眷逃往新加坡避難，在那裡積極參與愛國宣傳，並主編中文版《星洲日報》。日軍攻佔新加坡時，他又化名逃亡到了蘇門答臘，在島的西部開了一家咖啡館，繼續創作愛國作品並參與招募和援救工作。1944年夏，郁達夫遭到日本人懷疑，但逃過一劫。1945年8月29日，日本人停戰後的幾天，郁達夫突然神祕失蹤，沒有留下任何線索。據鄰居稱，當時看到他家門口停了一輛日本汽車，隨後郁達夫被一些陌生人帶走。之後再無人提起。

　　其作品主要有：《沉淪》（1921年）、《迷羊》（1928年）、《達夫全集》（六卷，北新，1928-1931年）、《日記九種》（同上，1927年）、《達夫代表作》（現代出版社，1928年）、《蜃樓》、《寒灰集》、《雞肋集》、《過去集》、《薇

蕪集》（北新，1930年）、《小家之伍》（1930年）、《奇零集》《拜金藝術》《小說論》（良友公司）、《達夫短篇小說集》（北新，1935年）、《瓢兒和尚》（中華書局，1935年）、《閒書》（良友書局，1936年）

　　他還出版了幾部譯作和文學史研究著作，其中有：《達夫所譯短篇集》（生活出版社，1935年）、《她是一個弱女子》（現代出版社）等等。

　　黎錦明將郁達夫的文學創作分為三個時期：第一個是「沉淪」時期，描寫靈肉的衝突。他能夠從個人生活經歷出發，以悲憫和真情感動讀者，即使他自己在作品中承認：「這個文集都只是模仿，裡面找不到現實生活。」第二個時期是自我表現的時期，這段時期的作品大多充滿了個人生活的記錄。《寒灰集》是最具該時期特徵的作品。最後是演變時期，他成功擺脫了「過於個人」的風格，並且更加自由地發揮作家的想像力。這段時期最具代表性的作品是《過去》，其風格達到了成熟階段。（《模範小說》，第568頁）

　　中國的評論家對他有個非常準確的評價：「在郁達夫的作品中，多半反映青年病態；如青年對現實社會之不滿及性與經濟之苦悶，無不描寫盡致，此乃郁氏創造之特色。（參《活葉文選·作者小傳》）

　　有關於他個性的評價，錢杏邨稱他是「心理不健全的人」。自幼孤兒的他從未受到父親的督導和母親的慈愛，似乎成為了他憂鬱、悲觀性格的根源。（參《現代中國文學作家》第I卷，第103頁）

　　趙景深的語氣更重：「郁達夫是一個潦倒的人，小說多寫窮和偷和色。」其他的作家便只是在轉述郁達夫自己對自己的評價：「我是一個真正的零餘者，所以對於社會人世是完全沒有用

的。（參《零餘者》第7頁）」他幻想找到他自己用英語所表述的那種「金錢、愛情和名望」的幸福生活（《南遷》第34頁），這是1927年以前他所持有的三重幻想。《胃病》、《風鈴》、《中途》、《懷鄉病者》、《沉淪》、《南遷》、《銀灰色的死》等作品表達了他所有的這類感情（錢杏邨，同前，第108頁）。在《沉淪》中，作者承認，是法國自然主義文學引導他走向了道德的深淵。（同前，第26頁）

早在日本留學期間，他沉迷於酒和女人就遠甚於其政治經濟學的學業。由於感染肺結核病，他的身體很虛弱，而他又對性誘惑極其敏感，因而飽受其情欲的興奮與壓抑的折磨。這種精神狀態導致了他所有作品中道德和精神的失衡。正是這樣的內在鬥爭，加上祖國的苦難景象和對社會的不滿，使他筋疲力盡、精神錯亂、悲觀處世，進而產生了對一切事物的疲憊和反感。

鑒於他一貫以其所塑造的角色的心理原型示人，所以我們很難在他的作品的想像部分和自傳部分間劃清界限。他對於女性角色的刻畫一般都比較細膩深刻，但整部作品都在揭露「活著的艱辛、失望和悲觀」。尤其是從日本回國之後，他實際上給人一種道德觀念的墮落者的印象。他曾坦露自己甚至不敢公開自己的觀點：「我盡可能低聲地咳嗽，生怕別人注意我。叫人力車的時候都不敢大聲呼喊……」除此之外，他還深受托爾斯泰的影響，但在托爾斯泰的作品中顯得不那麼由衷的內容，反而在郁達夫的文中更鮮明突出和坦白直率。

和其他很多作家一樣，郁達夫於1930年被動地站在了左聯一邊。從那開始他似乎重新找到了平衡點，於是，他迎來了人生的第三個時期。

閱讀他的作品時，人們總是傾向與把他與阿爾弗萊·德·繆塞比照，因為他那充滿著熱情的詩句，氾濫著病態的多愁善感。

無論如何，我們都有理由指責郁達夫的作品中描述了太多的自怨自艾，而未能激發青年們去追求完美。

　　劉大傑，是郁達夫偏愛的一位學生，忠誠信奉「為藝術而藝術」，竭力為其師做辯護（《中國文學論集》第181頁，這部文集是不同作家的文學研究集，由郁達夫集結成冊）。劉首先表達了他的異議：「近來有人說：『郁達夫是個頹廢派的作者，他故意把一般青年的性的煩悶和靈肉的衝動，盡情的描寫出來，給一般青年許許多多不良的暗示，在中國現在的社會環境裡面，不應該產生這一派的作家』。」他的另一個異議是：「又有人說：『讀了冰心的小說，不過感著片時的愉快；讀了郁達夫的作品，不過引起性欲的衝動罷了』。」然後，劉運用「創造社」的理論來回應上述說法，實際卻透露出了同類文學的危險性。「這些沒有藝術的眼光，就來批評人家作品的話，不僅可以不答辯，簡直可以把它當作耳邊的風聲，因為他們不懂一件有價值的文藝作品，是超乎善惡道德的。讀一件作品，應該欣賞這件作品的藝術，並不是分析這件作品中道德的成分，他們因為錯認了批評的根本問題，所以得了這些偏見的結論。」劉的回應充滿了詭辯和玩世不恭，他繼續寫道：「本來批評文學的好壞，是沒有絕對的標準的，描寫笑的文學，能引起讀者的歡笑；描寫哭的文學，能引起讀者的悲哀，這樣的作品我們當然可以說是到了藝術成就的地了。假如郁先生幾篇小說，就能夠轉移一般青年的心裡，在混亂的中國文壇中，另立一種風格，這不是郁先生藝術成功的表現嗎？我看今日的郁先生的藝術的成就，恐怕還沒有走到這步呢！要是真的，那不僅天天和郁先生見面的我們，要慶他的藝術的成就，就是那些自命為文壇上的健將，也應該對他表示相當的祝意了。」

　　這樣的言論，不評也罷，他根本就是在自言自語！

　　梁實秋明確表達了對劉大傑意見的反對（參《新月》1928年4月10日，第I卷第2號：〈文人有行〉「文學的紀律」），並以令人信服而無可辯駁的口吻作出了回應：「無行的文人中之最無行者，就是自家做下來無數椿的缺德事，然後倨傲的赤裸的招供出來，名之曰懺悔，懺悔云云。並不是後悔的表示，只是在侮慢社會的公認的德行。不以可恥的事為可恥，一五一十的傾倒出來，意若曰；『我做下這等事了，那麼來表同情與我，你們快來讚歎我！我敢做，敢當，你們平庸的人敢做這樣的事麼？作樂敢於承當麼？我是壞人，但是我無所忌諱，並且責任不在我，那麼不必指責我，我敘述我自己的無行，比你們還敘述的好……』這樣的論調時常就可以震懾住一般的人，於是在一片懺悔聲中無行的文人就變為真誠的英雄。」

　　「自家把自家的無行和盤宣布，這個舉動至少包涵著勇敢與質直的美德。但是一件無行之事，自己宣布後，不能變作一件有行之事。侮慢不能因為懺悔者的勇敢與質直，遂把他的無行一筆勾消。做了的事不能當做沒有做。」

　　「無行的文人若真的懺悔想改到有行為的道上去，唯一的途徑就是在生活上努力要有行、德行的事，或者可以把以前的缺德的事遮掩一些。舞文弄墨倨的傲懺悔，本身就是一種無行。」

　　張少峰所作的《鬼影》的序（張少峰，1930年，震東書局，北京）便是這種文學的典型代表。

　　周作人對郁達夫的作品有過一個中肯而正當的評價（《自己的園地》1927年，北新，第75頁）。他首先引了郁達夫的序言寫道：「第一篇《沉淪》是描寫著一個病的青年的心理，也可以說是青年憂鬱病的解剖，裡邊也帶敘著現代人的苦悶，——便是性的要求與靈肉的衝突。……第二篇是描寫一個無為的理想主義者的沒落。」然後評論說：「他的價值在於非意識地展覽

自己，……《沉淪》是一件藝術的作品，但他是『受戒者的文學』，而非一般人的讀物。……在已經受過人生的密戒，有他的光與影的性的生活的人，自能從這些書裡得到稀有的力，但是對於正需要性的教育的『兒童』們卻是極不適合的。還有那些不知道人生的嚴肅的人們也沒有誦讀的資格，他們會把阿片去當飯吃的。關於這一層區別，我願讀者特別注意。」

張資平，1893年生於廣東梅縣。先是在耶穌教會學校學習，隨後前往日本東京帝國大學學習地理，並於1922年畢業。同年到廣州，與前述作家們一起成立了「創造社」，開始了他的文學生涯。隨後成為武昌大學的教授，1926年在廣東中山大學任地理學教授。1929年政府的變動使大學內部也發生了根本性的改變，張也隨之辭職。他去了上海，在那裡他成了暨南大學的文學教授，後來又成了廈門大學教授。同時，在郁達夫脫離、郭沫若被驅逐、成仿吾遊歷海外期間，他接管了「創造社」的領導權。

為了維持生計，同年他開了一個「樂群」書店，並創辦一本同名的雜誌，但幾個月後就倒閉了。不過，他並沒有氣餒，很快，又重新開辦了一個書店和一本雜誌，環球圖書公司，只是最終仍然以同樣的命運結束了。

1930年張資平投向左聯，1937年後又在上海投向了汪精衛的陣營。

除了地理科學著作，張資平所著的知名小說有：《青春》、《飛絮》（現代出版社）、《苦莉》（光華書局）、《紅霧》（樂華圖書公司）、《長途》（南強書店）、《石榴花》、《愛》（光華書局）、《愛的焦點》（泰東書局）、《素描種種》（光明出版社）、《資平小說集》（現代出版社）、《天孫之女》（文藝社）、《北極圈裡的王國》（現代出版社）、《明珠與黑炭》（光明出版社）、《愛力圈外》（樂群書店）、《沖

積期化石》、《雪的除夕》、《不平衡的偶力》、《最後的幸福》等等。

張資平的小說基本上都是色情的，追求多角之愛的謀劃算計。其所述故事的主人公大多是女性，衝動、充滿色欲，糾纏、引誘男人，牢牢勾住他們的心和身，最後在失望和不幸中結束可恥的生命。張資平在他全部的小說裡都以無恥、諷刺的方式來展開愛情、性癖和低劣的激情，甚至到了一種極端。

文學上，他不過屬於自然主義、個人主義和唯物主義。一切都逃不掉他卑微的厚顏無恥。按照大多數評論家的看法，他的文學價值基本上為零。然而，郁達夫給人的印象卻是真誠的，儘管個性有些失常，所以他以他那不容置疑的文學天賦贏得了我們的好感，以他畸形的靈魂贏得了我們的同情。而張資平卻一無是處，他的風格乏味單調，他的傷風敗俗是有意識的，他的乏味單調的文學想像與伎倆，總令人感到他是一個喪失了真誠和才能的人。而且，他所描寫的愛情從不考慮自然、社會和家庭的聯繫：私會、通姦、亂倫、老師對學生的不當舉止……他所有的描寫都讓人覺得它像一隻試圖殺死讀者的有毒的投槍。（參王哲甫《中國新文學運動史》第154頁，及其後頁：史秉慧《張資平評傳》，現代出版社，1932年）

可惜的是，讀他的書的人還真多。這樣的成功似乎僅僅是出於他所採用的主題的不良誘惑：混亂不堪的愛情和縱欲。

1929年張資平意欲改變小說題材，開始向革命小說過渡，作了幾次嘗試，但是，他的自然主義的立場無法與任何思想相協調，甚至空想共產主義。

1931年大夏大學學生，敬請「為青年所崇拜的張資平先生」去教「小說學」課程，魯迅以其獨特的「微妙」口吻對此次邀請諷刺道：「嗚呼，聽講的門徒是有福了，從此會知道如何三角，

如何戀愛，你想女人嗎，不料女人的性欲衝動比你還要強，自己
跑來了……」（參魯迅《二心集》第47-48頁、《文藝自由論辯
集》同前 第50頁）

淦女士，本名馮淑蘭，筆名馮沅君。（參王哲甫，同前，第
158-159頁；黃英《現代中國女作家》1934年，北新，第109-125頁）

1902年生於河南唐河，中國著名哲學家馮友蘭之妹，畢業於
北京大學研究所和北平師範大學研究院。畢業後相繼在多所大學
任教。1929年與同在大學任教的陸侃如教授結婚（陸侃如1903年
生於江蘇太倉）。

1924年3月，馮開始在《創造週報》發表文學作品，很快以
〈旅行〉、〈慈母〉等獲得作家之名。其創作以〈隔絕以後〉
最為成功，這部小說使她成為了第一位敢於描寫女性的愛情心理
的作家。從此，她開始決定以寫作為生，並相繼出版了三部短
篇小說集：《卷葹》（1926年，北新）、《春痕》（1926年，同
上）、《劫灰》（1929年，同上）

她在《卷葹》中描寫了具有強烈情感，對自由極度渴望，且
意志堅定的青年一代。她攻擊孔教的形式主義和所有令人厭煩的
傳統的束縛。相應地，她強烈支持堅貞的、懂得犧牲的愛情。但
她從未脫離家庭和學校圈子，嚴重的社會問題還未波及到她，因
此她尊崇「為藝術而藝術」的總原則，與郭沫若一樣抱有試圖徹
底改變文學創作的浪漫夢想。

從《春痕》中，我們可以讀到她那顆浪漫的心，她寄希望於
理想的、純潔的愛情，卻從此刻開始察覺到現實的痛苦。被生活
欺騙之後，她最初的熱情被澆滅了，取而代之的是深深的悲傷和
憂鬱。暴風雨過後，她只剩下一顆支離破碎的心，不過反而變得
更加堅強。

《劫灰》是一個年輕女子寫給情人的書信集。作者將其經歷

的所有心理都傾注其中，悲傷和憂鬱占了大部分。

她的作品中，值得一讀的還有《沅君三十前選集》（女子書店出版）、《一個異聞》等。

馮淑蘭熱烈地描寫年輕女孩在自由戀愛中的心理，其文學衝擊力甚於冰心，但她缺乏冰心特有的甜蜜。馮淑蘭在作品中展現了一個自然的她，然而因為太過個性化，隨著年齡的增長，她的想像力很快枯竭，作品也變得平淡無奇。總之，在後起的人才的陰影之下，她的成功轉瞬即逝。

王獨清，1898年生於陝西長安，是一個政府官員的私生子。年少喪父後，他前往上海並與家庭切斷了所有聯繫。

他在法國學習藝術和文學。回國後加入「創造社」，1925-1926年擔任廣州中山大學文學院院長，「創造社」骨幹和《創造月刊》主編。1929年「創造社」被取締後，成為上海藝術大學教務長，與郭沫若、張資平等人斷絕關係。

他容易激動，而且只忠於感情。是個以多愁善感而聞名的詩人，崇拜但丁、拜倫、阿爾弗雷德・德・繆塞和喬治・桑。

其詩作有：紀念其母親的《聖母像前》、《吊羅馬》；戲劇作品有：《貂蟬》與梅特林克的劇作極為相像的《楊貴妃之死》；其詩作中最為聞名的有《死前》、《我在歐洲的生活》等等。

穆木天，1900年生於吉林伊通，天津南開中學畢業後，前往日本京都帝國大學學習文學，擅長兒童文學，在日本結識「創造社」的創立者並加入他們的組織。他還致力於向中國介紹外國文學。回國後先後擔任廣州中山大學、北京孔德大學、吉林大學的教授。

其作品有：《旅心》（1927年，詩集）、《青年燒炭黨》（湖風社）、《蜜蜂》（泰東出版社）、《初戀》（現代出版社）；以及一些譯作，以高爾基作品居多。

　　倪貽德，浙江杭州人。日本留學回國後，先後成為廣州市立美術專科學校和武昌藝術專科學校教授。1941年又轉到上海美術專科學校。發表過幾部書畫作品集，文學作品有：《殘夜》（1928年，北新）、《玄武湖之秋》（1924年）、《東海之濱》等。

　　倪貽德是一名狂熱、浪漫的藝術家，極易傷春悲秋，只嚮往藝術和擺脫束縛的愛情。

　　周全平，郭沫若的學生，1926年後參與領導「創造社」。其作品只有「創造社」所有作家所共有的兩個主題：愛情和對社會的不滿。作品有：《箬船》、《夢裡的微笑》、《煩惱的網》、《樓頭的煩惱》、《苦笑》等。

　　劉大傑，四川人，武昌大學畢業後前往日本留學，回國後擔任上海復旦大學教授。

　　作為郁達夫偏愛的門徒，他在為其師的辯護中對文學的概念有所定義（參同上，郁達夫）。其作品可分為兩個時期，前期的他是悲觀主義者，多愁善感，《渺茫的西南風》和《黃鶴樓頭》（1925年作於武昌，時中合作書社）就是此階段的文學作品，描寫不被認可的愛和心靈的苦痛。

　　日本留學期間，他的風格變了，表現在《支那女兒》和《昨日之花》（1930年，北新）。這些作品裡，作者開始懂得擺脫僵化的主題思想和愛情，以及他過於隱祕和個人化的筆調，開始擴大視野，關注一些社會生活和政治問題，同時表現出對安寧、溫和的家庭生活的深切嚮往。

　　他的作品還有：商務印書館出版的《托爾斯泰研究》和《易卜生研究》、《三兒苦學記》（1935年，北新）、《寒鴉集》、《山水小品集》（1934年，同上）、《明人小品集》（1934年，同上）、《盲詩人》（1929年，啟智）、《長湖堤畔》（1926

年，武昌）、《一個不幸的女子》（啟智）、《戀愛病患者》（北新），以及數部美國作家傑克・倫敦、奧地利作家阿圖爾・施尼茨勒作品的翻譯等。

賽先艾，1906年生於貴州遵義，1928年畢業於國立北京大學法學院。

他最初在《晨報副刊》發表詩作，這本雜誌1925年起由徐志摩主導，期間他還創作了幾部描寫自由戀愛和青年苦惱的小說，其中有：《酒家》、《朝霧》、《一位英雄》、《還鄉集》等。

鄭伯奇，陝西人，曾在京都帝國大學修習文學。1920年已與郭沫若建立了有關社團和文學雜誌方面的聯繫，但直至1925年才加入「創造社」。1929年社團解散時他開始組建「文獻書房」社團，但只持續了幾個月。1936年成為中國文藝家協會副主席。作有幾部話劇，如《抗爭》、《軌道》等，和幾部外國文學翻譯作品。1939年加入回教文化研究會，1941年前往重慶。（參魯迅《二心集》，第31頁）

洪為法，1900年生於江蘇儀征，畢業於武昌高等師範學校，隨後成為中學教師。其作品包括《絕句論》（1934年，商務印書館）、《蓮子集》（北新）、《呆鵝》（文化書局）、《長跑》（同上）及一些文學研究。

何思敬，筆名何畏，1895年生於浙江杭縣，於日本東京帝國大學修習文學，回國後擔任廣州中山大學社會學和法學教授。

成紹宗，以翻譯法國浪漫主義作品而聞名：A・F・普雷沃的《傳奇小說》（光華）、H・巴比塞的《地獄》等，他還是《墨索里尼戰時日記》（光華）的譯者。

馮乃超，筆名之一為李易水，廣東人，於東京帝國大學修習文學。與李初梨、朱鏡我等同為1925年後「創造社」最具影響力的成員。掌握社團幾本機關刊物的領導權：《創造月刊》、《文

化批判》、《思想月刊》、《文藝講座》等,並積極參加1928-
1930年與梁實秋、魯迅的文學論戰。(參《中國文藝論戰》,第
255頁)

其作品有:《傀儡美人》、《撫恤》等。

沈起予,筆名綺雨,1904年生於四川。於日本東京帝國大學
完成高等教育,回國後成為「創造社」一名重要成員。其作品有
《藝術科學論》、《飛露》、《碑》、《出發之前》等。

八、新月社

　　「新月社」由一群美國留學歸來的學生創立，多數是清華畢業。他們表現出對19世紀中期的西方文化及其文化要素的極大熱情，涉及古典文學、文物鑒賞、現代英語意識形態和哲學等等。總而言之，他們希望以在西方發現的寶藏來使新的中國充實起來。他們常常在聞一多的住處聚會，以希臘雕像、19世紀的西方油畫營造出優雅古典的氛圍。他們非常崇拜席勒和歌德的作品，傾聽瓦格納和巴赫的音樂是他們最大的樂趣。他們嚮往藝術家和文人的生活，置身於大眾和社會生活之外，幾乎從不參與1922到1928年那種充滿極端熱情的新文化運動。在詩歌方面，他們想繼續胡適所開創的風格，並且以同樣的精神開創一種戲劇藝術。對他們而言，話劇代表藝術的全部，因為它協調融合了詩歌、散文、雕塑藝術、音樂和韻律。這些都表明19世紀的浪漫主義對他們的影響之深刻。（參《史料》同前 第127頁）

　　與「創造社」相反，他們承認藝術要符合道德約束，但他們的道德觀念局限於美國實用主義。（〈藝術良心與道德良心平衡〉，參《史料》，第127頁）

　　該社團成員被認為是新的資產階級，代表中級階層的利益。1929年起，其趨勢已漸漸轉為他們想當然的那種社會寫實主義。正是從這個策源地湧現出了田漢和洪深的話劇作品，他們的理論為1932年左翼作家聯盟的成立開拓了道路。然而，社團的一些成員如胡適、梁實秋，因其排他主義和缺乏社會意識而不同程度地出現過失誤。某種程度上，他們符合其對手所稱謂的「象牙塔紳士派」。（參魯迅《二心集》第129頁）

　　另外，「新月派」還擁有《新月》月刊和《新月》編輯部。
1928年3月該刊第一卷第一號中，編輯們聲明這是三個不同的機
構，但實際上是同一個組織。

　　1928-1930年的文學論爭使他們不得不公開表明他們的觀點
和態度，他們是這樣陳述的：「我們辦月刊的幾個人的思想是並
不完全一致的，有的是信這個主義，有的是信那個主義，但是我
們的根本精神和態度卻有幾點相同的地方。我們都信仰『思想自
由』，我們都主張『言論出版自由』，我們都保持『容忍』的態
度（除了『不容忍』的態度是我們所不能容忍以外），我們都喜
觀穩健的合乎理性的學說這幾點是我們幾個人都默認的。」（參
《新月》第III卷第5號第6頁）「……不妨害健康的原則；不折辱
尊嚴的原則。」（參《新月》第I卷，1）

　　有些年輕作家的姿態，處於魯迅的社會寫實主義和胡適、梁
實秋的貴族自由主義之間，並且接近周作人的人文和空想的人道
主義。現今多數作家只限於參加文學活動，不涉及政治，這樣的
作家即屬於上述範疇。他們不願意用自己的藝術和天賦來服務於
某個特定的政黨。受益於這種不偏不倚，他們在文化上對當代中
國有著更為深遠的影響。

　　在公開場合，「新月社」的成員都反對郁達夫的傷感主義，
因為他認為文學中的感情不可被局限在理性範圍之內。

　　同時，他們反對任何為人類的理性所不能接受的極端主義
和偽理想主義。他們說，「創造社」的極端主義者們戴著綠色眼
鏡，於是看到的世界也全是綠色的；他們的先天論是反理智的、
不現實的；在一個正常的人類社會，愛要承擔一種比恨更為深刻
的功能，互助精神要超越相互的敵意。「新月社」所追求的，即
是時時處處都遵從真實與公正。

　　同樣的原因，他們反對任何的一黨獨斷，保衛人權和議會

權益。

最後，他們還反對唯理主義的功利派。他們強調物品價格和價值的區別、物質和精神的區分，他們認為：「在這一切商業化惡濁化的急坡上我們要留住我們傾顛的腳步」，「我們相信一部純正的思想是人生改造的第一個需要。……我們先求解放我們的活力。」（參《新月》第I卷，第1號：〈新月的態度〉）

1928年的文學論爭中，梁實秋自告奮勇當起了「新月社」的辯護人。面對「創造社」和「語絲」的獨斷之論，他認為文學應立足於時代可能出現的偶然事件之上，文學關注的要點應是中國的新文化問題。不過，在左翼作家談論「文化」的時候，梁實秋和新月社正致力於一種「文明」的創立。他們肩負雙重任務：解放活力，整理國故。他們希望在這項任務中借鑒西式的方法，使古代經典文化適應於新的時代之需求。

他們認定文學家和思想家是鍛造民族未來的人，因為他們是同輩人中的先驅。他們認為，在社會動盪時期，革命的意識形態會在文學中留下印記。他們承認，確實存在著一種「革命時期中的文學」，但它必須由文學家和思想家來領導，而不是相反。毋庸置疑，現今有了一些革命作家，可是他們想要謀求文學的壟斷，向一切不同意其政治觀點的人施壓，這是不理智的。其實，偉大的文學乃是基於固定的普遍的人性，從人心深處流出來的情思才是好的文學。（參《中國文藝論戰》中梁實秋的〈文學與革命〉，參同上，第422頁）

我們不能強迫文學家們去違心地站到革命文學的大旗之下，況且革命文學自吹是「大眾的」。一個真正的文學家往往是天才，而天才總是少數，不僅能夠在「大眾」當中產生——如革命者所指出的那樣——而且能產生在社會所有的階層。這並沒有什麼分別，也並不妨礙我們在革命時期將文學作為宣傳工具。但目

前的狀況是只涉及到一種形式，而它卻無權囊括所有文學活動而將其他形式排除在外。除了文學宣傳之外，其他形式也該有權利存在。

「創造社」對這些反對的聲音作了回應，說「新月社」的作家遠離人民的現實需求，否認現今生活中的具體實際（參同上，第255頁）。這個評價並非毫無根據。而且，他們還說，人們反覆談論的這些作家畢竟不是超出常人的人，他們生活在象牙塔或私人圈子裡，難道真的不會回歸這個他們所屬的社會嗎？一旦回歸了，他們就有社會責任需要完成，若總是與群眾保持距離，那麼他們又如何替真實社會傳達心聲？如果沒有實實在在的聯繫和往來就不可能理解現實，也不可能表現出來。（文學是人生的表現。同上，第262頁）

這些指責有些也不是沒有根據的。「新月社」確實太過貴族氣也太過自由了，至少在一些代表性人物身上有所體現，而且他們不太理解，現實中國的環境之下文學所承擔的鼓舞人心的社會角色。

以下是與「新月社」的命運息息相關的幾位主要作家。

聞一多，1899年生於湖北浠水縣，在一所耶穌教中學完成中等教育，隨後進入北京清華大學，後與梁實秋一起赴美留學，經常出入於紐約和芝加哥的藝術學校。在芝加哥拿到學位之後，為了鑽研十八世紀的文學與藝術，他又在那裡待了一段時間。回國後他與胡適、徐志摩和其他朋友一起成立了「新月社」，意欲在中國傳播西方思想和文學，同時他還致力於推廣新詩。其後歷任高等教育學府以下職位：南京中央大學的教授和教務長，國立武漢大學文學院長，清華大學文學院教授和院長。1931年兼任國立北京大學、清華大學和燕京大學三所高校的教授。

1937年7月，他與一眾朋友一起離開北京前往未被佔領的地

區，先是到達武漢，然後去了長沙，又徒步前往昆明，環境十分惡劣。此後他便留在西南聯合大學任教授。

聞一多以詩人和文學評論家而聞名。1926年在《晨報副刊》發表了一些作品，主要有：《紅燭》（詩集，泰東出版社）、《死水》（1928年，新月社）等等。

徐志摩，浙江海寧人。他的高等教育開始於上海滬江大學，結束於國立北京大學。隨後赴美留學，在芝加哥大學攻讀金融學，後來又去了英國，獲得劍橋大學政治經濟學學位，為了學習文學又多留了一段時間。天生是詩人的他，只為唯美文學而生，因此也將他的閒暇時間全都獻給了現代詩。1924年回國後，他先在國立北京大學擔任教授，隨後去了清華大學。同年，印度著名詩人泰戈爾來華，徐志摩和王統照作為官方翻譯與之同行。中國之行後，徐志摩繼續陪泰戈爾前往義大利。

1925年冬，徐成為《晨報副刊》的主編，與之共事的有梁啟超、陳西瀅、聞一多、郁達夫、沈從文等。該報每週二會闢出一個新詩的專欄，徐志摩將其用來發表新風格的詩作，比胡適「說教式的」的詩和郭沫若「榔頭般的」詩要更悅耳、更好聽。不過很顯然，徐志摩很快招來了敵人，說他是令人肉麻的貴族派。

三年後他已經在文壇上頗有名氣，被邀任教於多所大學。他離開北京去了南方，把《晨報副刊》的主編位置讓給了瞿世英。1928年該刊因反對執政黨被政府查禁。

同年，徐志摩和胡適、梁實秋以及其他一些人成立了「新月社」。1930年回到國立北京大學。翌年11月19日，他乘飛機由南京前往北京，在山東濟南黨家莊一帶，飛機撞上山頭，起火，徐志摩與其他乘客全部遇難。時年36歲。

徐志摩先是在德國與張令儀結婚，很快又離婚，然後於1925年在北京與演員、畫家、作家陸小曼結婚。

其主要作品有：《志摩的詩》（1928年，新月社）、《翡冷翠的一夜》（1927年，新月社）、《猛虎集》（1931年，新月社）、《落葉》、《巴黎的鱗爪》（1927年，新月社）、《自剖》（1928年，新月社）、《輪盤》（1930年，中華出版社）、《卞昆岡》（話劇，1928年，新月社）、《雲遊》（1932年，新月社）、《愛眉小札》（1936年，良友書局）等等。

其譯著有：《曼殊斐爾小說集》（1927年，北新出版社）、伏爾泰的《贛第德》等。

徐志摩是公認的最傑出的白話詩人，同時擁有眾多崇拜者和競爭者，尤其是女性。他的詩句自然地流露出他多情的性格，西方文明對他的同化，讓他的外國友人一致承認覺察不到一絲文化上的不同。他在同輩當中散發著一種罕見的能量，自發性和熱情。在北京大學任教期間，徐志摩深受學生喜愛。從他的作品中，我們能夠發現，他對待性有著一種刻意講究的貴族氣，這一點在《愛眉小札》中尤為明顯。該書由徐志摩的第二任妻子陸小曼於1936年，徐志摩去世五周年時出版。對張資平和現在許多作家來說，男女間的關係從未逃脫生理的層面，而徐志摩的思想層面更高：他很文雅，有騎士風度，懂得有禮貌、有修養地向女子獻殷勤。

遺憾的是，他的英年早逝使他的天賦未能達到成熟的頂峰（參《天下月刊》1935年，第285頁）。不過，他也遇到了一些對手：堅持人文主義主張的周作人就不支持他，他說：「清新透明而味道不甚深厚。好像一個水晶球樣，雖是晶瑩好看，但仔細地看許多時就覺得沒有多少意思了。」（周作人《新文學的源流》第52頁）同樣的批評還有許多：「他並沒用明確的觀點，就如同空中隨風飄蕩的薄雲。」（李素伯《小品文研究》第136頁）還有一些歷史唯物論者更激烈地指責他「華而無實」，並給他貼上

了「小資產階級」、「資本主義者」的標籤。從某種程度上說，
他們說得有道理，徐志摩畢竟過於貴族氣和唯美主義。但在他的
一些作品裡，他也懂得與周遭的社會實際聯繫起來：例如話劇
《卞昆岡》。他的思想總體上很模糊，讓人捉摸不透，但力求卓
越，而他卻未來得及解釋自己的定位或者原則。由於時間或者才
能的問題，徐志摩無法做到的，另一個同時代的人，吳經熊，卻
做的非常到位。由於吳經熊受基督教以及隨後的天主教的影響，
他的性格裡非常完美和諧地融合了中國文化和西方文化的精華，
於是，他實現了中國一百年來一直在追尋的夢想：通過帶來西方
文化，同時也不遺棄任何珍貴的傳統文化，讓中國文化豐富和高
尚起來。另外，胡適、林語堂、老舍等雖同樣致力於實現這個夢
想，卻似乎未能取得成功，可能是因為他們沒有真正與西方「文
化」和「文明」的內在本質相聯繫；另一方面他們似乎過於注重
新式的革命和對抗精神，而沒有正確判斷隱藏在中國傳統背後的
寶藏的真正價值。

余上沅，湖北江陵人。北大畢業後，入美國哥倫比亞大學攻
讀戲劇藝術。回國後與徐志摩一起主持《晨報副刊》，同時致
力於舞臺劇和外國文學的翻譯，並長期擔任國立南京戲劇學院
院長。

其創作和譯著有：《可欽佩的克萊敦》（譯自J・M・巴里
的The Admirable Crichton，1930年，新月社）、《長生訣》（譯自
K・恰佩克的L'Adieu éternel，北新出版社）、《上沅劇本甲集》
（1934年，商務印書館）、《國劇運動》（1927年，新月社）、
《戲劇論集》（1927年，新月社）等。

饒孟侃，江西南昌人。赴美留學，隨後相繼在青島和武漢的
高校任教。以新體詩、文學評論和翻譯而聞名。其中有：《蘭姑
娘的悲劇》（譯自T・梅士斐兒的The Tragedy of Lan，1934年，中

華書局）等等。

朱湘，1904年生於安徽太湖，清華大學畢業後去了美國密歇根勞倫斯大學攻讀西方文學，畢業後又在芝加哥待了兩年。回國後立刻得到了安徽大學文學系主任的職位，但時間不長，1933年因急性神經衰弱卸任，隱居於上海，並在那裡跳海自殺身亡。《小說月報》和《晨報副刊》上發表過他的作品，其中《晨報副刊》是他與徐志摩等人從1925年開始主創的。

他的文學評論有：〈評徐君志摩之詩〉、〈評聞君一多之詩〉、《文學閒談》（1934年，世界書局）等；其詩作有：《夏天》、《王嬌》（這是一部長達900句的史詩巨作，被認為是他的自傳。）還有《草莽集》、《石門集》等。他還發表過幾部不太出名的作品。

趙少侯，1899年生於浙江杭州。在國立北京大學學習時便沉迷於文學，隨後在幾所大學擔任過教授：國立北京大學，北京中法大學，山東大學西方文學系主任，孔德學校教務長，北平藝術專科學校教授、祕書和女子師範學院祕書。1941年成為中華教育總會成員，1944年入保定府師範專科學校任教授。

作為教授，趙少侯對當今的知識青年有著深遠的影響。

他發表了一些法文譯著，其中有：《迷眼的沙子》（拉比什著，1929年，新月社）、《恨世者》（莫里哀著，1934年，正中出版社）、《山大王》（阿普著，1935年，商務印書館）等。

楊振聲，1890年生於山東蓬萊，畢業於美國哈佛大學和哥倫比亞大學。回國後相繼任教於國立北京大學、武漢大學、中山大學和燕京大學。1928年成為清華學校文學系主任，1929年隨清華學校升級為國立大學而成為講師，一直到1937年。日本入侵後，與聞一多等好友一同前往南方，並擔任西南聯合大學中國文學教授和祕書。1944年赴美成為東方學院一員。

楊振聲從1921年便開始在《新潮》的專欄上發表作品，還在北大求學的他，產量不多，學習已占去了他大部分時間，無暇創作。1924年《新潮》雜誌以《現代評論》的名字重新出現，和《新潮》一樣，對大眾文化、文學、政治、經濟、法律和科學進行評論和批評。羅家倫、丁西林、胡適、陳源以及其他故友輪流當總編。在新的中國的文化危機之下，他們大部分人不偏不倚，取道中庸。他們當中，也有一些極端分子，比如郭沫若和郁達夫，但達不到前面那些人的文學水準，只能做幫手。

1928年的文學論戰中，楊振聲不屬於「新月社」陣營。他的活動領域並不局限於文學，但對清華「新月社」一群作家特別是青年作家有著深遠的影響。而且，他也晉升到「新月社」幾位重要骨幹之列。

他有部特徵鮮明的小說於1924年連載於《現代評論》，並於1925年分卷出版：《玉君》（1925年，北京，現代社）。這部作品不是以文學的美而出眾，而是由於傾向性和思想而值得特別的關注。中國現代文學多數基於三個共同主題：青年的煩悶，經濟的困難，對社會的不滿。而楊振聲卻不關心「為藝術而藝術」和「為人生而文學」的爭論，他寫出了一部展現人性之美的作品，以獨到的方式開闢了小說主題的新天地。遺憾的是，直到今天這種小說的信奉者還是很少。不管是無產階級的，新寫實主義的，還是戰爭文學的作品都無法超越平庸的界限，這些種類的小說太消極或者太理想化了，無法滿足人的所有物質和精神願望。「作者既不作趨時的諷刺，又沒有感傷的氣氛，完全以平靜的心理，寫出特創的情節，實為前提長篇創作所不及。」（參同上，王哲甫，第164頁）

梁實秋，1901年生於浙江杭州，清華大學畢業後赴美求學於哥倫比亞大學和哈佛大學。回國後，先後任教於上海光華大學和

上海復旦大學。

1929-1931年他支持「新月社」參加激烈的論戰，作為代表與左聯作家相對抗。（參魯迅《二心集》各處）

1926年他對胡適在文學革命中的立場問題從專業角度給予了很嚴苛的批評。梁在其中表示總體上接受東南大學學衡派曾在《學衡雜誌》（The Critial Review）上發表的觀點。

梁實秋在哥倫比亞和哈佛接受教育期間，研習過美國現代文學史，他注意到，胡適所發起的文學革命的諸多主張都是效仿美國的。他還發現浪漫主義和印象主義（或意象派）是通過美國傳入中國的。他在1927年發表的《浪漫的與古典的》裡作了如下評論：

「文學並無新舊可分，只有中外可辨。舊文學即是本國特有的文學，新文學即是受外國影響的文學。」這句話有力地證明了他的觀點。

在哈佛，梁實秋曾聆聽了T・S・艾略特教授對如下觀點的論述：「若無過去的照耀，如今生活便極度空虛，枯燥無味。若代代如此般我行我素地改造幾千年來前人的積累，那麼我們將何去何從？」（參沃爾特・富勒・泰勒的《美國文學史》（A History of American Letters），1936年，美國圖書公司，紐約，第434頁）艾略特希望與文學上的現實主義——或者說自然主義——和浪漫空想主義決裂，做回古典主義的信徒。他認為只有在此基礎上我們才能遵循人類的本質創作出一部完整成熟的作品，而浪漫主義只能讓我們創作出零碎、短暫、混亂、空想的作品。

在這個層面，艾略特自己也曾深受歐文・白璧德和保羅・埃爾默・莫爾等哈佛教授的影響，梁實秋、吳宓和其他中國文學家曾透露自己是莫爾的追隨者。

白璧德和莫爾闡述了浪漫主義的不足，因為它不能夠為人類

的生活提供一種適當的構想。他們堅持認為文化傳統的價值是評價文學和哲學的基礎，要從基督教傳統、文藝復興時期的作品、莎士比亞、歌德，尤其是希臘幾位著名思想家如蘇格拉底、柏拉圖、亞里斯多德等的作品中，尋找能夠作為真正的文學基礎的文化元素。每個人都必須植根於過去時代偉大的思想貢獻，以便努力培養一種評判生活和藝術的新基礎。

這些作家想用這些原則來觀照那些對時事漠不關心，因而給人的印象是忽視現實需要的人。正是這一點引起了梁實秋與「創造社」那些從錯誤的空想主義出發的作家們的衝突，也引起了他與「語絲」的那些捍衛社會現實主義的作家們的衝突。

古典主義者的理想──梁實秋已悉數分享──是「健康、道德、平衡的生活，產生健康、道德、平衡的藝術」。（參泰勒，同上，第437-439頁）

中國需要一種與中國傳統相契合的作品，並創造一種具備那些相同優勢的新的文學。

1932年，受雷鳴遠神父之邀，梁實秋同意在《文學週刊》擔任編輯，這本雜誌隸屬於《天津益世報》。（參劉修業《文學論文索引續編》，1933年，中華圖書館協會）

他的作品和譯著有：《浪漫的與古典的》（1927年，新月社）、《罵人的藝術》（1931年，新月社）、《西塞羅文錄》（1934年，國立編譯館）、《威尼斯商人》（莎士比亞）、《織工馬南傳》（譯自艾略特的作品，1932年，新月社）、《文學的紀律》（1928年，新月社）、《偏見集》（1933年，正中出版社）、《幸福的偽善者》（譯自馬克斯・比爾博姆的The Happy Hypoerite）、《亞伯拉與哀綠綺斯的情書》（Abélard et Héloïse）等等。

吳宓，1894年生於陝西涇陽，畢業於哈佛大學文學系，後又

到牛津大學深造。回國不久即任教於南京東南大學及東北大學。

1925年他到清華大學、燕京大學任教，與梁實秋同為「新月社」成員。1932年他擔任北京高等師範大學教授，1936年又擔任了國立北京大學教授。

他對在哈佛了解到的歐文‧白璧德的人文主義和古典主義極為尊崇，其觀點為，文學與道德有著內在的固有聯繫。

在舊的傳統文學被胡適和其他一些文學革命作家們否定之後，他則致力於恢復傳統文學在中國文化上的地位。

吳先生曾任《學衡雜誌》的主編，他的文學研究頗受矚目，其中有〈白璧德與人文主義〉（新月社）。

陳衡哲，筆名莎菲，江蘇武進人，任叔永之妻，任是胡適的好友和研究夥伴。她畢業於北京清華大學，隨後入美國瓦薩學院並在芝加哥大學獲得文學學位。1920年回國後進入北京大學教授西方歷史和英語，他的丈夫在該校教授化學。1922年，兩人一同進入南京東南大學任教，1926年，兩人去夏威夷旅遊，翌年回北京，她繼續在北大教授歷史。

1918年起，頗有文學天賦的她，在《新青年》雜誌的專欄中發表詩歌、隨筆和散文，嶄露頭角。她最為著名的作品是《小雨點》（新月社，1928年），但歷史學家的身分卻讓她更富聲名，她撰寫過好幾部歷史著作。（參同上，黃英，第91頁及其後頁）

九、《語絲》團體

從1920年開始，中國經歷了其歷史上眾多危機中最為艱難的一次，不僅是政治上，國內、國際、經濟、社會、軍事和宗教等諸多方面都發生了危機，連知識界和文學界也在劫難逃。「新月社」這個聲稱由國家的知識精英組成，高舉新文化火炬的社團，也在資產階級、個人主義和斯賓塞式自由主義中漸漸失去了光芒。更為狂熱的「創造社」，被它的浪漫理想主義牽引著投身於對抗，社員們想截斷藝術與道德之間的聯繫，同時削弱它與生活的聯繫。他們清除所有障礙，加速奔向悲觀文學、無節制的色情主義，以及對道德和社會的反叛，直至尼采主義式的絕望自殺。其他作家，如郭沫若，雖然成功逃離了這種危險，卻跌落到無產階級和排他主義的文學當中去。惟有文學研究會這樣的社團，雖虛弱萎靡，卻堅持了自己的理想。

為了振興脆弱的「新文化」，在「新文化」英年早逝的前夕，周作人與其兄魯迅，於1924年成立了一個新團體，把《語絲》當作機關刊物。周作人以開明或豈明為筆名，領導著這個團體。該團體或多或少與1920年成立的文學研究會有著相似的目標：「對於政治經濟問題也沒有什麼興趣，我們所想的只是想衝破一點中國的生活和思想界的昏濁停滯的空氣。我們個人的思想盡是不同，但對於一切專斷與卑劣之反抗則沒有差異。我們這個週刊的主張是提倡自由思想、獨立判斷，和美的生活。」（參《史料》，阿英，第112頁）

在〈我和語絲的始終〉（寫於1929年12月，參《三閒集》第160-171頁）一文中，魯迅以他的方式陳述了這本雜誌的歷史：

《晨報副刊》的主編拒絕刊登魯迅的一篇文章，魯迅的朋友孫伏園出面干預，還是沒能協調成功，於是孫伏園辭去編輯之職，與魯迅、周作人一起創辦了一本新的雜誌《語絲》。他們找來川島和李小峰一起編輯，後來李小峰很快代替孫伏園成為主編，1926年，雜誌在北京被張作霖查禁。

李小峰找到魯迅，建議由他帶領在上海繼續進行雜誌的出版，魯迅同意。但雜誌隨即就遭遇了困難時期：先是政府壓制並在浙江省被查禁，然後是與廣州的「創造社」開始了論戰。1929年，受不了多方糾纏的魯迅打算辭職卸任，但李小峰堅持不同意，最後雙方達成一致：魯迅可以放棄，但必須先找到一個人替代。柔石接受了邀請但未及半年便辭去職務。最終，《語絲》勉強維持了幾個月後，於1931年停刊謝幕。

這個新團體是因多數合作者推崇的人文主義文學應運而生的，不過我們仍能在這個團體中看到形形色色的人，比如顧頡剛、錢玄同、徐志摩，甚至林紓，唯獨胡適這個文學革命先驅，和因永恆的革命鬥爭的學說被共產黨開除的陳獨秀未出現在其中。

1928年和1929年是最艱難的兩年，但也是雜誌大事記裡最多產的兩年。此時正值第二文學論戰，「語絲」左手對戰「創造社」和「太陽社」，右手抵抗「新月社」，論戰打得不可開交。

所有人都指責《語絲》的那幾位最活躍的作家語帶嘲諷、冷酷無情。該社團的旗手魯迅直至1930年都是被譴責的重點，還有其他一些作家如林語堂、老舍、張天翼等被指責有批評和譏諷的傾向。不過，這些人沒有立場，也缺乏熱情，更沒有領袖者的威信和真誠，只帶有屬於社團專有特點的嘲笑的否定色彩，有人說是「語絲的冷笑熱諷」。這類指責顯然使論戰更加趨於激化。

與「創造社」的爭執是最激烈的。漸漸走向共產主義的「創

造社」開始走上革命文學的道路，想要禁絕一切背離其觀念的文學的存在權利。

「語絲」的作家們也贊同對社會進行根本變革的緊迫性，不過他們並不同意「創造社」的樂觀的浪漫主義，以及試圖將世界改造為人間天堂的革命文學。對魯迅及其創作而言，革命並非從原則上就要被排斥，不過它僅僅只是在迫切需求的情況下才採取的方式，因為它會造成太多的流血和犧牲。他們希望探索的是一種更為人道的方法，這種謹小慎微自然而然地會被對手定義為怯懦。

「語絲」宣揚在文學領域為自由而戰（參《中國文藝論戰》，冰禪的〈革命文學問題〉，第42-62頁）。「自由競爭才是使無產階級文學成長的最好的方法。在藝術的世界裡最必要的是自由。」他們以19世紀俄國作家布哈林、托爾斯泰等為典範支持這個原則；這樣做不是為了使共產黨人心服口服，而是因為他們確實與這些作家心有戚戚焉。

原則上，他們不反對革命，相反，他們是贊成的；他們也不反對革命文學。他們所攻擊的，是成仿吾、郭沫若和廣州「創造社」的那種偏執、誇張的排外主義，這些人信奉厄普頓・辛克萊所說的「一切的藝術都是宣傳」（參《中國文藝論戰》，第45頁）。在某種程度上，這是可以接受的，因為一切以文字方式進行的思想交流或多或少都是一種宣傳。但若就此推斷一切非宣傳的東西都應被排除在文學之外，文學只能用作階級鬥爭和革命的武器，這是不符合邏輯的。只有當文學成為人類生命的表達手段時，它才能成為宣傳的一部分。由此，想要把全部人類生活限制於階級鬥爭一隅就是非常荒謬的了。莎士比亞、歌德、但丁和彌爾頓不是真正的文學家嗎？但是我們卻不能說他們是無產階級傳播者。魯迅在這場論戰中也清楚地表明了自己的立場：「我以

為一切的文藝固然是宣傳，而一切宣傳卻並非全是文藝，……先當求內容的充實和技巧的上達，不必忙於掛招牌……」（同上，第96頁）

另一方面，「語絲」派認為文學與社會實際生活不可分割，這一點與古典主義者梁實秋和「新月社」的立場相衝突。還是魯迅，最為鮮明地闡釋了他們這個團體的思想：「文學須表達社會的完整生活，所以，即使文學不是專門用來革命的文學，它仍然帶有革命烙印，因為它反映了當前社會活躍的革命精神。」

其實，「語絲」的作家們自己言行不一，對他們來講，文學必須與人類生活一致，但他們卻沒有一個人找到解決基本生活問題的辦法。不過他們倒是對自己的不足非常清醒：從這份不足中，滋生出他們的猶疑不決，以至於被對手定義為膽怯；而對手們反倒已經為「語絲」真誠直率的精神找到了解決辦法——儘管這辦法是錯誤且不可接受的。

魯迅從文學生涯一開始便明確地站在這樣的立場上，他「從來不說他要革命」，「也不要寫無產階級的文學」，「也不勸人家寫」。然而他「曾誠實地發表過我們人民的苦痛，為他們呼冤，」「他的淚裡有著血的文學」（參《文藝論戰》，第63頁）。但是他並非排除了其他階級而僅在為一個階級寫作，他是人道的，他想為社會各個階級寫作。在痛苦和悲傷之中，他為下一代找到了一條新路。

正因為他從未無法完美地解決人的生活問題，所以他也不能給民眾指出一條明確的道路。但曾經有幾次，他好像隱隱約約、模模糊糊地有了答案，但仍是猶豫不決。他承認：「其實地上本沒有路，走的人多了，也便成了路。」但他仍然秉持著真誠的心承認著自己的無知（參例如《墳》的結束語）。「語絲」派的其他成員，如林語堂、張天翼、老舍等持有同樣的懷疑和嘲笑的立

場，也一樣無法完全掩飾他們遲疑不決的態度。

但無論如何，魯迅堅信：建立在唯物論基礎上的文學絕不是真正的文學，文藝所依賴的不是物質的供給，文學以人生的全部為背影（同上，第77頁）。魯迅深挖反對共產主義唯物論的論據，說道：有誰要是實行物質為基礎的社會制度，等同於許多大詩人所追求的那樣，誰就成不了真正的大詩人。成就藝術的，畢竟是精神的生活，而這種生活本質上並非取決於物質的需求。我們能夠輕易的將一個作家列入民眾的某個特定階層，但我們對作品卻不能這麼做，因為作品不是作家出身的那個社會階層的傳聲筒，而是他自我的表現，而且這種自我不屬於物質的範疇。魯迅認為，共產主義最重要的詭辯，是將所有社會問題都還原為經濟問題，解決了經濟問題，就能為世界謀得幸福。這樣的假設從社會學上來說是錯誤的，從文學上來說更是謬誤。以歷史為證，許多窮困潦倒的作家卻創作出了極為優秀的作品。在這個領域裡，不僅僅關涉經濟和物質，更為本質的也更首要的，是在物質之外與之上的一件事：精神生活和才華，只有它們能夠產生真正的文學。

總結「語絲」在1928-1930年的文學論戰中的理論觀點和立場，有如下幾點：

1. 「創造社」的思想將世界分為兩個階級：革命者和反革命者，或者說，資本主義者和窮人。他們之間的鬥爭和無產階級最終的勝利能夠解決所有社會問題。（參《文藝論戰》，第165頁）

   對此，魯迅和「語絲」回應：這樣的劃分過於簡單而且不妥，實際上，「創造社」把世界劃分成了主義的支配階級和主義的被支配階級，煽動者和只能盲從的群眾。

2. 「創造社」最為「語絲」所反感的是混淆了文學中的自我

的表現與個人主義的文學。自我若不是一塊死東西的時候，它當然不能離開社會，當然不能不受現代思潮的影響（參同上，第122頁）。所以當一個優秀的作家表現自我時，同時也是在表現民眾和時代的大自我。文學直接地表現作家的自我，既影響著社會大眾、也同時被大眾影響著。

　　另外，文學化的自我也是人類生活的回聲，至少當文學是真實誠懇的時候是如此。

3. 「語絲」還針對「創造社」提出：當作家使用的語言晦澀難懂而作家的思想只有少數文化人理解和欣賞時，就必須對忽視社會因素的個人主義文學加以改進。

　　所有論戰停歇於1929年「創造社」被政府取締和1930年左聯的成立。從那時起，《語絲》明顯開始走下坡路，並於一年後即1931年退出了文壇。由周作人主筆的「駱駝草」接替了它，但也在1932年，僅僅一年後就煙消雲散了。

　　該團體的主要聯合作家有：

　　徐旭昇，即徐炳昶，河南唐河人，早年赴巴黎留學，回國後任教於河南歐美留學預備學校。國立北京大學隨後聘其為教務長，接著又聘為哲學系主任和教授，同時他還擔任西北科學考查團團長。1925年在北京政府下令撤職的教授名單中，有徐炳昶。1931年被任命為北平大學女子師範學院校長，翌年辭職，僅保留北大榮譽教授頭銜。1941年又重回講臺，任西南聯合大學教授。

　　他有幾部譯著，其中有：《你往何處去》（1922年，商務印書館）、《徐旭生西遊記》（1930年）、《教育罪言》（1933年，北平著者書店）等等。

　　劉復，即劉半農，1891年生於江蘇淮陰，他的職業生涯始於上海一家出版社的翻譯，1917年開始在國立北京大學預科班當老師，積極參與這幾年的文學革命，並為《新青年》撰稿。1920年

起在《小說月報》工作，很快又辭去所有工作赴法國巴黎大學深造，獲得文學博士學位。回國後被任命為國立北京大學教授，兼任女子文理學院院長。接著北京天主教大學任命其為教務長。他無論是作為一個詩人，還是一個作家、翻譯家和《語絲》的專欄評論家，都表現出了對文學的極大熱忱，同時他還研究語言學。

1934年，他為了研究地方方言，還到綏遠進行了一次旅行考察，回來的途中染上了惡性瘧疾，病逝於北京洛克菲勒醫院。

其詩歌有：《瓦釜集》（1926年，北新）和《揚鞭集》（1926年，同上）。其譯著有：譯自左拉的《失業》（Le Chômage）和左拉的《貓的天堂》（Le Paradis des Chats）。此類譯作充分顯示出作者酷愛現實主義的文學。

鍾敬文，1930年生於廣東惠州，於中山大學畢業後，任教於浙江幾所大學。在《文學週報》發表文學作品，該雜誌是文學研究會在上海的附屬雜誌。《語絲》雜誌創辦後他曾積極為之撰稿。1927年起加入以顧頡剛為首的民俗學會。其作品有：《狼獐情歌》（1928年）、《西湖漫話》（1929年，北新）、《荔枝小品》（1927年，同上）、《湖上散記》（明日書店）、《蛋歌》（1927年，開明出版社）等等。

鍾敬文擅長大眾文學，其作品清楚地帶有大眾文學的印記。「他有無可爭論的文學價值，語言表達簡單、平靜、明朗，沒有過火，沒有粉飾，沒有多餘裝飾，恰到好處、耐人尋味。在這一點上，他有點像周作人，他懂得如何處理影響，不會刻意從外表上模仿。不過，他比較不拘形式，也沒有周作人那麼深入。」……「有時他過於講求簡捷，以致於表達的力度和行文佈局都被破壞了。」（參《小品文研究》，李素伯，第179頁）

孫福熙，浙江紹興人，孫伏園的弟弟，《語絲》雜誌編輯，以文學家和油畫家而出名。法國留學回國後，先在杭州藝術專科

學院任教授，1941年到新華藝術學校任教。

其著名作品有：《三湖遊記》、《春城》、《北京乎》、《歸航》、《山野掇拾》等等。《山野掇拾》寫於留法期間，描寫的是那個古老的大陸，特別是法國的風土人情。（參同上，李素伯，第189頁）

趙景深，1902年生於四川宜賓。於天津南開中學接受了中等教育，這也是他所接受的全部的學校教育。他很早便開始了文學生涯，他自學成才，憑藉個人努力，他終於在文學界小有名氣。1923年起成為《小說月報》和《文學週報》勤奮的撰稿人，1925年起在《語絲》雜誌上發表文學作品。

他的教書生涯始於中學，然後是長沙第一師範學校，接著先後在復旦大學、中國公學、上海大學任教，同時兼任開明出版社和北新書局編輯。

其主要作品有：《梔子花球》（北新）、《漂泊》、《失敬》、《燒餅》、《行路難》、《失戀》、《蒼蠅》、《蜃氣裡的婚禮》、《輕雲》、《銅壺玉漏》、《梨花》、《海棠》、《紅腫的手》、《槍聲》、《嬸嬸的兒子》、《荷花》、《天鵝歌劇》、《蘆管》、《羅亭》、《日日的話》、《皇帝的新衣》、《小妹》、《藍花》等，有幾部譯著，特別是契訶夫的作品，還有一些文學研究和教育學研究。

馮文炳，即廢名，1901年生於湖北黃梅。1925年開始執教於國立北京大學。

其作品有：《竹林的故事》（1925年，北新）、《橋》（開明）、《桃園》（1928，同上）、《莫須有先生傳》（1932，同上）、《棗》（1931，同上）等。

當時的評論家說他是1924年前後最炙手可熱的作家之一，「是以他的文字的風格見長的，用十分單純而合乎所謂口語的文

字，寫他所見到的農村兒女的事情，他所寫的人物，皆充滿了和愛誠摯。」（參同上，王哲甫，第162頁）

王統照，山東諸城人，1921年進入中國大學，翌年開始頻繁為文學研究會的機關刊物《小說月報》、《文學週報》和《語絲》投稿。1924年與徐志摩、瞿世英一起陪同泰戈爾遊覽了中國，1925年後，似乎完全停止了文學創作。

王統照常將男女間的關係——自由戀愛——作為作品的主題，他懂得描寫生活中悲劇的種種複雜情狀，並把它歸因於社會體制和風俗，他藉此鮮明地表達了1920年所開始的新文化思想。不過，在他的小說裡，哲理論述占了很大篇幅，尤其是《黃昏》和《一葉》。其寫作技巧也太過講究，以至於有時很難讀懂。關於他，趙景深說過：他是「肉多於骨」。過於字斟句酌便成了矯揉造作（《現代創作文庫》中的《沈從文選集》，蘇梅作序，第15頁）。總而言之，他獲得了暫時的成功，但他的命運之星轉瞬即逝，因為他太追求「眼前」。

王統照先在《小說月報》上發表了兩篇小說，後來把這兩部小說分別編輯出版為《一葉》（1923，商務印書館）和《黃昏》（1925，同上）。1924-1928年創作的《童心》是他最著名的一部詩集，收錄於《文學研究會叢書》（1925，商務印書館），他的另外一部詩集叫《春雨之夜》（1924，同上）。

許欽文，浙江紹興人，長期在杭州教書。其文學生涯始於《小說月報》和《晨報副刊》，同時還是《語絲》的忠實撰稿人。他是魯迅的同鄉，也在默默地模仿魯迅的社會寫實主義，卻相去甚遠。他是個多產的小說家：《故鄉》（1926，北新）、《毛線襪》（同上）、《回家》（1926，同上）、《趙先生的煩惱》（1926，同上）、《鼻涕阿二》（1927，同上）、《幻象的殘象》、《若有其事》、《彷彿如此》、《蝴蝶》、《西湖之

夜》、《一壇酒》、《短篇小說三種》（1924）等等。

王衡，筆名魯彥，生於浙江鄞縣，文學研究會成員，作品常發表於《晨報副刊》和《小說月報》，尤其積極為《語絲》撰稿。

他的成功歸功於《柚子》，這部作品先是發表在《小說月報》，後來整理成書，於1927年由北新書局分卷出版。作者在作品中展示出了文學家的才華，但卻透露出一種憂鬱的的語調，他的悲觀諷刺讓人想起魯迅的作品特別是《阿Q正傳》的特點。小說裡，魯彥描寫了一個囚犯被執行死刑的過程，生動地描繪了一眾旁觀者的形象，他們被幼稚卻殘忍的思想驅使著前來觀看一個可怕的場景。

因魯彥批判他所生活的社會，所以應該被列為社會寫實主義作家、悲觀主義者和感傷主義者。（參同上，王哲甫，第162頁）

其作品還有：《黃金》（新生命書店）、《童年的悲哀》（亞東）等等。

隨著文學研究會傾向人道主義，他開始向中國介紹外國文學，特別是更符合社會普遍思想的「弱小民族」的文學。其譯著有：《世界短篇小說》（亞東）收錄了多位俄國作家的短篇小說，如A·庫卜林、西皮爾雅克（M.Sibirjak）、剛杜魯息金（Konduruskin）、普路斯（Prus）和先羅什伐斯基（Sierozervsky）；《在世界的盡頭》（神州）收錄蘭萊芒脫（Reymont）、普魯司（Prus）、土革拉司（Tuglas）、耐米羅夫（Nemirov）、雪盧珂夫（Shehkov）等作家的新短篇小說；《失了影子的人》（譯自嘉米瑣的Peter Schlemihl）、《肖像》（譯自果戈理的The portrait）、《苦海》（譯自先羅什伐斯基的La Furdo del mizeria）、《花束》（譯自查理斯·拉姆貝爾的Bukedo）等等。

茅盾在《小說月報》1928年第19卷第1期曾發表過〈王魯彥論〉。

黎錦明，1906年生於湖南湘潭，黎錦熙之兄，起初在文學研究會各種刊物上發表作品，曾與《東方雜誌》合作，1925年開始基本集中在《語絲》發表作品，不過，後來漸漸對後期的「創造社」表現出一些熱情。

「黎錦明 —— 黎氏的創作，承魯迅的方法，出之於粗糙的描寫，尖刻的譏諷。……他寫戀愛的小說，也含著譏諷的成分。……1925年後的作品，也頗傾向於革命文學，但富於幽默，而缺乏魅力，故不能生很大的影響。」（參同上，王哲甫，第162頁）

其作品有：《塵影》（1927，開明）、《破壘集》（1927，同上）、《烈火》（1926，開明）、《瓊昭》（1929，北新）、《雹》、《蹈海》、《一個自殺者》、《馬大少爺的奇跡》（1933，現代）、《獻身者》（1933）等等。

汪靜之，1903年生於浙江杭州，先在上海暨南大學任教授，後轉任南京中央大學文學系主任。1918年以新體詩人出名，1925年轉向小說創作，撰寫的小說仍有一股詩歌之風。他的作品都圍繞著愛情這個中心。著有兩部詩集：《蕙的風》（1922，亞東）和《寂寞的國》（1927，開明）；其小說有：《耶穌的吩咐》、《父與子》、《翠英及其夫的故事》，他還著有一些研究古詩的著作。

章衣萍，又名章鴻熙，1902年生於安徽績溪，畢業於國立北京大學，與魯迅、周作人一起，同為《語絲》的主要創立者之一。1926年發表了一部「情書」集：《情書一束》（北新），這一作品使之成為著名文學家。

其作品包括《深誓》（詩集，發表於1925年，此詩集後又以

《種樹集》為名出版了修訂版和增補版）、《友情》、《櫻花集》、《青年集》、《枕上隨筆》、《窗下隨筆》、《看月樓書信》、《衣萍小說選》、《衣萍文存》、《隨筆三種》、《古廟集》、《小嬌娘》等等。

章廷謙，筆名川島，1903年生於浙江紹興，魯迅同鄉，畢業於國立北京大學，1925年起積極地為《語絲》撰稿，1930年被任命為國立北京大學校長祕書，1936年任北平女子文理學院教授，1941年成為西南聯合大學校長辦公室祕書。

林語堂，1895年生於福建龍溪，於上海聖約翰大學學習文學，1916年畢業後進入北京清華大學執教，直到1919年赴美國就讀哈佛大學，獲得文科碩士學位。隨後遊學法國，又在德國萊比錫大學學習，1923年獲得語言學和印歐語博士學位。回國後任教於國立北京大學和北京女子高級師範大學，1926年因受北洋政府懷疑，與其他46位教授一起離開北京來到廈門，廈門大學任命其為文學院長。1926年武漢國民政府任命其為外交部長，但他擔任此職的時間並不長，不久後便辭職到上海專門辦雜誌，其中有《論語》和《西風》。幾年後重新進入外交部任職至今。

林語堂對社會問題十分感興趣，總是以人種學的角度去看待這些問題，同時熱心國際政治，不時撰寫文章發表在《紐約時報》上。他的英語跟母語一樣嫻熟，他的不少作品是先有英文版再親自或由別人翻譯成中文出版的。他頗具幽默天分，在中國文壇創造了一種新的風格，堪稱「幽默大師」。

除了英文著作以外，他的作品主要有：《女子與知識》（北新）、《我的國與我的國民》（My country and my people）、《中國的鄉土生活》（Country life in China）、《京華煙雲》（Moment in Peking）、《剪拂集》（開明）、《新的文評》（北新）、《大荒集》、《我的生活發現》、《淚笑之間勿忘中國》（1943年林

語堂出任駐美大使時出版於紐約）。

林語堂以其對生活於其中的中國社會及其國民精神缺陷的透徹分析而出名，在這一點上他似有追隨魯迅步伐的趨向。不過他沒有魯迅那種悲劇性，也沒有那麼辛辣和深刻，他比魯迅似乎更高傲一些。雖然出生於耶穌教徒家庭的林語堂對基督教非常熟悉，但他的所有作品都顯示出他並無意於深入瞭解其真諦。後來又在萊比錫充滿美學的和先驗論的理想主義氛圍中接受了人種學的教育，自此養成了一種善於懷疑的思想。對宗教問題，他以一種脫離了唯科學理性主義的業餘愛好者的態度，只從人種學和美學的角度來看待，以至無法深入體察宗教與生活內在真實的聯繫，不能理解宗教對人的智識取向的影響，因為他擺脫不了唯物實證主義和實用主義。這些偏見使他無法從道德和社會角度全面地看待人類生活，真實和非物質的部分，超越於他的視野之上，因此他才表現出矯揉造作的隨性和對宗教、祖國和社會的自傲。

舒慶春，筆名老舍，1898年生於北京一個滿族家庭，在北京師範學校畢業之後到北京和天津的中學當教師。1924年赴英國倫敦大學留學，獲得學位後留校當中文講師，因此有機會近距離觀察英國人的精神面貌，尤其是歐洲人對中國人的態度。他具有很強的洞察力，所以不難發現部分外國人對中國及其人民的猜疑和不尊重。老舍對此深受煎熬且始終滿腔憤懣，這一點可以從他的作品中得到驗證。

在英國留學的第一年，老舍創作了《老張的哲學》，連載於《小說月報》，後來分卷出版。這部小說諷刺了當時家庭和社會中暴露出來的不足和缺陷。作者似乎受到了魯迅的《阿Q正傳》啟發，但卻未能達到魯迅的那種內在而簡潔的深度。幾乎同一時期，老舍創作了《趙子曰》，幽默地批評了北京大學生的生活。隨後是《二馬》，描寫兩個中國人，馬氏父子，在倫敦的生

活和奇遇，比前幾部作品更進一步的是，這部作品體現了老舍的觀察精神，他抓住要害，以其慣有的活潑描述英國人對中國人的看法，其中某些片段還激烈地批評了基督教牧師。在倫敦時他發表了：《趕集》（1926，良友公司）、《貓城記》（1925，現代）、《離婚》（1925，良友）、《櫻海集》（1927，人間書局）、《駱駝祥子》（1927，文化生活）。

1929年回國後，又去新加坡休息了半年，創作了《小坡的生日》，寫的是一個中國小孩在新加坡簡單又有趣的日子，老舍也在書中展現了他對兒童心理的深入瞭解，有點像利希滕貝格爾的《我的小特洛特》（Mon petit Trott）。後來創作了《牛天賜傳》，寫一個被好心的家庭收留撫養的孩子的故事；《文博士》批評留美學生回國後的高傲和狂妄；《老字型大小》是一部短篇小說集；《大明湖》小說的原稿於1932年閘北意外火災中被毀。

回國後，老舍成為山東齊魯大學的文學教授，近些年宣導現代話劇。1945年末，老舍離開中國赴美國哈佛大學擔任教職。

老舍與林語堂、張天翼、李健吾等一起被列為幽默家。與林語堂相比，老舍沒有那麼淵博，也沒有那麼業餘，反而顯得更自然、更本色，也更善於觀察，語言也更為平和清新，更接近口語。

曾有一個非常恰當的評論：「老舍君可以說是當代中國小說家中最會說故事，而懂得說故事的人。我們的小說家大都是憑一時的心血來潮提起筆來舞弄一氣，所以很多小說都是很好的隨筆小品文字，而不是小說。……老舍君是一位極卓越的創作家，他說故事看來毫不經力，總是他那輕鬆、犀利、諷刺的筆調。很自然地一篇故事開始了，很自然地繼續下去以至故事終了。……有的批評家說老舍受狄更斯的影響最深，這話怕是對的，他確是從狄更斯學得說故事的藝術。同時他也學得到狄更斯的幽默。……本書的作者……點染了許多教訓色彩，這在《趙子曰》中尤為明

顯，……有時描寫，用諷刺有點過分，或鋪張過甚，令人難以置信。……作者固是今日的一位幽默家，但他的幽默的分量遠不逮諷刺的。……因之我們讀了作者的書後，很難將它所給與我們的印象保存得長久。」（參常風《棄餘集》，1944，新民書局，北京）他後來的幾部作品，如《趕集》、《櫻海集》，老舍回歸自然，摒棄挖苦，從而更加深入也更加真切。（參朱自清的《你我》，1936，商務印書館，第198-208頁）

張天翼，湖南人。1928年因作品〈三天半的夢〉在文壇博得聲名，隨後創作《從空虛到充實》（1931），又有《二十一個》，最終與林語堂等一起被歸於幽默家之列。他以創作兒童小說而聞名。

其作品還有：《一年》（1933，良友公司）、《小彼得》（1931，湖南社出版）、《移行》（1934，良友）、《群峰》（1933，現代）、《團圓》（1935，文化生活）、《鬼土日記》、《反攻》（1934）。抗日戰爭時期出版了《華威先生》、《新生》等。

胡風對這位作家作了一個整體評價：「他要探求新的形式，同時要丟棄舊形式的影響。我們所謂舊形式，就是傷感主義、個人主義，頹廢氣氛，甚至於理想主義燒成一爐的浪漫主義的形式；不是觀照而是表現，不是觀察而是體驗的形式；不重結構而重靈感，不重客觀而重主觀的形式。他認為，客觀的觀察應該成為個人觀點的基礎。如此以來他就創作了一些看上去是作為討論的前提而非被表現出來的特殊情況。」（參《現代創作文庫》中的《張天翼選集》，萬象書屋，上海）

第一次新文化的激烈論戰之後，許多文學家開始坦率地表達自己對道德混亂的擔心，這種混亂是政治解放、社會解放和宗教解放所自然引發的結果。作家們常常描寫社會的惡毒，表現人們

的道德疲憊，他們對自己和世界上的一切都感到不滿和失望。由於自己無法忘我、熱心地面對這場威脅著未來的暴風雨，而且還在自己的助力下激發了這場戰爭，他們當中的許多人對此已經懊惱不已。由此，他們才提出了澈底改變以摸索出一條新的道路的迫切要求。

張天翼著力描寫轉變期間兩種惡勢力的爭鬥，同時暴露他們的整個生活（參《棄餘集》，常風，第16頁）。一方面是唯物主義和共產主義提出的解決方法；另一方面是那些不追求生活熱情且遠離當下社會需求的作家們所捍衛的人道文化，而他們非常善於以溫和的方式，來安慰痛苦掙扎的人性，他們力求捍衛已被侵蝕了根基而逐漸逝去的傳統，但他們缺乏耐心和精力去屈服於他們無法理解的現實。

面對這樣所謂的進退兩難，張天翼似乎找到了新的方法，他稱之為「現實主義」。根據羅曼羅蘭著名的格言「生活是一場遊戲」，他斷言，生活只是一場喜劇。張天翼對生活所有的價值都持淡然和懷疑的態度，理想主義被他否定了，道德主義無關緊要，人們「虛構」的渴望更是無稽之談。生活如其所是的展露給人們的，不過是空洞、虛無和荒誕，充滿矛盾。父母之愛只是一場演技高超的喜劇，只會束縛孩子的自由；既然現今社會不容許我們打破束縛，那麼，就讓我們帶著微笑和同情，曉之以理，並告訴他們「我們這樣做」；如此，便皆大歡喜，而且省卻許多煩惱。（參〈三天半的夢〉，第17頁）。愛情也應如此來看待，愛情只是一出荒謬的喜劇，但更為務實的做法往往是我們處之若真。在社會上往上爬的野心人人都有，唉，真是個完完全全的蠢事，因為它往往成為悲劇和不幸的根源。所以，應該擺脫所有桎梏，至少是內心的桎梏，擺脫一切虛偽的社會習俗，以獲得真正的自由。

　　抱著對世界和世人的這種看法，張天翼在描寫時顯得過於簡單、甚至天真。他作了太多缺乏根基而不切現實的前提假設，然後得出了諸多漏洞百出的結論。這種措辭也許會迷惑某些人，但對內行人完全不會起作用。

　　張天翼對人物靈魂狀態的描寫常常並不完整，寥寥數筆略作勾勒，能夠達其所需的目的即止。由此，聲稱主張現實主義的他，明顯失去了真實的感覺。而且雖然作者想要以個人的視點看世界，卻又總會立足在他所描繪的真實世界之外。閱讀他的作品常常讓人感覺好像一個安坐在高臺上的人，坦然地眺望，漠不關心、諷刺、生硬、毫無同情心。

　　張天翼自稱是現實主義者，他只想體驗生活中的感官體驗；藝術之美等非物質的現實無法觸動他。對於涉及道德生活的問題，他提出了這麼一個實用主義的定律：「裝裝樣子罷了」。然而有時他也會被牽著走，也不知道該如何堅持這種偽裝的態度。隨著他敘述的故事越來越趨於悲劇，文學熱情高漲的他，也禁不住會流露出他的憂慮與懷疑，至少會顯露出他遭遇到這種塵世生活最真實的問題時所處的心境和精神狀態，一種不由自主地流淌出來的心靈的焦慮，如其所言：「如果只有所謂的靈魂就好了。」（參成業恒，第136頁）。從那悲痛、深刻卻含糊、猶豫近乎絕望的人性的吶喊，我們才看到這麼多對過去感到失望而還未全都被新的幻象所陶醉的當代人。

　　胡風對這位作者給出如此評價：「他的熟悉兒童心理和善於捕捉口語，使他在兒童文學裡面注入了一滴新流，但我們還等待他去掉不健康的詼諧和一般的觀念，著眼在具體的生活樣相上面，創造一些現實味濃厚的作品.從洪水似的有毒的讀物裡面保護那些天真的讀者。」

　　「他在現實生活裡面看到了凡庸，可笑，醜惡，忍不住要嘲

笑，暴露，但我們希望他不要忘記了，如果他自己站得太遠，感不到痛癢相關，那有時就會看走了樣子。我們更希望他不要忘記了，藝術家不僅是使人看到那些東西，他還得使人怎樣地去感受那些東西。他不能僅僅靠著一個固定的觀念，需要在流動的生活裡面找出溫暖，發現出新的萌芽，由這來孕育他肯定生活的心，用這樣的心來體認世界。」（參同上）

黃英，筆名盧隱，福建人。北京女子師範學校畢業，隨後相繼在北京師範大學附屬女中、公立女子中學和上海工部局女子中學擔任教職。因分娩而逝於上海。

盧隱是具有自由解放精神的作家，這種精神來自新文化運動所設想的宗旨。她把所有的希望寄託於愛情和自由婚姻，但同樣是這些信念，給她帶來了絕望、孤獨和寂寞，甚至陷入厭世主義。她是個善於描寫男女之間熱烈愛情的作家，但她的獨特風格卻是來自她的人文主義情懷，即對於同病相憐的人所遭遇的痛苦和不幸的強烈同情。如果說作為文學家，她的成就不及謝冰心，但在這一點上，她卻遠遠超過冰心。（參王哲甫《中國新文學運動史》第146頁）

1921年她從《小說月報》和《文匯週報》開始了她的文學生涯。《海濱故人》（1925，商務印書館）是她出版的第一部作品，中國國內評論家認為該書是她的代表作。作者在書中講述了剛剛步入青春的五個年輕女子初始體味生活的故事，帶著偉大的夢想，她們參加了新文化運動，時刻準備為女性解放事業和摧毀腐朽的傳統作出無所保留的犧牲。她們每個人後來雖然都得到了愛情和自由婚姻，但對世界的厭倦和理想社會的渺茫使她們陷入了失望，她們變成了悲觀主義者；希望在靈魂深處始終堅守著對安寧和無憂無慮的強烈渴望，但這些恰恰是她們遍尋不見的。

盧隱在作品中描畫了她個人在青年時期的精神狀態，這一點

她自己有明確承認（參《現代中國女作家》盧隱一章，第45-89頁）。浪漫過頭的她，誤解了生活真正的意義，借周作人描述郁達夫的話來說，「她把不過是鴉片一樣的孤獨當做食糧」；她遭遇幻滅，最終喪失了在一個更為正確的基礎上去糾正她的人生觀所必需的力量和支撐。她的「精神生活」撞上了暴虐殘酷的現實，結果只能屈服於現實。除了死亡這個黑色的結局之外，她沒有找到任何出路。對她而言，生活不過是遊戲人間的淒慘悲劇，而短暫的愉悅在瞬間會更為猛烈地加劇生活的悲涼。

相對其作品的傷感，她內在的個性更加令人心碎。我們能夠感覺到一顆追求幸福和真理卻無法達其目標的心。讀盧隱的作品讓人不禁想起《聖經》裡的一段：「他們為自己鑿出池子，破裂的池子，不能存水的」（耶利米書，II,13）。她大喊著：「彷徨失望，無論在什麼地方；我只是彷徨著啊。」（參同上，第63頁）但是她卻無法抑制自己對確定性和真理的深切渴望，無法抑制對上帝的聲聲呼喚。「我在世界上不過是浮在太空的行雲！一陣風便把我吹散了，還用得著想前想後麼？假若智慧之神不光顧我，苦悶的淚永遠不會從我心裡流出來啊。」（參同上，第64頁）

她感到自己被驅使著去自己解決人生中的重大問題，這就是一場努力使被困在黑暗中的靈魂保持清醒的鬥爭。其表達方式，很容易令人聯想到《保羅與羅馬人書》中（VII,14）完全相同的心靈呼聲，她寫道：「最不幸的是接二連三，把我陷入感情的漩渦，使我欲拔不能！這時，一方又被智識苦纏著要探求人生的究竟，花了不知多少心血，也求不到答案，這時的心彷徨極點了。不免想到世界就是找不出究竟來，人間又有什麼生的價值呢？努力奮鬥又有什麼結果呢？……唉，這時的我，幾乎深陷墮落之海了。幸一方面好強的心得占勢力，當我要想放縱性欲的時候，他在我頭上打了一棒，我不覺又驚醒了，不敢往這裡走，但是究竟

什麼地方去呢？我每天夜裡，睡在床上，殫精竭慮的苦事搜求，然而沒有結果。」（參同上，第65頁）

盧隱心靈的吶喊與使徒保羅的不同之處在於，使徒在耶穌基督的聖恩下找到了絕妙的解決方法，而盧隱則繼續「在小徑上披荊斬棘，對上帝鋪好的路無知無覺」。（所羅門智訓, V, 7.）為了尋找生命之水，盧隱自己挖了一個個互不相干的蓄水池，卻遠遠不能緩解她那強烈的渴望。

1927年，她的第二部作品集《曼麗》出版（文化），書中她用她特有的憂傷筆調為深愛的丈夫的逝去而哀悼。

然後是《歸雁集》（1930，神州）和《靈海潮汐》（1931，開明），同樣講述的是她已故的丈夫，但同時也敘述了她對另一個男人產生的情愫。從中我們能夠讀出她同樣的痛苦與道德困惑（參同上，第81頁）。隨著年齡增長，她的痛苦愈加強烈，也愈加令她難以忍受，《雲鷗情書集》（神州）是一部情書合集；《象牙戒指》（1934，商務印書館）是她的摯友石評梅的傳記。

她的作品還有：《玫瑰的刺》（中華）、《現代中國女作家》（1934）、《女人的心》（1933，四社）、《盧隱自傳》（1934）、《盧隱短篇小說選》（1935，女子書店）。

謝冰心，1903年生於福建閩侯。其父為海軍軍官，有很好的教養，因此冰心上學前已在家庭裡接受了比同齡人更為廣博的知識啟蒙，十歲時她已閱讀了所有能夠找得到的小說。

1913年冰心隨家庭遷居北京，翌年進入一所教會中學（貝滿中學）。她曾承認這段基督教教育培養了她「愛的哲學」。同時，泰戈爾對她也有很大的影響。

1919年冰心進入協和女子大學接受高等教育，隨後入燕京大學繼續深造。不過，她的第一學年在北京的德國醫院度過了大半時間，正是這一年，她開始給文學研究會的《晨報副刊》和《小

說月報》撰稿。她的〈超人〉、〈愛的實現〉、〈兩個家庭〉就創作於這個時期。她一開始便獲得了巨大聲響，尤其是在大學生當中。（參同上，王哲甫，第89頁）

1923年冰心赴美國留學，在威爾斯利女子大學學習了三年時間。1926年回國後被聘為燕京大學教授，當時她居住在上海，於是常常往返於京滬之間。1926-1929年間她基本上只寫了一些詩和與未婚夫的通信。1929年6月與同在燕京大學任教的吳文藻結婚，新婚的幸福在幾個月後便因其公公和母親的先後去世而充滿了傷心憂愁，但1931年，兒子宗生的降臨給冰心的家庭帶來了歡樂。〈第一次宴會〉、〈南歸〉和〈分〉便是這些家事的寫照。隨後數年，冰心的家庭生活安寧、幸福和活躍。

抗日戰爭開始時，冰心在上海號召起一批女青年，有志在她的帶領之下救助為祖國受傷的士兵。

1944年，西南聯合大學在嘉定臨時成立，後改武漢大學，冰心和丈夫一起前往執教。

冰心的安寧生活是她作品獨特之處的來源，她不像同輩人中許多人那樣遭遇經濟困難，她的家庭生活一直都非常舒適。她生活的圈子局限於家庭，對外界所上演的悲劇大都毫無感知。年少的她便懂得熱愛大海和自然中的一切奇觀，懂得欣賞人自身的閃光的一面。

其作品有：《春水》（詩集，1923，北新）、《繁星》（詩集，1923，商務印書館）、《創作成功之路》（良友公司）、《玄關》、《姑姑》、《超人》、《冬兒姑娘》、《冰心小說集》、《冰心散文集》、《冰心詩集》（北新）、《往事》（1930，開明）、《南歸》、《閒情》、《寄小讀者》等等。

冰心是中國現代最著名的女作家。1932年加入自由作家之列（參見下文），她最近表示出對共產主義有些許好感，但我們還

是能在她的作品裡處處感受到基督教的影響。冰心的寫作帶有宗教色彩，以至於她把一些基督教用語直接引入到了日常表達之中。

冰心畢竟天生是個詩人，無論是散文還是詩歌，她都能準確詮釋出韻律和詩歌的魅力，這一點與泰戈爾有所相像。謹慎、精緻的風格使讀者不斷感受到敏感、高貴的女性特質。她作品的主題一般是母愛、兒童、大海和自然、生活和家庭，作品的道德格調非常高尚。

從1929年的《第一次宴會》開始，她就以妻子和母親的身分在講述，情感分析變得更為堅定，判斷更加成熟，但這些見解仍然出自她迸發的藝術情懷。

有人批評冰心從未跳出幼稚園和家庭這樣狹隘的圈子，從未與外界的社會發生聯繫，所以對我們的時代完全不瞭解。這個責備或許具有一定的正確性：她顯然毫無政治影響或煽動傾向，因此在那些僅僅把文學當成社會宣傳工具的人眼中，這是很大的缺陷。不過說她對社會沒有影響也不完全正確，只不過她的方式和共產黨人及其他鼓動者們不一樣罷了。她也關心民眾的命運，只不過她是帶著博愛的哲學，以母愛為標誌和典範，期望社會好轉。她的作品以個人經歷及其對生活的理解在讀者心中產生共鳴，加上無可爭議的藝術魅力，才會在讀者當中產生相當的影響。（參謝六逸《模仿小說》第394頁、黃英《現代中國女作家》第16頁及其後頁）

蘇梅，又名蘇雪林，筆名綠漪，1897年生於安徽太平。她就讀北京女子高等師範學校期間，積極參與到反叛傳統追求解放的運動中，當時該校為此一運動的主要陣地。

1922年畢業後，蘇梅赴法國留學。當時她的未婚夫在美國深造，她被里昂海外大學藝術系錄取。由於個性極為敏感而身體又

比較孱弱，她很快病倒，並出現咳血症狀，不得不住進了薩瓦省的一家療養院，在那裡，等待她的是皈依的恩澤。當年她走出北京的時候，對宗教曾有著強烈的偏見。雖然那時，她的未婚夫在信中曾幫助她消除這種偏見，而且她的宗派主義也約略有所動搖，但是她仍然不願和宗教發生任何瓜葛。她就是在這樣的思想狀態下進入療養院的。在那裡，她從實踐中接觸到天主教，並開始理解它的慈善和犧牲精神的特性。被她以馬紹為名寫入作品的一個基督姊妹以及年輕善良的貝朗小姐的言傳身教，使她一步步接受了天主教。而後，逆境和恩典造就了一切。1927年，綠漪得知家鄉老屋遭到強盜搶劫，母親重病在床，她當即承諾，如若母親康復她便皈依天主教，由此，她在同年接受了聖洗。新生的虔誠，甚至還促使她屢次發願去做修女。（參《復旦雜誌》，1943年，第III套，第IV冊，n°4，第920頁及其後頁，耶穌會的布里埃神父關於蘇梅的文章。）

1928年回國，蘇雪林與美國留學歸來的未婚夫在短暫的不和之後結了婚。

期間她也寫作。最初為《晨報副刊》撰稿，後來給《現代評論》、北新書局、《語絲》寫稿。1928年出版了《綠天》（北新），極力稱頌夫妻之愛，認為人類的世界很空洞，只有母愛和夫妻之愛能夠給人以生存的力量。（參同上，王哲甫，第232頁）。次年，1929年，又出版了《棘心》（北新），講述她在國外的生活，即使她給主人公起了個虛構的名字，但是很明顯這是一部自傳。

後來她先後在上海滬江大學、蘇州東吳大學、安徽省立大學和西南聯合大學授課。

其作品有：《李義山戀愛事蹟考》（描述唐代著名詩人李義山的戀愛史，1927，北新）、《綠天》（短篇小說和小詩，

1928，北新）、《蠹魚的生活》（文學理論和文學批評，1929，真美善書局）、《遼金元文學》（商務印書館）、《唐詩概論》（1934，商務印書館）、《青鳥集》（文學批評，1928）、《南明忠烈傳》（寫作者對當時社會境況的憂慮，1942，重慶）、《屠龍集》（個人短篇小說和故事集，1942，香港）等等。

蘇梅贊同為藝術而藝術的理論，所以她和前期「創造社」的那些作家比較相近，但1925年「創造社」出現新的傾向時她並不擁護。

天生溫和、溫柔的蘇梅也有過衝動和激情。她性情古怪，時而樂觀，具有感染力，時而陰鬱，塵世對她來說沒有什麼善和美。她有自己的信念，會跟著感情的起伏遊走。她描寫自己是一個「理性頗強而感情又極豐富的女青年，她贊成唯物派哲學，同時又要去精神生活，傾向科學原理，同時又富有文藝的情感，幾種矛盾的思潮常在她腦海中衝突，正不知趨向那方面好。」（參《棘心》）

我們能夠從她的作品中體味到格調不凡的浪漫主義。她反對魯迅所說的理想主義「象牙塔」，鄙視那些只談革命、拒絕承擔責任的作家，因為他們無法引導大眾，她認為這些人只是隨波逐流的懦夫，是逃離戰場的士兵，不應在復興中國的事業中佔據任何地位。

雖然蘇梅涉獵的圈子比冰心大，但她的文學造詣卻沒有冰心高。

凌叔華，廣東人，燕京大學畢業，1926年與魯迅的一大對手、《現代評論》編輯陳西瀅結婚。

凌叔華不屬於「語絲」陣營，她的作品多發表於《晨報副刊》、《現代評論》和《新月》，但她對當代社會的批評精神卻使她顯得更接近於「語絲」。

　　凌叔華於1925年在其丈夫陳西瀅主編的雜誌上開始了她的文學生涯,〈酒後〉讓她一舉成名,1930年後停止寫作。

　　其作品有:《花之詩》(1928,新月)、《女人》(1930,商務印書館)、《小哥兒倆》(商務印書館)等等。

　　近些年,中國書店的櫃檯已被悲劇和情景劇充斥,總是能在書中看到衣衫襤褸的失業者忍饑受餓、被傳統家庭阻撓的自由婚姻、本應被疼愛的孩子被殘酷的死神奪去父母之愛、謀殺、死刑等等……;寫作風格萎靡不振、淺薄、浮誇。這些所謂的文學作品,有意無意地在將讀者引向暴動、階級鬥爭和混亂無序。聳人聽聞的作品,只停留在浮面的生活,從未滲透到靈魂深處的內在鬥爭和悲劇。郭沫若是這種浪漫主義思想最典型的代表之一。

　　凌叔華反對這種空洞無物的雜亂感,她喜歡描寫看不見的內心的悲慘,她的作品平靜而深刻,裡面找不到譁眾取寵的血和淚。雖無系統地追求美感,她卻能夠以簡單、恰當、真誠的語言表現力達致那種美感。她能夠將情節平緩地而又令人信服地引向一個自然的結局,符合邏輯又符合心理。(參同上,王哲甫,第232頁、參同上,黃英,第125-132頁)

　　丁玲,本名蔣冰之,1907年生於湖南安福縣。其父曾在日本一所大學學習政治經濟學,社會地位優越,1911年失業,伺機重新建立事業,但不久就去世了,留下年輕的妻子和兩個孩子,長女丁玲和弟弟。父親去世後,丁玲一家遷到常德母親娘家(參沈從文《記丁玲》,1933)。母親關心兒童教育,成立了兩所學校,一所男校,一所女校,親自在學校任教並為學生提供資助。丁玲就是在這裡完成了初等教育。弟弟年幼夭折後,只剩丁玲和母親一起留在氏族的大家庭。

　　她在桃源省立第二女子師範就讀過兩年,該校教育方法陳舊,學生中盛行著革命思想和對新文化的渴望,丁玲和幾個朋友

也積極參加了這場運動。

1919年發生在北京和上海的事件波及到長沙，同年一所男女混合中學在長沙開辦，二十幾名學生在丁玲的帶領下，意欲立即前往該校註冊。家長們都反對這個天方夜譚的計畫，但這些女學生沒有等家裡同意便偷偷離開。幾天後她們聽說了上海大學，丁玲不顧自己12歲的幼齡，帶領大家前往這個中國商業首府，以期進入這所剛成立的大學學習。很顯然的，後來這件事終以失敗告終。

1920年周作人到上海開辦平民女校，丁玲和她的朋友們成了第一批候選人，但她的家人認為此事過於輕率，阻止了她，然而丁玲的堅決和母親的通融克服了各種障礙，丁玲最終成功獲得錄取。這所學校的道德水準不盡如人意，甚至引起了丁玲等的反感，於是她們決定逃離。後來她們逃到南京避難，在南京為雜誌寫稿為生，度過了一段真正獨立的生活。這樣的抱負實在是樂觀過頭了。她們嘗到了生活的艱辛，求助於家人時卻被拒絕。她們筋疲力盡，被迫回到了上海的學校。

1923年，丁玲和好友王劍虹一同被上海大學文學系錄取，好友很快結識了時任共產黨祕書的瞿秋白教授，而她，卻愛上了瞿秋白的弟弟。丁玲當時只有16歲，這樣的交情在學生當中成了緋聞。不久，王劍虹因肺結核病去世，丁玲備受打擊，於是創作了幾部短篇小說紀念逝去的朋友，包括《一個女性》和《莎菲女士的日記》，描寫激情的覺醒和1923年那場共同的邂逅。後來又發表了《韋護》，追憶去世的友人。丁玲在作品中描寫了女主人公投身到「新文化」的大潮中，陶醉於自由的理想，反對一切道德羈絆和約束，甚至於自由婚姻中締結的義務；主人公唯一的目標是自由和肉欲的戀愛，且聲稱自己才是自己命運的唯一的絕對主人。這些作品使丁玲很快在廣大青年尤其是女青年中取得成功，

她們大多數是曾經遭受過影響或痛嘗苦果的女性。

上海不是做學問的理想之地，加之丁玲被魯迅的名望所吸引，這促使她於1924年啟程去了北京，住在辟才胡同一個預科學校裡，準備報考北京大學，同時還選聽了藝術和美術課程。不久她搬進了一所私人公寓，就是在這個時期認識了沈從文和後來成為丈夫的胡也頻。

北大並沒有立即錄取丁玲，於是她搬到西山，以便更舒適地工作，與丈夫胡也頻過上更安靜的生活。他們一同撰寫文學作品，她取得了不少成功，但她丈夫的文章卻沒有人刊登。出於對經濟需求的考慮不足，他們財力上的拮据很快使他們不堪重負。丁玲受不了艱苦的條件，決定冒個險，後來這次冒險竟將他們從經濟困境中解救了出來，還讓他們成了名。丁玲來到上海，開始演藝之路，努力賺錢讓自己生活變得更寬裕。而且有了名聲，他們就可以開辦自己的文學雜誌了。她在上海花了幾個月把這些經歷寫成了一部短篇小說《在黑暗中》（在上海出版，開明，1930）。但不久丁玲感到了厭倦，就又回到北京（參同上，沈從文，第92頁）。1927年，她在北京大學當旁聽生，期間丈夫胡也頻一直在尋找可以刊登他作品的雜誌，卻一無所獲。在「未名社」朋友的支持下，胡也頻和丁玲計畫開辦一本新的刊物《無須社》，沈從文答應為雜誌撰寫文章，但是計畫未能實施。

後來發生了政治清洗和北京四十八位教授集體被辭的事件，緊接著是國民革命，三大事件使他們認為上海今後將比北京具有更多成功的機會。到上海後，丁玲專心於文學創作，過著隱居生活。當時《中央日報》的總編輯彭浩徐邀請胡也頻就任附屬刊物的主編，這本附屬刊物叫《紅黑月刊》，但半年後便銷聲匿跡了。再一次的失敗使胡也頻澈底放棄了文學，轉而投身教育事業。經胡適和徐志摩介紹，他到青島一所中學教書，丁玲則留在

上海繼續文學創作。胡也頻教了一段時間書，覺得這份工作令他很反感，便又回來了。由此，他開始投身革命活動，並試著帶動丁玲；他們共同的好友沈從文則比較保守，說服丁玲遠離一切激進活動。不過，1930年的時候，丁玲已成為左聯的成員了。

拘捕共產黨人的行動很快開始了：1931年有20名左聯成員被捕，其中包括23歲的胡也頻。丁玲憤慨至極，公開表明支援受到迫害的共產黨，接手其已故丈夫的工作。她發誓用筆桿子與「恐怖主義」奮戰至死。她擔任了共產主義刊物《北斗月刊》主編，但她卻並沒有完全奉行共產主義的思想，更多的似乎是她個人對現存制度的仇怨在引領著她。共產主義者評論她的作品《母親》（1933），說丁玲的判斷過於主觀，以至於她沒有建立在唯物辯證法的基礎上充分反映她所處時代的客觀事實。（參《現代》第III卷，第5期，第712-714頁中，王淑明對《母親》的評論）

1932年南京政府準備逮捕《北斗月刊》的領導者們，但丁玲順利逃脫並且祕密地繼續進行她的活動。（參《天下》，1937年，第226-236頁、1938年，第228頁及其後頁）

1933年5月14日，丁玲在上海租界的公寓中被南京警方逮捕並押往南京，此後一年沒有她的任何消息。有人認為她已被執行死刑，有人猜測她已投靠國民黨。而實際上，她被拘押在一個和外界毫無聯繫的密室。數月之後，國民黨對她的軟禁不再那麼嚴苛：她的母親被允許陪伴在她身邊，她也可以在城中有限範圍內活動，但必須承諾不會逃跑。丁玲的生活開始變得平靜，她時時為《大公報》撰寫些文章。人們開始私下議論，認為她已背叛了共產主義事業。沈從文為此還撰寫了一部偏袒色彩濃厚的傳記作品《記丁玲》（1933，良友公司）為其作了辯護。魯迅也認為並且直至1936年10月辭世時都相信丁玲是叛徒，這件事對丁玲來說

是一個深深的痛楚。（參張惟夫《關於丁玲》，1933）

丁玲抓住一次絕佳的逃跑機會，先是逃到了北京，接著到達西安，隱居了一段時間後逃到了紅色根據地延安。從那時起開始主管女子軍校和陝北女子紅軍。

其作品主要有：《在黑暗中》（1928，開明）、《自殺日記》（1929）、《一個女性》（1930，中華）、《韋護》（1930，大江）、《一個人的誕生》（1931，新月）、《水》（1933，新中國）、《法網》（1931，良友）、《母親》（1933，良友）、《夜會》（1933，現代，參《讀書月刊》第II卷第11期，1933）、《一九三〇年春上海》（1931，小說月報）。

丁玲的文學生涯可分為兩個大的時期：1930年前，她的作品與「創造社」那些溫和的作家類似，尤其是郁達夫。她畢竟是一位熱情、積極、衝動的女性，愛情是她慣用的主題，其中籠罩著茫然、有時甚至是不正常的感傷。火一樣的性格讓她陶醉在愛情和自由當中，與甚至是最應遵從的傳統也完全割裂開了。她和「創造社」作家一樣，否認文學的道德性，但語氣比郁達夫要強硬得多，情感也更為深切和真摯。

1930年後，她的作品更加尖銳。她支持無產階級文學中表現出來的新現實主義。她以犀利的筆鋒揭露社會惡習，描寫社會各類心理。她善於分析和描摹的天賦在《水》中尤其明顯，但該部作品因結尾太像在宣傳而缺乏深思熟慮的說服力，致使其整體價值有所降低（黃英《現代中國女作家》第185頁及其後頁、張惟夫《關於丁玲》（1933）中的共產主義評論家何丹仁寫的〈評丁玲的《水》〉第27頁）

沈從文，1903年生於湖南鳳凰一個富裕家庭，父親在軍隊任職，盡力督促沈從文求學，卻收效甚微，兒子對學習毫無興趣。12歲那年沈從文投身行伍以謀生。1915年，他所在的隊伍奉命加

入了清剿四川的一股匪徒的持久戰，沈從文親眼目睹了周圍成百上千戰士的犧牲，不過他自己卻從未拿過武器。不久他的真正事業開始浮現：他和一位中尉成為了朋友，中尉家中藏書豐富，允許他前去看書，於是沈從文開始貪婪地一部接一部地閱讀。由於寫得一手好字，他被免去體力活，升級為書記員。新的境遇給他帶來了更多業餘時間，他開始讀詩，讀親戚送他的狄更斯小說。狄更斯的作品使他對短篇小說創作產生了興趣，並教會了他創作的技藝。在這期間，他的「書法家」的美稱傳遍了軍團，一位高級軍官任用他為祕書，作為沈從文的第一個庇護者，這位軍官是一個文人，在他的豐富藏書中，沈從文開始認識文學和中國歷史，並在各式書法上日益精進。

沈從文最終還是離開了軍隊，到長沙一家新辦的印刷廠任廠長，這個新的崗位讓他開始與知識界有了聯繫，他也能夠出版自己最初的一些隨筆了。不過，這只是他事業的一個階段。為了能夠學習更多，生活得更好，他來到北京這座中國的文化中心。最初的境遇是異常困難的：編輯一次又一次地拒絕他的稿件。後來沈認識了徐志摩，是他第一個接收了沈的稿件，發表在他和胡適、郁達夫一起主持的《晨報副刊》上，並獲得了公眾的喜愛，聲名迅速傳開。沈從文和胡也頻、丁玲一起離開北京來到上海後，共同創辦了《紅黑月刊》，不過半年後就因為經費用盡而停刊。這次破產之後，沈從文和胡適因為一些政治問題發生了摩擦。1929年沈進入吳淞中國公學任教，1931年入武漢大學任教，後轉青島大學。

在不到十年的時間裡，沈從文發表了50多部創作和短篇小說，主要有：《從文文集》（新月）、《沈從文甲集》（神州）、《阿黑小史》（新時代）、《一個女戲員的生活》、《大東》《都市一婦女》（新中國）、《虎雛》（新中國）、《石子

船》（中華）、《山鬼》（光華）、《十四夜間》（光華）、
《龍珠》（晚星）、《好管閒事的人》（新月）、《入伍後》
（北新）、《旅店及其他》（中華）、《篁君日記》（文化）、
《舊夢》（商務印書館）、《記胡也頻》（光華）、《一個天才
的通訊》（光華）、《長河》（光華）、《蜜柑》（新月）、
《阿麗思中國遊記》（新月）、《神巫之愛》（光華）、《老實
人》（現代）等等。

蘇梅曾經對沈從文的文學作品作過研究，並把它們分為四類：

1. 描寫軍旅生活。作者出身行伍，對其中日常生活細節極其
   瞭解，對於讀者來說，他的軍旅生涯的價值在於能成為新
   穎並令人感興趣的文學題材。不過由於他的職位屬於軍隊
   的邊緣職位，導致他所見有限，缺乏對士兵生活具體面貌
   的瞭解。他甚至幾乎沒有親自體驗過物質貧乏、痛苦、艱
   險和戰鬥，也沒有體驗過勝利或休整期的荒淫和放縱。同
   類題材中，相比任敬和（筆名黑炎）的《戰線》和郭沫若
   的《北伐途次》，在這點上，沈從文要遜色很多。

2. 描寫湘西土著和苗族。沈從文的家鄉還殘存著土著，中國
   民眾幾乎都不知曉。軍隊去野外訓練的時候，沈從文就有
   機會近距離地觀察他們。他描寫反映在他們神奇而令人讚
   歎的傳說中的風俗習慣及其生活心理，這樣的題材使他的
   幾部作品異域風情十足，雖然偏離了現實卻大受讀者的歡
   迎。他的浪漫主義式的想像扭曲著他的所見：他會把苗族
   人寫成瓦托畫中的牧羊人，他們建造自己的庭院，百年老
   樹下，圍繞著仙女、美人、精靈和小鬼。希臘的神、古代
   英雄、非洲或澳洲的古老神話以及他在電影裡看到的，通
   通放在他的磨坊裡被碾成粉末，貼上了「苗族民俗」的
   標籤。初讀會有新鮮感，但很快也會變得蒼白、空虛和

無聊。

3. 描寫社會。沈從文一再地描寫社會各階層各自的不足之處和優點。於此，沈從文涉及的領域相當廣泛，但卻付出了喪失深度的代價。他的心理挖掘很淺薄。他會給角色套上幾句話，權作是人物靈魂的呈現，以此好將角色分門別類，但實際上，那些句子只能使角色更為模糊也更加空洞。從這一層面上講，他比茅盾、丁玲和魯迅等遜色許多。

4. 兒童故事和仿作。這一類包括《阿麗思漫遊中國記》，它是卡羅爾的《愛麗絲夢遊仙境》的翻版。作者在作品中描寫了古代中國的景觀和一些歷史古蹟，敘述阿麗思在上海、湘西的旅途以及在傈傈、苗寨部落裡的所見所聞，如今這些部族仍然存在。無論從本質上還是形式上來說，這是沈從文最平庸的一部作品。

《月下小景》首次出版名為《新十日談》，模仿《十日談》，寫鄉間客棧裡旅客們輪流講述故事以打發時間。有些故事很生動，但從整體上看，作者在書中把一堆哲學理論和個人思考混雜在一起，破壞了作品本身的魅力。

假若我們想探究使沈從文獲得創作靈感的思想觀念，我們會發現一股強烈的渴望，渴望重振中國，通過把西南土著部落的鮮血輸入給它而重振。他看重已衰落的中國文化，反對一切所謂進步；百姓當中，佛教的寂靜主義和虛無主義已經扼殺了一切生機的衝力——這是使西方強大卻因其匱乏而導致中國沒落的重要原因；他相信自己已經在湖南的土著部落裡找到了這種激情，並且要把這股強大的激情注入中國衰弱的身體裡。

沈從文是不乏文學才能的：他對幾乎所有文體都能夠收放自如。多數現代作家大都只能駕馭一個主題，一直保持一種刻畫手法，以至於只要讀了他們的一部作品，便知道這個作家其他作

品寫的是什麼。沈從文卻可以信手拈來。雖然他所受的教育程度不高，他卻懂得傾聽和觀察，而且他豐富的想像力能夠幫助他隨處發現新的素材。但同時，他也有一些重大的缺點：他的文風太過無拘無束，進而使作品又長又囉嗦。他的創作局限於自己的角度和判斷而缺乏思想，因為他只是在快速而粗略地觀察周圍的人和事；也同樣不能給讀者留下深刻持久的印象。在同輩的文人當中，他只能算二流作家。（參《現代創作文庫》中蘇梅作序的《沈從文選集》，上海，萬象書局。）

十、魯迅：其人其書

（參美國哥倫比亞大學中國文學教授王際真的《魯迅年譜》，發表於《中國研究院簡報》第III卷，1939年1月4日《中國國民集誌》，1943年6月，第180頁、《天下》，1936年11月，第348頁及其後頁）

魯迅以其性格和行為成了當代中國文學的中心點，值得我們在研究工作中開闢一塊專門的領域以展開深入的研究。二十幾年來，含混、誤解和偏見歪曲了他的人品、性格和作品，以至我們難以判斷他真正的價值，尤其當我們還打算考慮魯迅的社會、道德和文化身分的時候。

1926-1927年間，由他主導的反對陳源的鬥爭和他的那些口誅筆伐，引來了廣泛的批評和不公正的判斷，大大降低了魯迅作品的真正價值的影響。

「創造社」指責魯迅落後：「魯迅終究不是這個時代的表現者……只能代表清末以及庚子義和團暴動時代的思潮……魯迅沒有抓住時代……胡適之追逐不上時代，跑到故紙堆裡去了……在這樣思想底下所寫成的創作，根據所謂自由主義的文學的規律所寫成的文學創作，不是一種偉大的創造的有永久性的，而是濫廢的無意義的類似消遣的依附於資產階級的濫廢的文學。」（參《北京政聞報選集》中李長山的〈現代中國文學作家〉，1933；這篇文章只是錢杏邨文章的翻譯而已，《現代中國文學作家》1930，泰東書局。）

「新月」派也以同樣強烈的口吻，指責魯迅是共產主義者。

而另一方面，1930年後，左翼評論家逐漸承認魯迅屬於自己

一派：「魯迅在五四前的思想，進化論和個性主義是他的基本。他熱烈的希望著青年，他勇猛的襲擊著宗法社會的僵屍統治，要求個性的解放。可是不久他就漸漸的瞭解到封建的等級制度和中國社會力的屢屢壓榨。1924-1925年，他的《春末閒談》、《燈下漫筆》、《雜憶》、《墳》，以及整部的《華蓋集》，尤其是1926年的《華蓋集續編》都包含著猛烈的攻擊階級統治的火焰。」（參李凝作序的《魯迅雜成集》，青光書局，第二版，1935年，第11頁）

　　魯迅真的是共產主義者嗎？既然我們只從文學角度討論，在這裡這個問題與我們並無直接關係，不過隨便說幾句倒也無妨。1930年以前，把他歸為共產主義者或許是個問題，實際上，魯迅在廈門和廣州期間，曾經嚴厲批評過共產主義，幾度聲明自己不屬於這個黨派。1928年的文學運動期間，他也曾明確反對歷史唯物論的基本觀點。

　　然而，自1927年開始，他也強烈譴責國民黨對共產黨的恐怖行徑，這個態度使他迫不得已於1930年站到左派一邊。因為這兩個黨派的對立，他又不屬於國民黨，所以我們都認為他是共產黨。事實上，他至死都保持著對國民黨深切的痛恨。

　　1930年之後，他就成共產主義者，不過他是孟什維克的共產主義者，採納普列漢諾夫和盧那察爾斯基的理論，而不是布爾什維克主義（參《二心集》第74頁和第113頁）。《二心集》序言中，魯迅明確地表示，不應再簡單地認為他是共產主義者。

　　不過，他身上確實帶有一定的共產主義色彩，某些社會觀點非常接近共產主義的觀點。他的作品被執政黨理所當然地定名為「危險可疑讀物」，不難發現自此那些帶有成見的人藉著鬥爭熱情而發表的不公正評判，已經深刻影響了對魯迅的總體評價，同時也使這個人及其作品真正的價值變得模糊。不過近幾年持這樣

態度的人已經漸漸冷靜了，所有人都贊同魯迅是當代文壇最重要的人物：「他的作品已深深滲透了讀者的心：高度而精闢的現實主義，博愛的人道主義，他用非凡的才華告訴人們如何辨別生命的諷刺、把社會中已經扭曲的事實真相活生生地擺在人們面前。急進、激烈、睚眥必報，總而言之，他的個性不討人喜歡，但他的精神極為豐沛。」（參《中國國民集誌》1943年6月，第180頁）另一個中國評論家甚至這麼說：「他是以小說創造的成功和激進思想，佔有了中國現代文壇的最高的地位。《吶喊》和《彷徨》幾乎是每個受過中等教育的青年所必讀的書了，並有人把作者和俄國最有名的小說家柴訶甫作比較的觀察，舉出在生活、體裁、思想、作風等項上兩位作家的相似之點，確是頗有興趣的事，尤其是在思想一點上，兩家雖都是懷疑主義者，但都希望有美麗將來的實踐而並不絕望。」（參同上，李素伯，第104頁）王際真教授在前面所提的文章中還說：「和被他推崇的高爾基一樣，魯迅覺得自己與這個時代的革命運動摻和在一起了。和伏爾泰一樣，魯迅字字尖刻、句句諷刺，但是伏爾泰是以高傲的態度批評和譴責他人，而魯迅則總是把自己歸為被批評者。總之，若在法國，魯迅可能成為伏爾泰，若在俄國，魯迅可能成為高爾基或契訶夫，在英國則可能成為喬納森·斯威夫特，但在中國，他只能是魯迅：他是中國的產物，是歷經了近五十年直至今日仍在遭受深重苦難洗禮從而高尚起來的中國的產物。魯迅是第一個把中國的劣根性赤裸裸地展現出來的人，第一個向我們揭示我們自己身上的『阿Q精神』的人。他寫的這個阿Q，令人生氣，因為他為錯誤辯護而不是努力去修正錯誤，他會把失敗當做勝利，還自我安慰說，雖然在戰鬥中被打敗、被羞辱了，他還是勝利者，因為他的文化更高，以後一定會勝利的。魯迅承認自己一生都在攻擊我們自己身上的『阿Q精神』，不斷地拿它在我們眼前晃動，

最終促使我們行動。很明顯，抗日是我們的政府中政治和軍事領導人直接作出的決定，但『阿Q精神』若繼續佔優勢的話，中國是不可能堅持這麼久的。如果『阿Q精神』現在還未絕跡，至少不再占上風。中國如今已由一股新的自由精神和勇氣所鼓舞，中國被新的信仰啟動，深信在羞愧和恥辱中死去不如在戰鬥中死去。對於這個轉變，魯迅比起任何一個人都更有資格得到我們的感恩。」

　　緊隨《吶喊》和《彷徨》之後，在有關社會和文學大論戰的幾年前，中國評論家對魯迅已有正面評價：這是一個懂得掙脫青年時期美夢的人，他擺脫了狂熱和暴力，在平靜中沉思。他的想像力依然豐富，不過是為了一個堅決的理想而想像。而且，他十分善於觀察，他能走進同胞們的精神世界，無論是鄉下人、還是文化人和城裡人。他不會把我們引向浪漫幻想世界或印象世界，而是引導我們認識生活真正的面目。「將來在文學史上會給他怎樣一個位置，我們無從知道，⋯⋯目下我們喜歡知道而且能夠知道的大概有兩件事：第一，魯迅先生是一個藝術家，是一個有良心的，那就是說，忠於他的表現的，忠於他自己的藝術家，⋯⋯他看見什麼，他描寫什麼，他把他自己的世界展開給我們。⋯⋯我們從明白許多不值一計較的小東西都包含著可怕的複雜的意味，我們從想到人生、命運、死，以及一切的悲哀；⋯⋯關於第二件，⋯⋯他有的正是我們所沒有的，我們所缺乏的誠實。」（參《現代評論》第I卷，第7、8號，1924年12月13日，張定璜關於魯迅的文學批評）

　　周樹人1881年生於浙江紹興縣一戶小康家庭，家裡擁有大約五十畝的肥沃田地，父親是讀書人，通過了科舉考試，母親是魯鎮人，魯迅在小說中常常提及此地。

　　魯迅剛出世時，其祖父介孚公任有官職，由於家中喜添新

丁，張之洞還前來拜訪。為了表示對這位特別來賓的敬意，便在周樹人名字裡加了個「張」字，但出於尊重，寫的是另一個同音字，取名樟壽，字「豫山」，後來為了避免和「雨傘」諧音，又改為「豫才」。（參周作人〈關於魯迅〉）

魯迅的啟蒙教育開始於一位舊體制出身的老先生（參魯迅自傳《自敘傳》）。1893年家道敗落，淪為窮人，祖父失勢在京城入獄，為湊贖金周家傾家蕩產，1896年父親的過世更加重了周家的經濟困難。種種不幸給這位年輕人留下了深刻的印象，開始意識到世事無常。父親的病使他萌生了學醫的念頭（參其自傳，同上）。

1882年張之洞任兩江總督，張氏推崇西方科學。為了吸引更多的考生，政府為優秀學生設立了獎學金和補助金。魯迅獲得了這項獎學金，自從父親去世後，已無其他經濟來源供他讀書。母親湊了八塊錢給魯迅用作去南京的路費，（自傳中魯迅提到他離開家的另一個原因，參《瑣記》，原來是被誤認為小偷。）1898年進入江南水師學堂，半年後轉到南京礦物學堂，想要成為工程師。這個時期，他開始使用樹人這個名字。在那裡待了兩年，通過赫胥黎的《進化論與倫理學》中文版認識了進化論，同時他以業餘愛好者的身分自學文學。魯迅通過了留日官費生的考試，剪掉長辮，登船赴日，三年後在東京一所預科學校畢業。在日本期間，魯迅大部分時間都在學習日語，同時也研習哲學和文學。

魯迅曾說過，有三個問題是他最關心的：1.人類應該追求什麼樣的理想？2.中國復興的主要障礙是什麼？3.中國人的劣根性何在？第一個問題在魯迅的思想裡找不到合適的答案，不過他卻令人欽佩地回答了另外兩個問題，這在他以後的作品中可以判斷。

1904年，魯迅放棄礦業工程師的學習，轉到仙台醫學專科學校學習了兩年，在那裡強烈感受到日本人下意識流露出的對中國

留學生的不尊重，憤懣於心。1906年肄業，到東京專門從事政治和文學活動。除了在南京學習過英語，他又開始學習俄語，由此了解到了V‧愛羅先珂的作品並著手把它們翻譯成中文，不過多數翻譯是從日語版轉譯過來的，他的俄語似乎學得不怎麼好。藉助日語版的譯介，他對尼采和叔本華也產生了同樣深刻的印象。

1906年，魯迅回國度暑假，結婚，幾個月後又和剛從南京海軍學校畢業的弟弟周作人一起去了東京。

1907年魯迅出刊了一本雜誌叫《新生》，並參加了在東京的革命黨。他的雜誌本質上是反對滿清的刊物，但是很快就停刊了。不過，魯迅的人生軌跡從此也確定下來：他將成為作家。

他以「魯迅」和「令飛」為筆名開始在《河南雜誌》上發表文章，不斷提及尼采、叔本華、易卜生、施蒂納（Max Stirner）和其他個人理想主義和實證進化論的代表：「蓋今所成就，無一不繩前時之遺跡，則文明必日有其遷流，又或抗往代之大潮，……歐洲十九世紀之文明，其度越前古，固理勢所必然。……洎夫末流，弊乃自顯。……起大波而加之滌蕩。」1907年魯迅曾如此寫道。但此時的魯迅並沒有獲得認可，他的風格和思想對革命派來說不夠澈底，對保守派而言又過於冒險。

1908年章太炎在東京講授說文解字，對魯迅此後多年的創作有著重要影響。

1909年魯迅再次回國，以便贍養母親和照顧家庭。在上海，他買了一條假辮子戴上，避免在同胞中太過醒目，但是一個月後便再也不戴了。這段時間人們還曾狠狠地嘲笑他是「禿子」，但魯迅勇敢地承受了所有譏笑。他和弟弟周作人一起翻譯出版俄國、波蘭、法國等域外小說，胡適也曾熱情地向社會推薦這項事業，但還是失敗了。半年後兩人列了銷售清單：第一卷售出20本；第二卷售出21本。真是令人相當懊惱。

1910年魯迅到杭州師範學校教化學，1911年被任命為紹興中學教務長，同年秋，辭職並申請到商務印書館工作，卻又一次失敗。

10月，革命軍佔領紹興後，魯迅成為紹興師範學院校長。翌年，1912年，新成立的共和國定都南京，蔡元培任教育部部長，魯迅任教育部僉事。

1913年政府正式遷都北京，魯迅也跟著去北京任職，直到1925年，這期間他還研究中國小說，並以周作人的名義發表了幾篇作品。

1918年受友人錢玄同之邀為《新青年》撰寫了一篇小說，名字叫〈狂人日記〉，並於當年5月（第IV卷第5號）發表。魯迅在文中對壓迫人的儒教倫理主義展開了猛烈的抨擊，「滿本都寫著兩個字：『吃人』。……還是歷來慣了，不以為非呢？……這真是奇極的事！……沒有吃過人的孩子或者還有，救救孩子……」這是個意味深長的結論。同時，他也開始撰寫他那些力透紙背的「雜感」，公開向禮教主義、虛偽和迷信宣戰，他在著述中表現為現實主義者，明確主張生命的價值是一切文學的最終標準，這也是他一直堅持的為人生的文學的最基本的原則。

1920年國立北京大學聘請周作人教授「中國小說」，但他把聘任轉給了魯迅，魯迅接受了，不久，魯迅便在學生當中大受歡迎。

1921年魯迅任教北京高等師範學校，同年以「巴人」為筆名在《晨報》12月4日到次年2月2日連載發表了《阿Q正傳》，隨後幾年內，這部小說被翻譯成11種語言，這是成功的開始。因諷喻的風格，他的這部作品裡充滿了內涵和暗示。作者在其中所嵌入的精神和意味引起了批評家們的熱烈討論。當然，若要準確評價這部作品，還必須縱觀魯迅的一生和他的作品。他後來把這篇

小說和其他25篇放在一起，出版了《吶喊》和《彷徨》。想要理
解魯迅傾注作品中的思想，就需要將這些作品當做一個整體去觀
照。魯迅生於中國受盡列強凌辱、迫於時代需要而奮起自救進行
政治軍事社會改革的時代，大的口號就是：富國強兵。魯迅進礦
物學院及後來又入醫學院，也充分顯示出他所受到的時代的普遍
影響。後來在日本，魯迅研習了達爾文的進化論、尼采和叔本華
的悲觀主義哲學、俄國的人道主義，以及共和主義者的自由理性
主義。他對時勢保持著敏銳的洞察，對空想的改革時時保持懷疑
的態度，他渴望為自己、也為下一代尋找到出路。

　　1911年滿清政府被推翻，但是革命卻失敗了，帝國的主權轉
移到他人手中，現實狀況一點也沒有改善。

　　知識界的革命風暴正在悄悄進行。最終，1917年胡適發表的
一篇旨在掀起文學革命的文章點燃了戰火。陳獨秀隨即抓住機會
擴大運動，展開道德、社會和文化方面的改革。最為響亮的口號
就是：把一切傳統踩在腳下！

　　讓中國從頭到腳都以西方為模本進行改革是不現實的。獲
罪於天，無所禱也。革命難免扼殺更多的思想。魯迅已預見到這
種革命的危險性和不可能性，他想告訴青年讀者革命是於事無補
的，期望以此喚醒他們的覺悟。魯迅始終考慮的是作為社會和民
族群體的國民的切實心理，正是帶著這種總體思想，他對新文化
運動抱有批評態度，因為新文化運動高喊著拋棄舊文化，學習新
的、實證主義和理性主義的文化，這些在歐洲已經開始走下坡路
了，並且從文化方面講與中國的精神本質上並不相容。未來的
中國顯然需要一條新的道路，但，路在何方？魯迅直到1930年才
給出了一個模糊的答案：就是19世紀俄國式的人道主義，捍衛自
由、博愛，消除社會階級，為增強所有人類的幸福而相互協助，
彼此尊重。

　　在此之前，他主要限定在社會現實主義的範圍之內。在《吶喊》中，他描寫了革命和新文化對百姓的影響，《彷徨》中，他讓我們看到了這場運動對文化人的影響。「阿Q精神」是這26篇小說的核心思想。

　　哈樂德·阿克通總結這兩本書的基本觀點認為：「阿Q代表了革命初期中國多數鄉民的心理，作品中我們還能粗略看到那些城裡人從天朝子民的美夢中被驚醒的心理。上演這個故事的地點，未莊，是中國的縮影。如今中國還存在眾多的阿Q，默默地生，默默地死。尤其是在我們的這個阿Q身上，有著這樣一種直白的思想精神，就是：這樣的革命很好。殺了全村人，就該被痛恨。而我，則會堅決加入革命。」

　　「阿Q近來用度窘，大約略略有些不平；加以午間喝了兩碗空肚酒，愈加醉得快，一面想一面走，便又飄飄然起來。不知怎麼一來，忽而似乎革命黨便是自己，未莊人卻都是他的俘虜了。他得意之餘，禁不住大聲的嚷道：造反了！造反了！……」不過這只是他的幻想而已，一段時間後真正的革命爆發了，第一個倒下的，就是我們的阿Q，魯迅非常諷刺地向讀者描述了他被執行死刑的情形。

　　「《吶喊》和《彷徨》處處誇張，但這是一種諷刺的誇張，閃耀著諷刺的冰棱。人們目睹一位臨終的寡婦向一位舊式江湖醫生追問自己孩子的死因，好奇而又木然地觀看一場死刑的執行，然後清晰地聽見一個賣燒餅男孩的慘叫。魯迅寫的這些場景，人們面對痛苦是冷笑而不是微笑，這不禁讓人一顫。魯迅從不感情用事的。」（參《天下月刊》，1935年第378-380頁：〈現代中國文學中的創造精神〉，作者哈樂德·阿克通）

　　魯迅雖然冷酷，長於挖苦，但他始終是真誠的。他閱讀過進化論、自由主義、實證主義的論著，所以宗教問題一直未能直

接觸及到他，他不希望通過宗教方式來解決人類所有的最基本的問題。有時，他內心悲壯的現實主義強勢地驅動著他，有時他想一筆一畫地描寫的那種現實生活使他震撼而無法自抑，促使他寫出了心中瞬間迸發的一言一語，以至於看上去似乎並未思考過它的深層意味。對我們生活在其中的空虛、殘酷的現實世界極其反感的他，寧可願意相信「真有所謂靈魂，真有所謂地獄。」（參《彷徨》第182、191頁）他願意在天上開始新生活，因為地上的生活太黑暗，充滿不幸。但是他沒有能力，也沒有力量。魯迅在唯靈論上還是盲目的。1926年3月25日，北京女子師範學校反對軍閥段祺瑞的事件發生時，魯迅的一位得意門生劉和珍在鬥爭中被殺害，他寫了這麼一段話：「我也早覺得有寫一點東西的必要了，這雖然於死者毫不相干，但在生者，卻大抵只能如此而已。倘使我能夠相信真有所謂『在天之靈』，那自然可以得到更大的安慰，——但是，現在，卻只能如此而已。」（參何凝《魯迅雜感選集》，青光書局，1931，第120頁）

魯迅渴望新的生活。《吶喊》中他寫道：「我不願看到青年像我一樣遭受痛苦和煩惱，我不願讓他們像個頑童一樣毫無知覺地活在夢裡，我不願看到他們同其他人一樣，活在痛苦之中。青年要有全新的生活，我們從未有過的生活……」他抱著懷疑態度自問路在何方，又自答道：「其實地上本沒有路，走的人多了，也便成了路。」（參《故鄉》）這是理性主義者面對無解難題時的疑問，魯迅給青年們解釋這種思想：「你們青年所多的是生力，遇見深林，可以闢成平地的，遇見曠野，可以栽種樹木的，遇見沙漠，可以開掘井泉的。問什麼荊棘塞途的老路？……」不過，伴隨這個樂觀的鼓勵仍是懷疑，如同作者自相矛盾地所說的那樣：「我是如何的希望走那沒有路的路以實現那美麗的世界。」魯迅對未來也很是遲疑，他並不敢說：跟著我走吧！

　　魯迅意識到有必要進行一些改變，但又總是被他的懷疑和諸多困難所阻撓。這集中體現在1927年：「革命，反革命，不革命……革命的被殺於反革命的，反革命的被殺於革命的，不革命的或當作革命的而被殺於反革命的，或當作反革命的而被殺於革命的，或並不當作什麼而被殺革命的……或反革命的……革命，革命，革命，革命，革命……」（參《而已集》第150頁，〈小雜感〉，1927年8月）

　　1926年學生示威反對段祺瑞政府，北京女子師範學校遭遇了困境，幾個學生在事件中傷亡。魯迅為了保護學生，抨擊了校長楊蔭榆，結果被撤去教育司的職位。後來發展到進步人士與執政黨公開對立，陳源則首當其衝。魯迅明確發表其主張：「一要生存，二要溫飽，三要發展。有敢來阻礙這三事者，無論是誰，我們都反抗他，撲滅他！」鬥爭使他更為激進。（陳源的《閒話集》和魯迅的《華蓋集》中可以找到所有有關這次筆戰的資料）

　　在此期間，魯迅與北京女子師範學校的學生許廣平結婚，並生下了兒子海嬰。

　　1926年，北京政府對國民黨和新文化運動的展開採取了十分嚴厲的措施，魯迅成為48位被劃入黑名單的教授之一（完整名單參看《而已集》第203-215頁，1928年版）。8月他逃到上海，9月受同辦《語絲》的林語堂之邀來到了廈門大學，任中國文學教授。但沒呆多久，如他自己所說，他「恐怖了」，他不能正常生活，南方的那些革命者們在密切地監視著他。年末時魯迅辭職前往廣州——革命的策源地。在廣州，魯迅受到青年們熱烈的歡迎，並成為中山大學文學系教授，同時許廣平也在中山大學當助教。人們想讓他「坐在高臺上……指揮思想革命」（參《而已集》）。魯迅轉投革命而且不久就要到漢口的消息在全國散布開來。還有人時不時地試圖用成功和榮譽拉攏他，這段時間人們不

斷邀請他進行公開的革命演講。很快他便厭煩了，「如果先掛起一個題目，做起文章來，那又何異於八股。」（參《而已集》）於是他公開抗議那些針對他的謠言，面對非難，魯迅顯然失去了同情。於是嚴密的監視又開始了，跟在廈門一樣。魯迅不願成為共產黨人，更不願和他們融合，他在廣州失去了安全。厭倦了這種體制的他寫道：「自稱盜賊的無須防，得其反倒是好人；自稱正人君子的必須防，得其反則是盜賊。」

這個時期，左右派的分裂日益加劇，紅色政權轉移到了漢口，緊接著發生了1927年的政治大清洗。魯迅雖不是共產黨人，但仍然被列為危險分子，他的幾個朋友和學生是共產黨人或共產主義的同情者，一個接一個地消失了，神祕卻很確定。魯迅感到了恐懼，兩度前往香港，但仍舊處處受到猜疑，他由此離開了廣州。可是，被共產黨尾追，被國民黨懷疑，被北洋軍閥定罪，他都不知道往哪裡逃。《而已集》序言中他承認自己的恐懼和疑慮：「這半年我又看見了許多血和許多淚，然而我只有雜感而已，淚揩了，血消了；屠伯們逍遙復逍遙，用鋼刀，用軟刀的，然而我有雜感而已。連『雜感』也被『放進了應該去的地方』，而我於是只有『而已』。」「沒有膽子直說的話，都載在《而已集》。」（參《三閑集·序言》，1927年）1927年9月魯迅到了上海，在那裡又成了被群起攻擊的對象。他擔任《語絲》和幾本發行有限卻風格鮮明的雜誌的編輯：《奔流月刊》、《奔原》、《萌芽》、《新地》，開始被捲入1928-1930年著名的有關文學定義及其社會意義的論戰之中。（參《中國文藝論戰》，李何麟編，1930，亞東書局）

魯迅的主要對手是成仿吾和郭沫若，這兩個人是「創造社」所捍衛的排他主義革命文學的支持者，還有持類似觀點的「太陽社」成員蔣光慈和自由資產階級文學的代表梁實秋。這些不同社

團我們前面已有所討論。這場持續兩年的論戰異常艱難，魯迅最終以退卻告終，於1930年加入左翼，轉身成為了領袖和先鋒。成仿吾和郭沫若則退居二線。不過對魯迅而言，在更大程度上這只是一種行為而非原則的轉變。他未能在公開鬥爭中獲得的，在妥協中得到了。從那以後，他對左翼作家尤其是青年作家起了緩和調節的作用。

再則，這次轉變看上去與魯迅先前的生活並不矛盾。魯迅常常針砭時事，與陳腔濫調的流毒作鬥爭，主張文化革命的必要性。但是從1919年到1925年間他卻一直沒有把他的社會現實主義與經濟和社會制度直接聯繫在一起，只是停留在文化領域，沒有直接關注無產階級。他是個理想家，而不是社會主義者。

另一方面，他從未真正與文學革命作鬥爭，他只是針對「創造社」的排他主義。1930年以後，魯迅堅持自己的泛人道主義理念，共產主義革命在實踐上是不會接受這些理念的，只是在這場革命中，原則上還能夠得以保留。正因為如此，魯迅才逐漸拓展並調和了他的那些被左翼極端主義所禁錮的觀念。

1928-1930年的論戰使魯迅不得不做出最終的選擇，這場論戰也對魯迅後來的文學方向有所影響。他自己承認：「我有一件事要感謝創造社的，是他們『擠』我看了幾種科學的文藝論，明白了先前的文學史家說了一大堆，還是糾纏不清的疑問。並且因此譯了一本蒲力漢諾夫的《藝術論》，以救正我——還因我而及於別人——的只信進化論的偏頗。」這就解釋了為什麼這些年魯迅多數時間都在翻譯。接著他又發表了盧那察爾斯基的《文藝與批評》、片上伸（日本學者）的《無產階級文學的諸問題》、法捷耶夫的《毀滅》等等。除了譯著，他還發表了一些關於時事的「雜感」，他的「雜感」給了對手一次次震懾，但不幸時常被查禁。魯迅的雜文真切而深沉地展現了自己，同時也無意識地流露

出了他的偏頗，或許是出於他並不總是知道事情真相的原因。他的判斷偶爾也有失均衡，於是在知情的讀者看來他的評判尚有缺憾之處。魯迅收集在《准風月談》中別人對自己的評價就相當公正（1933，第237頁）：「魯迅先生你先要認清了自己的地位，就是反對你的人，暗裡總不敢否認你是中國頂出色的作家。既然你的言論，可以影響青年，那麼你的言論就應該慎重。請你自己想想，在寫《阿Q正傳》之後，有多少時間浪費在筆戰上？而這種筆戰，對一般青年發生了何種影響？」

魯迅一直保持高強度的工作直至去世。他病危時還就抗日統一戰線寫下了「萬言公開信」。

1936年11月19日，魯迅於上海家中在妻兒的陪伴下離世。

下面是魯迅作品和譯著的完整清單：

1.《墳》（論文隨筆，1907-1925）、2.《吶喊》（短篇小說，1923）、3.《野草》（散文，1924-1928）、4.《熱風》（短評，1918-1924）、5.《彷徨》（短篇小說，1926）、6.《朝花夕拾》（回憶文，1927）、7.《故事新編》（歷史小說，1926-1936）、8.《華蓋集》（短評，1926）、9.《華蓋集續編》（短評，1926）、10.《而已集》（短評，1927）、11.《三閒集》（短評，1927-1929）、12.《二心集》（雜文，1930-1931）、13.《偽自由書》（短評，1933）、14.《南腔北調集》（雜文，1932-1933）、15.《准風月談》（短評，1933）、16.《花邊文學》（短評，1934）、17.《且介亭雜文初編》（雜文，1934）、18.《且介亭雜文二編》（雜文，1935）、19.《且介亭雜文末編》（雜文，1936）、20.《兩地書》（書信，1933）、21.《集外集》（雜文，1930）、22.《集外集拾遺》（雜文）、23.《會稽郡故書集》（輯錄）、24.《古小說鉤沉》（輯錄）、25.《嵇康集》（輯錄並考證，1933）、26.《中國小說史略》（論著，1923）、27.《小說

舊聞鈔》（輯錄並考證，1926）、28.《唐宋傳奇集》（輯錄並考證，1928）、29.《漢文學史綱要》（論著，1927-1929）。

　　譯著有：1.《月界旅行》（科幻小說，1903，譯自凡爾納的Voyage à la lune）、2.《地底旅行》（科幻小說，1903，譯自凡爾納的Voyage au centre de la terre）、3.《域外小說集》（短篇小說選，1909，歐美作家作品譯著）、4.《現代小說譯叢》（短篇小說選，1921，日本作家作品譯著）、5.《現代日本小說集》（同上，1922）、6.《工人綏惠略夫》（小說，1921，譯自阿爾志跋綏夫的The working man Shevyrev）、7.《一個青年的夢》（話劇，1922）、8.《愛羅先珂童話集》（兒童故事，1922，譯自俄國作家愛羅先珂的作品）、9.《桃色的雲》（兒童劇，1923，譯自俄國作家愛羅先珂的作品日語版）、10.《苦悶的象徵》（隨筆，1924）、11.《出了象牙之塔》（雜感筆記，1926，譯自日語）、12.《思想，山水，人物》（雜感筆記，1928，譯自日語）、13.《小約翰》（兒童小說，1928，譯自凡‧伊登的De kleine Joannes）、14.《小彼德》（兒童小說，1931）、15.《表》（兒童小說，1935，譯自班台萊耶夫的Die Uhr）、16.《俄羅斯童話》（兒童短篇小說，譯自俄語，1935）、17.《藥用植物》（科普散文，1931）、18.《近代美術思潮論》（藝術論文，1929，譯自俄國作家盧那卡爾斯基作品的日語版）、19.《藝術論》（藝術論文，1929，同上）、20.《壁下譯叢》（散文，1929）、21.《譯叢補》（1924-1930）、22.《藝術論》（藝術論文，1930，譯自俄國作家蒲力漢諾夫的作品）、23.《現代新興文學的諸問題》（散文，1929，譯自日語）、24.《文藝與批評》（散文，1930）、25.《文藝政策》（散文，1930）、26.《十月》（小說，1930，譯自雅各武萊夫的俄語作品October）、27.《毀滅》（小說，1931，譯自法捷耶夫的俄語作品）、28.《山民牧唱》（短篇小說，1935）、

29.《壞孫子和別的奇聞》（短篇小說，1936）、30.《豎琴》（短篇小說，1933，譯自多為俄國作家作品）、31.《一天的工作》（短篇小說，1933，譯自多位俄國作家作品）、32.《死靈魂》（小說，1935，譯自果戈理的Die toten Seelen）、33.《果樹園》（俄國短篇小說集，包括理定n等）、34.《血痕》（譯自俄國阿爾志跋綏夫等作家的短篇小說集）、35.《惡魔》（譯自俄國作家高爾基的短篇小說）等等。

十一、未名社

　　1924年前後，一個新的社團由魯迅的支持在北京成立，以李霽野和韋素園為首，旨在向中國介紹外國文學，尤其是俄語文學。

　　1926年他們一起翻譯了托洛斯基的《文學與革命》，張作霖因此拘捕了社團的幾名作家並取締了該社團，但是他們為社團換了個名字繼續活動。北京女子師範事件發生以後，政府勒令48位教授辭職，隨即社團內部也發生了分歧。上海一名社團成員高長虹指責韋素園不刊登向培良的文章，魯迅也被牽扯其中，高長虹在《狂飆》雜誌中對韋素園和魯迅加以猛烈的批評報復。

　　社團總部位於北京景山東街，魯迅協助編輯《莽原》雜誌，《莽原》後來更名為《未名半月刊》，雜誌創刊後持續兩年又四個月（1926-1928）而告終。

　　由於受到當權者的糾纏，1930年，社團成員不得不做出選擇，魯迅和多數成員加入左翼，一部分人則更傾向自由派，堅持他們對孟什維克的信仰。從那以後，他們不再談論政治，至少不在公共場合公開討論，而僅滿足於傳播外國文學，以此表達自己的政治信仰和社會取向。因此，他們已演變成了事實上的反對派，秉其消極的主張而傾向無政府主義。

　　作為社會寫實主義的信徒（參魯迅、茅盾等文學研究會前幾年的作品），他們對陳獨秀、郭沫若和漢口政府所宣揚的共產主義道路感到掃興和反感。同時，國民黨的「專政」——依他們的稱謂——也令他們厭惡。自此以後，他們的雜誌裡滿是抨擊執政黨「排斥異己」的文章。

除了消極主張，他們還對托爾斯泰模糊的人道主義的無政府主義相當有好感，「終止人類的階級和民族劃分的社會的組織裡，……深沉同情於社會下層，而對上層——不是對人，卻自然是對富豪和貴族政體底原則本身懷著敵意。……」（參《未名半月刊》中盧那察爾斯基的〈托爾斯泰底死與少年歐羅巴〉，韋素園譯，第II卷，第33頁）

作為一個文學社團，未名社影響並不大，但我們仍然能夠從1930至1937年間中國最著名的作家作品中找到未名社的基本原則。

社團代表人物有：

韋素園，又作韋淑園，1902年出生於安徽霍邱，留學法國。1926年起成為「未名社」的活躍成員。1932年因肺病在北京一家醫院去世。

韋淑園以其俄語譯著而出名：N・V・高更的《外套》（The Cloak）、北歐詩集《黃花集》等。

李霽野，和韋素園一樣是霍邱人，兩人共同領導未名社，也是以翻譯俄國作家作品而出名：安特列夫的《往星中》、《黑假面人》，陀思妥耶夫斯基的《被侮辱的與被損害的》（The Insulted and Injured），陀思妥耶夫斯基的《不幸的一群》（An Honest Thief）、安特列夫的《馬賽進行曲》等等。

韋叢蕪，同樣來自霍邱，燕京大學畢業，未名社成員，同樣以俄語譯著而聞名：陀思妥耶夫斯基的《窮人》（Poor People）、《罪與罰》（Crime and Punishment）、蒲甯的《張的夢》（The Dream of Chang）等等。

曹靖華，1897年生於河南盧氏縣，畢業於莫斯科東方大學，後到廣州中山大學任教，致力於向中國介紹俄國新興文學，成為中國無產階級文學的先驅。

1935年曹來到北京擔任北平大學女子文理學院教授，同時擔

任中國大學教授。

其譯作有：綏拉菲摩維支的《鐵流》（Sheleznyipotok），1931、契訶夫的《蠢貨》、涅維洛夫的《不走正路的安得倫》。

楊震文，筆名丙辰，1891年生於河南南陽，德國柏林大學畢業回國後，先後在北京大學德語文學系擔任教授和系主任，後任清華大學和北京大學文學院教授。其譯著主要有：席勒的《強盜》、萊辛的《軍人之福》、讓恩的《費德利克小姐》、豪布陀曼的《獺皮》等等。

高長虹，山西人，最初和魯迅、韋叢蕪等人一起創辦《莽原》，1926年，《莽原》改名《未名半月刊》，高長虹與其他人決裂並離開，與其兄高歌和向培良成立「狂飆社」，繼而創辦《狂飆週刊》和《長虹週刊》。

1930年高長虹出國後，鮮有文學作品問世。

其主要作品有：《光與熱》1927，開明、《時代的先驅》、《從荒島到莽原》1928、《游離》1928，泰東、《實生活》1928，現代、《心的探險》等等。

戴望舒，在震旦大學學習法語文學，其詩作模仿法國象徵主義並融合美國印象主義，在中國創造了一種新的詩體，叫現代派詩。1934年前後赴法留學，1942年成為香港《大公報》文學專欄作家。

其作品主要有：〈雨巷〉，使之在文學界嶄露頭角、《望舒草》（詩集）1935、《我的記憶》（詩集）1931，東華。

其譯作有：《比利時短篇小說集》1935，商務印書館、《義大利短篇小說集》同上、《法蘭西現代短篇集》1934，天馬、F・R・夏多布里昂的《少女之誓》（Atala et René），1928，開明、西班牙阿左林的《西萬提斯的未婚妻》（La Fiancée de Cervantes），1930，神州、法國P・梅里美的《高龍芭》

（Colomba），1925，中華，等等。

黃素如，筆名白薇，湖南人，著名小說家和劇作家，作家楊騷的夫人，兩人社會思想一致，同為未名社成員。

1926年發表第一部劇作《琳麗》商務印書館，三幕劇。作者在劇中歌頌愛情是人類生命原動力，她說道：「沒有愛情，平淡無味的生活不值得再活下去……」

後來發表的獨幕劇《蘇斐》，讚美純粹、高尚的愛情。以楚洪為筆名發表的《愛網》，是一部同樣主題的小說。

日本留學回國開啟了她的新時代，青年時期的幻想漸漸消失，她開始關注現實和當前社會。1928年她在《奔流》連載發表了社會劇《打出幽靈塔》，接著發表獨幕劇《革命神的受難》，痛斥偽革命派；獨幕劇《薔薇酒》，譴責軍國主義；獨幕社會劇《姨娘》、《假洋人》，抨擊那些淺薄的人。

1930年之後她陸續發表的作品有：《炸彈與征鳥》1930，北新；《昨夜》（與丈夫合作完成）1934，南強，等。

白薇總體傾向於書寫對社會的不滿，反對資產階級貴族，揭露假善良面具下的禍患。（參同上，王哲甫，第250頁、《現代中國女作家》，第157頁及其後頁）

除了這些主要作家，未名社還有一些二流作家：史濟行，饒超華，孫松泉等等。

十二、中國左翼作家聯盟和新寫實主義

　　1927年，時任廣州中山大學教授的成仿吾發表了一篇名為〈從文學革命到革命文學〉的文章，積極宣揚無產階級文學，希望由此開啟一場圍繞著「創造社」和「太陽社」開展的席捲中國文壇的文學運動。其宗旨是：「宣導革命文學，抵制個人主義，宣傳新寫實主義。」（參郭沫若〈革命與文學〉、何畏〈個人主義藝術的滅亡〉、穆木天〈寫實主義文學〉）但該團體的活動領域僅限於廣州。

　　在此期間，中國北方也發生了一場類似的運動，以魯迅和《語絲》為中心，反對「新月社」主要成員的「沙龍文學」和「象牙塔文學」。不過北京的運動不及廣州澈底。魯迅更多的是在為源於社會寫實主義的新寫實主義作辯護，不僅他本人，他的多數朋友也都不是共產主義者，並且跟第三國際也毫無關係。甚至，他們還抗議莫斯科對中國內務的干涉，也反對歷史唯物論的共產主義基本原則，反對將階級鬥爭當作解決社會問題的唯一途徑。相反地，他們的理念明顯受到蒲力漢諾夫和盧那卡爾斯基等孟什維克（最低限度派）的影響，認為農民共產主義是先驅，堅持博愛的人道主義，而不是布爾什維克（極端主義）所推崇的國際主義或軍事、社會、宗教層面的反帝國主義。（參魯迅《二心集》第74-96頁）

　　隨著成仿吾文章的發表和郭沫若對文章的評價，各文學流派之間展開了一場激烈的論戰。魯迅保持中立，成為兩大敵對陣營之間的中間人，能言善辯、機智勇敢的他英勇地維持了兩年，這場惡戰最終因審查制度的出臺而告結束。

　　占著上風的國民黨開創了一個「清洗共產黨和一切異己者」的新紀元。1934年，共產黨在毛澤東領導下在湖南、江西集結，但很快不得不放棄根據地，在政府軍的圍剿下，他們展開了著名的以陝西為目標的戰略大轉移。在全國範圍內，特別是南方，共產主義思想和反國民黨分子受到政府審查部門一步步的清理，政治煽動者消失得無影無蹤，政治犯多了起來。負責出版審查的政府部門對共產主義宣傳和親共作品毫不留情，魯迅在1934年出版的《且介亭雜文》第153頁中總結道：「中央宣傳委員會也查禁了一大批書，計一百四十九種。凡是銷行較多的，幾乎都包括在裡面。中國左翼作家的作品，自然大抵是被禁止的，而且又禁到譯文，要舉出幾個作者來，那就是高爾基（Gorky），盧那卡爾斯基（Lunacharsky），斐定（Fedin），法捷耶夫（Fadeev），綏拉菲摩維支（Serafimovich），辛克萊（U.Sinclair），甚而至於梅迪林克（Maeterlinck），梭羅古勃（Sologrub），斯忒林培克（Strindberg）……」上海、廣州是審查的重點城市，北京不是重要審查目標。這是因為，1928年漢口政府敗落後，大批共產主義知識分子逃往上海，在外國租界尤其是法國租界的掩護下繼續祕密開展宣傳活動。政府嚴厲的制度激起了被驅逐的人們心中的怒火，也加深了「語絲」諸位成員對受苦受難者的同情。

　　正是在這樣的情形之下，左翼作家聯盟於1930年3月2日在上海成立，約有50名成員，其中著名的有：魯迅、郁達夫、田漢、錢杏邨、沈端先、馮乃超、蔣光慈、彭康、丁玲、龔冰廬、洪靈菲、胡也頻等。這些名字彙聚在一起，可以明顯看出，與其說這是一個由統一主張和相同傾向嚴密組織起來的團體，不如說是一個將若干思想趨向共同組織在一起的統一戰線，因此，不加以區分地給他們貼上「共產黨」的標籤，是不公正的。

　　聯盟為自己定下的目標是要研究他們各自任務當中的三個突

出問題：1.藝術和馬克思文學的原則；2.世界文學，尤其是蘇聯文學（與「未名社」的宗旨相契合）；3.文藝大眾化。

王哲甫為革命文學作出了一個定義，十分切合這場運動中一些作家的觀點，但並不為左聯作家普遍接受：「革命文學是循歷史進化的原則，隨著經濟社會的變遷，而產生的一種新的文學，以無產階級的思想與意識為它的內容，以無產階級的大眾生活為某些的對象，而能領導無產階級群眾向著最後的方向進行的文學。」（參同上，第85頁）

左聯的主要刊物有：《萌芽》、《拓荒者》、《現代小說》、《大眾藝術》、《世界文化》、《北斗》、《文學月報》等。

左聯成立的會議上，魯迅闡述了聯盟的指導性原則（《二心集》第49-58頁）：聯盟必須和實際的社會鬥爭接觸。和以前置身事外的文學家和詩人的那種熱衷於沙龍社會主義截然相反，他們著意從今以後深入現實，切實理解革命的實際狀況。聯盟成員不應模仿上個世紀的社會主義者幻想烏托邦式的或浪漫主義的革命，用一個即將到來的人間天堂誘導受剝削的人們，用黑格爾式隱喻難以理解的語言來說就是：「合題，繼命題（資本主義壓迫者）和反命題（革命）而來」。在這個天堂裡，文學家和詩人都如神一般受到景仰。歷史證明，如此的美夢必然走向幻滅，走向絕望，走向廢墟和自毀。必須承認，革命是痛苦的，需要流血犧牲，即使勝利也不會有停頓。要繼續奮鬥，要為了共同的幸福而忍受痛苦，因為鬥爭是生命固有的屬性，永遠都是。

魯迅對聯盟的總體立場作了如下總結：我們想開展一次對帝國主義舊社會的鬥爭，一次全面、激烈、持久的鬥爭。我們將抗爭到底，永不投降，永不妥協，因為妥協會分散力量，妥協是失敗的開端。

聯盟的目標是用筆桿子傳播信念，培養作家有能力繼續廣為

傳播這些信念，不管是通過原創作品還是通過譯著。

魯迅還說，1930年以前革命家們過分蘇維埃化了，他們盲目搬抄蘇聯模式，沒有結合中國社會的特殊現實（《二心集》第132頁）。而且，某些鼓動革命的人的私生活也和他們鼓吹的思想不符，他們不夠真誠。比如，成仿吾把革命比作持續的恐怖事件，主張最終勝利後應把所有反革命者趕下地獄，把非革命作家逐出社會、逐出文學界。魯迅說，這種恐怖主義應該受到譴責。革命的目的不是死亡，而是生活。（同上，第142頁）

在魯迅和朋友們的口中，這些吸收了蒲力汗諾夫、盧那卡爾斯基、克魯泡特金及其他人思想的理論，對1930年的中國來說是件新鮮事（《二心集》第74、113、137頁）。其實，1911年起便有些學者認同這些理論，李石曾從法國帶回了這個思想，在法國被叫做無政府主義。而這個思想，卻在1927年蘇聯史達林對托洛斯基取得政治性成功後再次提出，但或多或少結合了新的形勢；從那以後，這些理論便漸漸地重新傳到了中國。

有時，我們想要鑑別區分革命文學或者說無產階級文學，和同樣書寫受壓迫人民、專制、抵抗和暴亂的新寫實主義的小說。我們不願把它們完全混為一談，但總是能夠發現這兩場運動之間的一些相似點。陳勺水對新寫實主義的特點及其與左翼作家運動的相似點有著非常明確的判定（參陳勺水〈論新寫實主義〉和他發表在《樂群》第I卷第3號中的〈現代的世界左派文壇〉一文）：

「第一種頂錯誤的見解，就是那些單把無產者對於有產者的怨恨和反抗的描寫，認為新寫實派的描寫……縱然描寫得怎樣活靈活現，也只不過能夠滿一些少年人的浪漫的心理，成一種煽動青年的宣傳物罷了。一般受難的大眾，絕不會受著如何的感激，得著怎樣的慰安，發現怎樣的光明。因為人生絕不是一種單以愛

憎的感情為內容的東西。這樣的描寫，縱然他所根據的材料竟是一種事實，他在作品上的地位，也只算得是寫實的浪漫主義，不能稱為新寫實主義。」

「專描寫無產者生活的悲慘、痛苦、暗黑、醜惡等等方面的作品，也往往被人認為新寫實派的作品。這當然是錯誤的，如果這算得是新寫實派，那末，新寫實派早已發生於十九世紀了，因為，像左拉等自然主義者所描寫的窮苦人的暗黑面，實已達到了極高妙的程度！這種專描寫無產者受難的作品，只是帶著一種被動的性質，太過悲觀絕望，在事實上，和廿世紀的無產大眾的性格並不相符。」

「專門描寫一種自稱無產者，在作品當中，把他的主人公看成一個模範的無產人物，……描寫著一個理想的無產者。這種樂觀的作品，也許在提起無產者的興致和暗示無產者的應有性格上面，可以有一點用處，但是，卻無論如何，不能稱為新寫實派的作品，因為他明明太夢想了，太樂觀了，也和廿世紀的無產大眾的性格不符，大概只能稱為廣告派的作品罷。」

「有一種作家，專把無產運動理論上的公式，編入作品。……描寫一個外國資本家，他就生怕不能夠把一切罵倒帝國主義的名言妙論，都抬到這幾篇小說上去。……這種作品，已經有一個很好的名稱，叫做宣傳的文學，或傳單式的作品。……但是，總不應僭稱新寫實派的名義。」

「有一種作家，專門努力去暴露現社會的醜惡，特別注重去暴露帝國主義者、大銀行家、統治機關、軍事機關……等等的內幕（張恨水便屬於這一類）。……單是這樣，還算不得新寫實派的作品，因為他還不能夠扣住時代的精神，使一般大眾發生異常的感激，由感激當中發生情熱，由情熱發生活力。」

在新寫實主義最具特色的標識中，陳勻水指出，是站在社

會的及集團的觀點上去描寫,而不是採用個人的及英雄的觀點。在他看來,這樣的態度,與現今的實情相符合,能夠抓住大眾的心理。他承認,作家應著眼於個體特徵的分析和描寫,但必須提醒,應該著眼於個體在社會團體的位置角度去描寫,而不應僅僅局限於個體自身。新寫實主義另一個特徵是,不單是描寫環境,並且一定要描寫意志活動,以期喚起無產大眾主動地起來轉變環境。新寫實派的作品不再出於他們表現出來的對於心裡描寫的興趣而單純描寫性格,而是作為描寫出社會的活力的一種方法;它不得把個人性格當作個人的東西描寫,而是把它看做湊成社會活力的一個分子;正因如此,新寫實派作品中可以沒有主要人物。

新寫實派的作品,還應該是富有情熱的,引得起大眾的美感的。這裡所謂美,不是指美學上所謂的美,或從來美術家藝術家所謂的美,因為那種美是普通大眾所不能領略的美。相反,這裡涉及的是一種情感,它能夠引領大眾增強社會幸福感。

新寫實派以真理和現實為基礎,絕不給夢想派留下任何餘地。他們唯一的理想,也是來自事實,可謂令人信服,重視當前的環境,並且是真正能夠實現的。一切不符合這些條件的理想,都是虛無的、有害的,必須予以否定。

一次次的政治事件阻礙了該流派發展和施行他們設計好的計畫。儘管1936年統一戰線的形成使他們獲得了一些言論的自由,然而他們的注意力和精力卻從此被戰爭文學這項艱巨任務所耗盡。

該流派最著名的作家有:

趙平復,柔石,1901年生於浙江寧海縣市門頭一個舊式文人家庭,因時代原因而衰落貧困。由於父母做小買賣糊口,平復一直到10歲才開始上學。1917年他考上杭州師範學校,加入杭州晨光社,踏入文學圈的他很快顯露出對文學的強烈興趣。取得教師

文憑後，他開始在幾所不同的學校教書，課餘時間創作一些小說和散文，其中包括在寧波所作的《瘋人》。

1923年柔石移居北京，在北大旁聽。兩年後回到南方，任鎮海中學教務主任。他患有肺結核病，身體的不適迫使他辭去教職，但還是繼續關心著寧海的青年，在寧海中學為青年學生創辦了一本雜誌。1926年被任命為縣教育局長，虔誠地履行著他的職責。1928年4月，他被捲入一場波及整個地區的叛亂，雖叛亂很快被鎮壓，但寧海中學還是被迫解散，柔石遷居上海，開始全心投入文學創作當中，努力通過《語絲》雜誌向中國介紹外國文學，主要是東歐和北歐文學。

1930年柔石加入左翼作家聯盟，他對無產階級文學的熱情不久便使他成為左聯核心成員之一。同年，柔石代表左聯參加全國蘇維埃區域代表大會，接著發表了〈一個偉大的印象〉。1931年的反共清洗活動終止了他的革命生涯。柔石於1月17日被捕，2月7日行刑。

他發表過幾部話劇，其中有《人間的喜劇》，還發表過小說，包括《舊時代的死》、《三姊妹》、《二月》、《希望》等等，還翻譯過盧那卡爾斯基、高爾基及其他蘇聯作家的作品。

臺靜農，1902年生於安徽霍邱，畢業於北京大學，在北京天主教大學執教五年並兼任教務祕書，曾因同情共產主義事業而兩次被捕入獄。1942年到四川大學任教。他是「未名社」的活躍成員，於《未名》雜誌發表數部反對政府體制的小說，如《地之子》、《建塔者》等。

錢杏邨，筆名有阿英、魏如晦等，安徽人，著名文學批評家，著有《現代中國文學作家》（兩卷，1929-1930，泰東）、《創作與生活》（良友）、《安特列夫評傳》（文藝書店）、《現代中國文學論》（合眾社）、《中國新文學運動史》（光

明）、《現代中國女作家》等等。其《史料索引》（編入《中國新文學大系》，1933，筆名阿英）始終是現代文學研究必不可少的參考書。

錢杏邨也是一名作家。在文學評論和文學創作中，他都支持無產階級和馬列主義文學。其作品多發表於《拓荒者》、《太陽月刊》、《現代小說》、《海風週報》、《新星》等左派雜誌上。其創作包括：《義塚》、《一條鞭痕》、《暴風雨的前夜》、《餓人與饑鷹》，描寫資本主義對工人階級的壓迫，以期激發革命。（參同上，王哲甫，第239-240頁、蘇汶《文藝自由論辯集》，1932，現代）

他還嘗試過話劇創作，《不夜城》（潮鋒社，浙江麗水，1940）是一部三幕社會劇，枯燥無趣，無文學價值，充斥著共產主義的意識形態。由於堅信1927年發表的革命文學主張，他的作品擁有這套主張所包含的全部特點。其話劇作品還有：《滿城風雨》、《群鶯亂飛》、《碧血花》、《海國英雄》、《楊娥傳》等。

蔣光赤，又名蔣光慈，1901年生於安徽霍邱，畢業於莫斯科東方大學，主修蘇聯新文學；回國後成為革命文學先鋒，先於其他人在《新青年》發表了〈無產階級革命與文學〉。1925年赴上海大學任教，時值陳獨秀任校長，蔣光慈從《創造月刊》、《文學週報》、《洪水》等雜誌開始了其文學活動。

1928年初，蔣光慈與錢杏邨、楊邨人、孟超、迅雷等人在上海創立「太陽社」，同時創辦《太陽月刊》，由現代印書局出版，1929年被政府查封。1930年蔣光慈等再次創辦《拓荒者》雜誌，作為改頭換面的「太陽社」，不過半年後再次被查封（參楊之華《文壇史料》，《中華日報》出版，1943，第392頁）。同時，蔣光慈還主編《新流》、《時代文藝》等多本共產主義文學刊物。

1931年8月31日，體質虛弱的蔣光慈因肺病在上海一家醫院逝

世，當時只有一位名叫吳似鴻的女護士陪伴。

　　同為左派人士的錢杏邨對蔣光慈的作品作出過一個準確的評價（《現代中國文學作家》第1卷，第142-186頁，1928年出版），他認為，蔣光慈堪比蘇聯現代作家傑米揚・別德內依，「他是與民眾一體的，他絕對未曾想過自己要超出群眾之上；他所寫的詩都是與時事有關係的，我們也可以說，他的詩都是『定做』的——社會群眾有什麼需要的時候，他就提起筆來寫什麼東西。他提筆作詩，也就如同農夫拿起鍬來挖地，鐵匠拿起錘來打鐵一樣，是有一個實際的目的的。他的作品，照唯美派的文學家看來，實在有點粗俗，或不承認是詩，他完全用民眾的俗語做詩的語句。他是民眾的戰士，他的詩是為著民眾做的，民眾的喜怒哀樂是他的詩料，他能夠代表民眾的利益、心理，能鼓舞民眾戰鬥的情緒，有一種巨大的作用，為任何詩人的作品所不能達到的。可是他雖然有這樣大的力量，但是國內的批評家卻大都不把他放在眼裡，甚至把他置之不理，甚至否認他為詩人。然而這是沒有關係的相反，俄國的工人、農人、兵士總歸是崇敬他，把他算為自己的詩人，是自己所需要的唯一的詩人。光慈在中國的境遇正是如此。……光慈算不得一個創作家，……民眾卻對著他示著歡迎。」

　　他的作品都透露著一種對共產主義的瘋狂崇拜和無視道德的殘忍的肉欲。他的多數作品都被政府列為禁書，這一點絲毫不會令人感到驚訝。有個例子可以證明這個評判：《衝出重圍的月亮》（1930）中講的是一個女青年受第三國際共產主義的激勵，希望在中國實現「澈底的解放」。1928年她眼見共產黨敗給了國民黨，對澈底解放的理想開始變得極度失望，這種失望又轉化成對社會的嘲諷和仇恨：「當她覺悟到其他的革命的方法失去改造社會的希望的時候，她便利用著自己的女人的肉體來作弄這社會……」（參同上，第86頁）她用美色勾引資本主義青年，以滿

足自己邪惡的樂趣。「而且，當我們無能為力的時候，就自殺，這對社會又是致命一擊。」（參同上，第87頁）反正，活著的唯一目的是仇恨和報復：幹盡壞事，盡可能使更多的人墮落，藉以毀滅這社會。

《三對愛人兒》（1932）中也有相同的思想，而且更加露骨。

他創作的第一部作品是一部詩集：《新夢》（1925，上海書局），作於莫斯科留學期間。接著是《哀中國》（1925，新青年版），是回上海後完成的詩集。1927年重新發行並把這兩部作品合併為一部《戰鼓》。這兩部作品毫無文學價值，充滿激昂的吶喊和對蘇聯布爾什維克幾近瘋狂的讚頌。看不到一絲懷疑、揣測或猶豫，這完全是虛幻的理想主義。這三本書都被政府列為禁書。蔣光慈回國後開始意識到祖國的真實現狀，從此產生了懷疑和焦慮。

同年，蔣光慈開始創作《革命青年三部曲》，展示了完成澈底革命的三個階段。

《少年漂泊者》（1925，亞東）中，作者引領我們看到第一階段的少年時代，我們從中感受到因找不到出路而產生的普遍疑惑，由此隱隱預感到革命的必要性，但何時開始革命且又該如何革命呢？

《鴨綠江上》（1926）前進了一步。作者目睹了1925年5月30日發生在上海的機槍掃射，並參與了上海工人運動。我們在書中看到了這場新運動的開端，對於運動何去何從，蔣光慈似乎並無頭緒，但他知道，他想領導這場已經開始的鬥爭中的青年：「朋友們，請別再稱呼我為詩人，我是助你們為光明而奮鬥的鼓號，當你們得意凱旋的時候，我的責任也就算盡了！」該書前言中，他這般呼籲道。

《短褲黨》（1927，泰東）於第二年出版。戰鬥現已進入倒計時：工人、革命者、士兵和青年，要為了革命大業聯合起來。

作者在書中特別描寫了青年活動以及他們為革命事業的勝利所作的犧牲。

1927年後，蔣光慈撤往漢口，又開始創作以紅色中心為背景的三部曲。在《野祭》（1927年，創造社）中，蔣光慈描寫了一個革命女青年奉獻犧牲的故事。小說以愛情為主線，但我們仍然能夠強烈地感受到共產主義革命的氛圍和活力。接著是相同主題的《菊芬》，最後是《哭訴》，一部他寫給母親的抒情詩集，痛斥中國近七年的社會不公。尤其是在最後一部作品中，作者十分煽情，處處充滿革命的標語口號。

後來出版的《罪人》結集了以前作品中散落的或好或壞的浮誇文章。

期間他還出版了《紀念碑》（1927），這是為紀念1927年去世的妻子宋若瑜而結集的二人的往來書信；《異鄉與故國》創作於1929年從日本遊學歸來後；另外還有《麗莎的哀怨》、《最後的微笑》、《一周間》（譯自俄國作家Y・N・里別津斯基的The Week）、《愛的分野》（譯自俄國作家P・羅曼諾夫的The New Commandant）、《冬天的春笑》等等。

除小說外尚有理論專著《俄羅斯文學》（1927，創造社），第一部分是他對俄國新文學的研究，第二部分是同為上海大學教授的瞿秋白對俄國舊文學的研究。

據此可知，蔣光慈的所有作品明顯有其單一的主線，且每部作品似乎都在一個被限定了的藍圖中佔有專門的位置。他不願意成為幽默家或者為藝術而藝術的旁觀者，他致力的只是藉助文學來宣傳革命。在此可引用錢杏邨的話以作為對其作品的文學評價：「粗俗，淺薄，魯莽，句子不通，詩歌是標語口號，太重理論，……寫的太壞了。」（參同上，第166頁——參錢杏邨對蔣光慈的評價，出自蘇汶《文藝自由論辯集》1932，現代，第79頁及

期後頁）

　　向培良，湖南黔陽人，著名文學批評家、劇作家，高長虹的好友，兩人一起為「狂飆社」工作，但後來投向了民族主義文學。

　　其作品有：《沉悶的戲劇》、《光明的戲劇》、《不忠實的愛情》、《飄渺的夢》（北新）、《我離開十字街頭》（光華）、《英雄與美人》、《人類的藝術》等。

　　謝冰瑩，1908年生於湖南新化，於長沙師範學校接受了中等教育，後進入武漢中央軍事政治學校，畢業後赴日深造。武漢政府時期，她曾參加中央軍事政治學校女生徒隊。

　　她將自己的軍旅經歷寫成第一部小冊子《從軍日記》，分成幾部分發表於《中央日報》，林語堂將其翻譯成英語發表在同一份報刊上。這部作品使她獲得了「革命文學家」的頭銜，這部作品又於1929年分冊發表，並被翻譯成法語、日語、俄語和英語。（The Letters of a Chinese Amazon 一名中國亞馬遜女戰士的來信）

　　其作品還有：《血流》、《王國材》、《偉大的女性》、《前路》、《麓山集》、《中學生小說》（中學生書局出版）《我的學生生活》、《一個女兵的自傳》等。

　　洪靈菲，筆名李鐵郎、韓仲澣，革命文學和新寫實主義的典型代表。作品有《流亡》（講述他在南洋諸島的經歷）、《轉變》、《歸家》、《地下室手記》（譯自F・陀思妥耶夫斯基的 Letters from the Underworld）、《賭徒》（譯自F・陀思妥耶夫斯基的 Igrok, The Gambler）

　　楊邨人，1924年開始在《晨報副刊》寫專欄，但無大成就。後與蔣光慈、錢杏邨等人一起創作革命文學。

　　其作品有：《失蹤》、《狂瀾》、《戰線上》、《四女兵》等。

　　沈端先，在左派作家中以其翻譯作品而出名，其中有：《平

林泰子集》（1933，現代）、《高爾基傳》（良友）、《敗北》（1930，神州）、《奸細》（北新）、《戀愛之道》（開明）、還有一些日語作品譯著，《沉醉的太陽》（譯自格拉特考夫的Pijanoe Solnz的日語版）、《母親》（譯自M・高爾基的Mother）、《戀愛之路》（譯自柯倫泰夫人的Wege zur Liebe日語版）。

葉靈鳳，南京人，1925年加入「創造社」，以《洪水》專欄寫作開始文學生涯，後來與潘漢年等人一起成立了「幻社」，主編幾本刊物：《幻洲》、《隔壁》、《現代小說》、《現代文藝》、《萬象》等。

他長於描寫病態三角戀的悲劇，作品有：《菊子夫人》（1927，光華）、《女媧氏之造孽》（1927，同上）、《鳩綠媚》、《紅的天使》、《處女的夢》、《白葉日記》、《天竹》、《靈鳳小品集》、《九月的玫瑰》（短篇小說集，譯自阿納托爾・法郎士等的作品）、《白利與露西》（譯自羅曼羅蘭的Pierre et Lucie）、《新俄短篇小說集》（俄羅斯小說集）、《蒙地加羅》（譯自顯克微支的Monte Carlo）等。

潘梓年，1895年生於江蘇常州，潘漢年的哥哥。畢業於國立北京大學哲學系，著名共產主義思想家和教育學家，先後在保定師範學校、北京中法大學、中俄大學、上海多所大學任教，曾主編共產主義刊物《新華日報》。與丁玲一起於1933年5月14日被警方逮捕，後失蹤。

其作品有：《文學概論》（1933年，北新）、《大塊文章——地球及其生命的歷史》（原著作者為英國人伯頓，1927，北新）、《明日之學校》（原著作者為美國哲學家杜威，1924，商務印書館）、《動的心理學》（原著作者為美國心理學家羅伯特・塞欽斯・武德沃斯）、《邏輯歸納法和演繹法》（原著作者為美國數學家鐘斯）等等。

戴平萬，又名萬葉，無產階級新寫實主義作家，作品多服務於少年兒童和革命工作者，其譯著尤為大眾熟悉，其中有：《求真者》（譯自U・辛克萊的Samuel,The Seeker）。

姚杉尊，筆名蓬子、小瑩，浙江紹興人。參加過北京的文學革命，後成為上海《文學月報》主編，並於1930年成為左翼作家聯盟骨幹。1939年參加回教文化研究會，1942年到重慶的新文雜誌社擔任《抗戰文藝》主編。

他是著名小說家、翻譯家。作品有：《銀鈴》、《蓬子詩抄》、《剪影集》（1933，良友）《結婚集》（譯自奧古斯特・斯特林堡的Giftas，瑞典語意為已婚，1920，光華）、《婦人之夢》（譯自法國作家雷・德・古爾蒙的Le Songe d'une Femme，1930，光華）、《處女的心》（譯自法國作家雷・德・古爾蒙的Un Coeur Virginal，北新）、《飢餓的光芒》（譯自屠格涅夫、托爾斯泰、高爾基、索洛古勃等作家的短篇小說集）、《小天使》（譯自俄國作家安德列耶夫的The Little Angel，光華）、《我的童年》（譯自俄國作家高爾基的My Childhood，商務印書館）、《沒有櫻花》（譯自羅曼諾夫的No Cherry Blossom，現代）、《盜用公款的人們》（譯自俄國作家卡塔耶夫的Embezzlers中的作品）等。

周起應，湖南益陽人，近年在延安擔任魯迅藝術學院院長。其作品有：《蘇俄的音樂》（良友）、《果爾德短篇傑作選》（譯自美國作家果爾德的作品，1932，辛墾書店）、《大學生私生活》（譯自顧米列夫斯基的Dog Lane，現代）、《偉大的戀愛》（譯自柯倫泰的The Great Love，水沫）等。

在此無法一一詳細介紹左翼作家聯盟的作家，為求完整，下面列出其他一些作家：

李守章著《跋涉的人們》、葉永蓁著《小小十年》、魏金枝著《七封信的自傳》、劉一夢著《失業以後》、彭康、龔冰廬等。

十三、民族主義文學

　　國民黨組織中有相當多歐美留學歸來的年輕人，滿腦子都是1930年前後盛行於西方國家的那些實用主義、民主主義和種族主義。因此，類似的思想被引進中國也就不足為奇了，同時，這類政治傾向也不可避免地引起了左翼作家的強烈反對。左翼作家指責他們是法西斯分子，會破壞一切政治自由和思想自由。從這個方面看，左翼作家其實與自己所提出的關於文學排外的原則有明顯矛盾。他們還指責民族主義者為資本主義和帝國主義辯護的行為，通過這些字眼，他們就與1920年以來共產主義宣傳中所賦予它們的特殊標識聯繫起來了。

　　1930年6月，民族主義文學運動拉開序幕。官方條例上明確宣布，威脅中國文學的兩大危險是：某些作家的對傳統過分憂慮的保守主義，以及左翼作家的排外主義——他們只關心無產階級文學，將藝術束縛在了「階級」的封閉圈子內。面對這兩大威脅，民族主義文學選擇了中間的立場：「我們很明瞭藝術作品在原始狀態裡不是從個人的意識裡產生，而是從民族的立場所形成的生活意識裡產生的。在藝術作品所顯示的不僅是那藝術家的才能、技術、風格和形式；同時在藝術作品內所顯示的也正是那藝術家所屬的民族產物。文藝的最高使命是發揮他所屬的民族精神和意識。」（參同上，王哲甫，第85-86頁）

　　事實上，民族主義文學高揚的是喚醒愛國主義和復興中國，它與政治的聯繫如此緊密，以至於它幾乎已經變成了執政黨的一項專門的活動了。（參《二心集》第148-166頁中魯迅的評論〈民族主義文學的任務和運命〉）

　　主要作家有：黃震遐、傅彥長、蘇鳳（筆名姚庚夔）、甘豫慶、沙珊、給之津、王平陵、範爭波、陳抱一、施蟄存以及所有國民黨的《文藝月刊》、《前鋒月刊》的作家們。

十四、自由運動大同盟

　　左翼作家聯盟集結了一批有共產主義和蘇維埃主義傾向的文人。因警方追捕和週期性的屠殺，左聯轉為祕密社團，直到1936年統一戰線的建立。同時還有依附於政府支持的右派作家的民族主義文學。而在兩大派別之間，還存在著一類作家，他們不贊同左派的激進主義，希望置身黨派爭鬥之外，堅持捍衛「危險中的自由」，他們帶著這個目標在上海成立了自由作家大同盟。其中心人物之一的蔡元培，已證實他是國民黨的擁護者，但同時因其政治觀點、哲學觀點和文學觀點而聞名。儘管同盟裡所有人都共同為文學的自由而鬥爭，但對於其他主張，他們中間卻也存在分歧。有些人想和馬列主義作鬥爭，有些人卻對無產階級文學或民族主義文學抱有敵意；有些人對左派抱有同情，有些人則繼續站在漢口政府一方；這其中既能看到堅持托洛斯基主義的陳獨秀那樣的反對派，又能看到追隨托爾斯泰的無政府主義者。有些甚至一直在努力介紹俄國的孟什維克和普列漢諾夫、波格丹諾夫、安德列耶夫⋯⋯。此外，還有一群獨立的文學家，如胡適、林語堂等。但是，所有人的共同目標是在一個允許反對黨存在的民主共和政體內爭取言論自由。另外，面對日本的侵略，大部分作家竭力宣傳即刻展開對日本侵華的軍事抵抗，而政府的策略則是延緩採取任何行動，直到本國內部和解與統一的完成。這個局面讓自由獨立的作家們不得不對自己的行動都十分謹慎。

　　1930年2月2日，魯迅、郁達夫、田漢、鄭伯奇等幾位著名作家聯合了商人、記者、律師和教師，共約50人，組成「自由運動大同盟」。其官方宣言如下：「自由是人類的第二生命，不自

由，毋寧死！我們處在現在統治之下，竟無絲毫自由之可言！查禁書報，思想不能自由。檢查新聞，言語不能自由。封閉學校，教育讀書不能自由。一切群眾組織，未經委派整理，便遭封禁，集會結社不能自由。至於一切勞苦群眾徵求改進自己生活的罷工抗租的行動，更遭絕對禁止。甚至任意局部，偶語棄市，身體生命全無保障。不自由之痛苦，真達於極點！我們組織自由運動大同盟，堅決為自由而鬥爭，感受不自由痛苦的人民團結起來，團結到自由運動大同盟旗幟之下來共同奮鬥！」（《新月》第II卷，第9號）

除了這個團體，另一個名為「第三種人」的文學團體也誕生了。顧名思義，該團體意欲處於左派和右派兩個極端之間。他們反對民族主義文學，因為：「它摧殘思想的自由，阻礙文藝之自由的創造。文學與藝術至死也是自由的，民主的，因此，所謂民族文藝是應該使一切真正愛護文藝的人鄙視的。」（參《文藝自由論辯集》，第7頁）但是他們也同樣反對無產階級文學的排外主義，嘲諷之為「革命八股」，和古代文人一樣形式主義，一樣墨守陳規（參同上，第45頁）。瞿秋白具體說明了該派形成的原因：「既然不願意『變為煽動家之類』，又不好意思做資本主義的走狗。聽著一些批評家，談新興文學理論，實在覺得討厭。想著我是多麼不自由呢？寫一些東西就有人來指摘，這是資產階級的意識，那是小資產階級的動搖，或者還要加上法西斯蒂的頭銜。唉，我的命運是太苦了！……於是作者就擱筆了。」（參同上，王哲甫，第90頁）

其實，在1932年初，新興文學曾差點走向消亡：1月份商務印書館在上海的總部被毀之後，《小說月報》被查封；《北斗》和《文學月報》也被政府查禁；「現代」是施蟄存、戴望舒、杜衡和劉吶鷗於1932年5月成立的社團，他們力圖復甦搖搖欲墜的

文學，該社團其實已以另一些名稱存在了數年。1926年，這四位好友是上海震旦大學校友，因準備今後留法一同選修了法國文學課。當時，整個上海都在沸騰：南京路事件剛剛掀起了具有社會性的學生和工人愛國運動。這些事件促使四位好友成立了一個叫「走到十字街頭」的團體，開始與現實社會接觸，通過筆桿子投身到革命事業中來。他們一起創辦了文學週刊《瓔珞旬刊》，不過只發行了四期。首次失敗後，他們很快又彙集了許多文章編成了新的《文學工廠》，由光華書店出版。但出版方認為此刊字裡行間有極端左翼傾向，因此，新雜誌未曾面世就流產了。

與此同時他們開始著手編輯兩套新的出版物：一套叫《螢火叢書》，由光華書店印刷，另一套取名《彳亍叢書》，由開明書店印刷。他們為自己命名為「水沫社」，刊行了幾本著作，但並未取得成功。1927年劉吶鷗單獨成立了一家「第一線書局」書店，並與好友創辦了一本附屬刊物《無軌列車》。不到一年，這本刊物和此前的幾種著作遭遇了一樣的命運，書店不得不改名為「水沫書店」，仍由劉吶鷗主持。他催著友人幫他尋找俄國作品的譯著，由此，出版的很多著作都帶有深深的親俄傾向。1932年因財政困難，劉吶鷗被迫關閉書店，解散了好友。

不久，施蟄存也成立了一個文學社團，既不左傾，也不右傾。為此他爭取到了現代書局的主編，開始召集昔日好友並吸納了一些新人，一起開始了《現代》雜誌的出版。這一次他成功了，各路作家紛紛投奔而來，他不得不增加了杜衡為合作主編，後來杜衡介入了關於文學的定義及其目的的論戰。施蟄存不同意他的觀點，1935年二人分道揚鑣，主編職位讓給了汪馥泉。沒過多久，社團也宣告解散了。

《現代》中常出現的作者有：陳雪帆、歐陽予倩、茅盾、魯彥、巴金、葉紹鈞、老舍、李金髮、張天翼、葉靈鳳、穆世英以

及其他一些知名作家。（參楊之華《文壇史料》，1943，中華日報社，第393-394頁）

還有一個由林語堂創立的自由作家團體，取的名字微不足道，叫「茶話派文學」，代表資本主義和小資產階級的思想，把文學當做消遣。其基本原則是不讓自己受牽連，嘲笑一切，不問是非。其主要刊物是《論語》，創辦於1932年9月，由該流派最具代表性的作家林語堂主編。合編的人有周作人、俞平伯、廢名、徐訏等。1934年，《論語》停刊，被另一個同類期刊《人間世》所取代，1935年又被《西風》取代，介紹外國文學譯著。該團體於1932年在杭州創辦的《文藝茶話》，也僅停留在地區刊物的水準上。（參同上，楊之華，第399-400頁）

團結力量為自由而戰，反對壓迫，捍衛生命，推動文化進步，有著這些特點的刊物還有《文學雜誌》，1933年創辦，生活書店出版。雜誌彙集了文學研究會的老成員，力求繼續完成《小說月報》未完成的事業。雜誌委員會由鄭振鐸、傅東華、茅盾、葉紹鈞、陳望道、郁達夫、洪深、胡愈之、徐調孚組成。1937年該雜誌停刊。（參同上，楊之華，第395頁）

1934年起，文學研究會北京分社創辦了一本專門的雜誌：《文學季刊》，由鄭西諦（即鄭振鐸）、巴金、李健吾、謝冰心、靳以、曹禺等人主持編輯。第二年，這個團體內部出現分歧，巴金和靳以放棄編輯位置，到上海成立新社團叫「文季社」，其刊物為《文季月刊》，由良友書店出版，但1937年7月出了最後一期之後便告停刊。（參同上，楊之華，第403頁）

自由運動大同盟中還有不少作家對同時代的人起到了很大的影響，其中包括：

巴金，本名李芾甘（《震旦大學簡報》，1942，第III卷，第577-598頁、《中國國民集誌》，1943年2月，第123頁、The XXth.

Century，第V卷，1943年7月，第67頁）

　　1905年生於四川成都一個官宦家庭，因內部矛盾而導致的家庭破裂給他帶來了不幸的童年，年僅五歲便失去母親，此事給他留下了深刻的陰影。1917年父親的去世使他的心靈最終徹底被悲傷佔據。這樣的憂鬱開始使他變得孤僻，後來迫於伯父及其監護人的專橫和苛刻而公開反抗，抗議他們在安逸生活裡的肆意妄為。他所創作的「激流三部曲」（《家》、《春》、《秋》）即是心中對他們的回憶，他以之作為故事人物的原型，生動地描繪了他們的形象，他甚至在《家》的長序中還為自己這種不盡妥帖的做法給予了辯白。隨著時間的流逝，他由對於家庭的憤恨擴展為對中國家族體制的敵視。他只看到了這種體制令人痛苦的一面，卻對美好的一面熟視無睹；他只是渴望簡單地徹底廢除這種體制，而從沒考慮過給予其改造和調整，也不曾指出希望用何種的體制來代替。他小說中的主人公們離開家庭，往往生活在一個並未被確切描繪的失去家庭組織形態的世界裡。他的視野已完全被他的破壞性革命欲求所佔據。

　　巴金畢業於成都外國語學校。1920年，他得到了一本俄國無政府主義先驅、巴枯甯的門生與同僚克魯泡特金（1842-1921）的作品的譯本，從中看到了自己的影子，聽到了憧憬的回聲，於是開始信奉這兩位作家的觀點。出於對這兩位新老師的迷戀，他分別截取他們的名字中文音譯的第一個和最後一個字，為自己起了筆名「巴金」。

　　1923年，巴金前往上海，後又到南京東南附中學習了三年。在這裡，他認識了李石曾和吳稚暉，這兩人已於1910年在法國轉變為無政府主義者。

　　1926年，巴金被派往巴黎學習工科，由於國內政局發生變故，其助學金被中斷，他開始在一家工廠辛苦打工謀生。彼時的

他生活在茫然之中，這使他倍感失望和厭倦（參他的《新生》
Ses Nouvelles，作品中描寫了一些愛情故事和他在巴黎的困頓生
活）。這個時期的痛苦使他寫出了《滅亡》，先在《小說月報》
分章節發表，後於1927年由開明書店出版。

1929年回國後，巴金定居上海，翻譯發表了克魯泡特金的
《我的自傳》。1930年，帶著充滿辛酸和痛苦的靈魂，他開始了
正式的文學生涯。1932年發表了《新生》（開明書店出版）。期
間他走遍了全國：上海、廣州、青島、天津、北京，卻沒有發現
一處理想之地。

1934年，巴金為躲避政府審查逃亡日本，一直到1936年統一
戰線成立後才得以回國。從此定居南方，以最大的熱情追求文學
事業。

其作品有：《死的太陽》（開明）、《復仇》（同上）、
《光陰》（新中國）、《點滴》、《夢與醉》、《海底夢》、
《電椅》、《地底下的俄羅斯》（啟智）、《俄羅斯十女傑》
（太平洋）、《沙丁》（1934，開明）、《家》（1933，開
明）、《春》（1938，同上）、《秋》（1940，啟智）、《愛
情三部曲》包括《霧》（1932，新中國）、《雨》（1933，良
友）、《電》（1935，良友）、《幽靈》（1934，中華）、《旅
途隨筆》、《海行》（新中國）、《海行雜記》（1935，開
明）、《將軍》、《金》（1934，生活）、《沉默》（同上）、
《神‧鬼‧人》（1935，文化生活）、《雪》（1935，三藩
市）、《草原故事》（新時代）等等。

巴金從不信仰共產主義，甚至有過全力牴觸：「我不相信辯
證唯物主義，也不信階級鬥爭。」對他而言，社會問題，尤其在
中國，不可能以互助論解決，這也是克魯泡特金和托爾斯泰的觀
點。他在法國接受了十九世紀俄國的深邃而充滿幻想的人道的無

政府主義，這些思想與中國古代哲學家莊子所提倡的同樣混沌、虛無而神祕的理論十分相似，巴金對此表示高度認同。

作為虔誠的無政府主義者，巴金反對一切權威和一切宗教。他的小說具有很強的心理洞察力，卻因上帝和彼世觀念的缺席，總給人一種虛無的印象。他的著作裡找不到任何對宗教的直接攻擊。有時，當痛苦使他感到異常壓抑之時，會情不自禁地呼喚「老天爺」。其作品的道德觀念總體是高水準的，但這只是基於模糊的無外在依據的社會意識，這讓其作品的道德觀念變得投機、不切實際。有批評家在《中國國民集誌》中很好地對巴金的作品進行了評價，稱之「乃出自一位受過法國自然主義作家莫泊桑和左拉、易卜生的人道主義與俄國小說家的共產主義影響的作家之手，他立志做這種世紀末思想的傳播者，並將之與一個『處於兩個時代之間』，放棄了過去許多教誨，卻尚未在今日世界迷宮中找到自己位置的國家結合在一起。」

施蟄存，1903年生於浙江杭州。1916年上中學時開始寫詩，靈感多來自唐宋時的偉大詩詞作家。胡適發表《嘗試集》時，施蟄存以別樣的方式研讀了他的詩。他試圖為中國詩歌尋找復興之路，然而胡適的傾向並不能滿足他的希望。1922年，郭沫若的《女神》問世，施蟄存作了深入的研究，發現他更喜歡這種詩，因為它能給人更加強烈的詩意靈感。於是他試著在《覺悟》和《民國日報》發表了一些類似的詩。

這時他開始對俄國短篇故事產生了特別的興趣，在《小說月報》上發表了幾篇譯文，並無明顯反響。他的文章也常常被《覺悟》和《小說月報》退稿，只有二流期刊如《禮拜六》、《星期》等會採用。因此，有些批評家認為他是輕浮的鴛鴦蝴蝶派，但是作者堅決地為自己辯解，聲稱他只忠於現實主義，他給這些雜誌投稿只不過是其他雜誌不刊登他的文章。被指責後，施蟄存

一度在文壇銷聲匿跡。

　　1923年後施蟄存相繼就讀於上海大學、大同大學和震旦大學，在學期間博覽群書以進行文學創作，與此同時努力為自己的作品尋找刊發途徑卻無果。這時，他得知「創造社」，向郭沫若寄了兩篇文章，希望能在《創造月報》上發表，得到郭沫若的允諾並被邀會面。起先，施蟄存因為害怕受牽連而猶豫不決，幾日後決定前往，未想郭已攜帶兩篇手稿去了日本。過了幾個星期，《創造月報》也被停刊，所有希望付之東流。不過，施蟄存轉向《現代評論》，並且發表了幾篇詩歌。

　　期間，他曾專心研究英文詩歌，翻譯過史賓塞和莎士比亞的一些作品。1928年，施蟄存和友人戴望舒、杜衡、劉吶鷗合作創辦了《瓔珞旬刊》，在出版的四期當中，施蟄存發表過兩篇短篇小說，重新勾起了他對這種文體的興趣，於是創作了幾篇小說：〈娟子姑娘〉，以1928年發表於《小說月報》的日文小說為範本；以及隨後面世的〈追〉，模仿英文版的俄國短篇小說集《Flying Osip》。其他短篇小說發表在劉吶鷗主編的雜誌《無軌列車》中。

　　1928年施蟄存結集了第一部作品《上元集》，由水沫書店出版。該書取得的成功激勵他繼續創作短篇小說。半年後刊行了第二部作品集。

　　同年，無產階級文學和革命文學開始緊鑼密鼓的宣傳。受戴望舒、杜衡和李小峰的影響，施蟄存對新興文學顯出幾分熱情，先後發表了無產階級文學的隨筆〈阿秀〉和〈花〉，但很快他發現自己不能在前人定下的框框裡寫作，只有自己的靈感才能引導他的天分發揮，因此很快放棄繼續往這個方向發展。有評論判定他是新感覺主義。

　　1932年施蟄存重拾對英美詩歌的研究，心中對此的興趣重新

點燃，他從這一年開始主編《現代》雜誌並發表了幾首詩歌。他與曾經受友人影響而追隨一時的左派逐漸疏遠，最終於1935年與杜衡決裂，走了自己的路（參《燈下集》中〈我的創作生活的歷程〉一章，開明，1937，第72-82頁）。

施蟄存所有的作品都反映出他的中產階級色彩。由於生活平靜規律，他的作品透露著他的生活氛圍：沒有戲劇性，不矯揉造作，也無須誇張。他對古代中國的評論極其細緻入微，又不乏中庸之道。（參同上，王哲甫，第245頁）

其作品主要有：《將軍的頭》（新中國）、《梅雨之夕》（同上）、《李師師》（良友）、《無相庵小品》、《雲絮詞》、《域外文人日記抄》（1934，天馬書局）、《晚明二十家小品》（1935，光明）、《善女人行品》（1933，良友）、《婦女三部曲》（譯自顯尼志勒的《蓓爾達・迦蘭夫人》、《愛爾賽小姐》、《戈斯特爾副官》）。（參《讀書月刊》第II卷，第10號，1933）、《燈下集》（1937，開明）等等。

戴克崇，筆名杜衡、蘇汶，江蘇人。畢業於上海震旦大學，1925年開始與施蟄存合作辦雜誌。在為文學自由抗爭的時期，因對俄國孟什維克文學極為感興趣而頗受矚目，但從未公開贊成左翼文學。

其作品有：《懷鄉集》（1933，現代）、《哨兵》（譯自普魯士的波蘭語作品，1930，光華）、《結婚集》（譯自斯特林堡的Giftas，1929，光華）、《道連格雷畫像》（譯自王爾德的The Picture of Dorian Gray，1928，金屋書店）、《黛絲》（譯自法郎士的Thaïs，1928，開明）等。

胡秋原，筆名石明，1900年生於湖北，畢業於武昌中華大學，後赴日本早稻田大學學習。回國後加入國民黨，開始從事政治、文學活動，但很快與國民黨出現意見分歧。1932年加入社會

民主黨，入「神州國光社」。他堅持歷史唯物主義但極其反對共產主義者的列寧主義。

1933年到福建從政，1942年成為社會民主黨的活躍成員，尤以文學研究和社會研究出名。其作品有《帝國主義與中國革命》、《唯物史觀藝術論》等。

章方敍，其筆名靳以更為人所熟知。與巴金一起創辦了《文季月刊》，以對當代社會的批評著稱，敢於質問公職階層的濫用權力現象。這邊有巴金猛烈地抨擊中國家庭制度，那邊靳以則對國家官員與社會制度持同樣的反對態度。

其作品有：《青的花》（1934，生活）、《珠落集》（1935，文化生活）、《群鴉》（1934，新中國）、《聖型》（1933，現代）、《遠天的冰雪》、《秋花》、《黃沙》、《蟲蝕》等。

蕭紅，具有強烈共產主義傾向的女作家。1942年曾任延安魯迅學院教授。其作品包括短篇小說集《牛車上》。

何其芳，國立北京大學文學系畢業，和蕭紅一樣，1942年任延安魯迅學院教授。其作品有《刻意集》、《畫夢錄》等。

曹葆華，1905年生於四川樂山，清華大學文學系畢業後進入該校研究院。其作品有《寄詩魂》（詩集，1930）、《無題》（詩集，1937）等等。

艾蕪，沙汀的好友，遊歷多個地方後定居上海。在好友鼓動下著手寫下自己的所見所聞。其作品有：《南行記》、《夜景》等等。

卞之琳，四川人，畢業於國立北京大學英文系。1937年開始在四川大學任教。其作品有：《魚目集》（1936，文化生活）、《漢園集》（商務印書館）等等。

陳白塵，江蘇人，筆名墨沙更為人熟知。1937年退居四川開始從事戰爭文學的宣傳工作。1942年於重慶戲劇學院任教。作品

有：《曼陀羅集》、《小魏的江山》（1937，文學叢書）等等。

黎烈文，湖南人。先後留學日本、歐洲。1932年回國後成為哈瓦斯通訊社記者，後來又在《晨報》編輯部謀得職位。以其譯作而聞名。

以下順帶列出該團體一些日漸有聲望的年輕作家。

蕭乾，以文學評論聞名，其中有《書評研究》（1935，商務印書館）。還創作了一些小說，其中包括《夢之谷》。

端木蕻良，本名曹之林、曹京平，以其新寫實主義小說聞名：《大地的海》、《科爾沁旗草原》（1939，開明）、《憎恨》等。

羅淑，著有小說《生人妻》。

蘆焚，創作有《野鳥集》、《里門拾記》等。

蕭軍，創作有《十月十五日》、《羊》、《江上》、《綠葉的故事》等等。

麗尼，郭安仁的筆名，作品有：《黃昏之獻》、《鷹之歌》《白夜》等。

蔣牧良：《鐵砂》、《夜工》等。

周文：《多產集》、《煙苗季》、《周文短篇小說》等。

歐陽山，本名楊歷樵，偶用羅西。創作過幾部稱得上長篇巨制的小說，但枯燥乏味，缺乏文學價值。《桃君的情人》、《攻瑰殘了》、《愛的奔流》、《你去吧》、《蜜絲紅》、《流浪的筆跡》、《生的煩擾》等。

胡風，真名張光人，以文學評論及小說聞名。

沙汀，本名楊同芳，創作有《苦難》、《航線》等。

十五、新劇

　　自1918年，《新青年》刊登了傅斯年、歐陽予倩和胡適的一些文章，公開抨擊中國舊戲，並特別強調，舊式戲曲是中國古老文明的組成部分，過時、形式主義，應該銷聲匿跡。尤其是傅斯年，對當前戲劇的狀況做了仔細研究，並提出了一些改良的建議。（參第V卷，1918年10月4日號，第360-375頁：〈戲劇改良各面觀〉，轉至《建設理論集》第360-375頁）。作者明確闡述了問題的兩個方面：一方面要對舊戲進行改良，另一方面是要創新。他從一個公認的假設出發，即「真正的戲劇純是人生動作和精神的表象，不是各種把戲的集合品。」據此認定，舊戲不能繼續這樣下去，按他的話說，得不到任何適用的正面榜樣。舊戲完全忽視了人情，全以不近人情為貴，近於人情反說無味。（參同上，第361頁）。他還說，中國喜劇的旨趣完全不在於精神上的寄託（同上，第363頁），卻唯獨在於物質上的情欲（同上），歸根究底，還是物質利己主義。但這一點和我們這個時代是矛盾的，所以要開創一條新道路。

　　傅斯年還指出，中國的舊戲充滿矛盾。美學上的均比律被忽略了：穿著絲緞的服裝扮演一個囚犯，會使普通觀眾感到不快。刺激性過強毫無節制，就會變得單調，令人疲勞。而且舊戲形式太嫌固定，缺乏自然。演員動作過於粗俗。另外，音樂與戲劇主題不甚相容。

　　文中突出譴責的一點是，舊戲缺乏高尚嚴肅的思想，找不到任何一個能夠給予堅實基礎的生活理念或哲學思想。除了一時的娛樂和消遣，什麼都沒有。（同上，第366頁）

戲劇的改進是一件涉及社會層面和精神層面的事，有鑑於此，現在簡單地完全摒棄舊戲是不可能的。所以我們暫時還只能支持舊戲的過渡，暫時保留舊戲的缺陷，但至少應該加入了某種思想和觀念。包天笑的《思凡》（同上，第368頁）和梅蘭芳的《一縷麻》，為此作出了努力。

要實現的目標是創造新劇，這對大眾和戲劇作者來說都還很困難，因為缺乏劇本和演員，但終究仍要以此為目的。我們需要文明戲，可以先翻譯西方話劇，不過很大的不便之處在於，西方話劇描述的是中國大眾不熟悉的西方社會。但是，我們盡可以改編使之適應我們的國情，保持原有的主題和精神，以此作為補救。

當我們寫自己的話劇的時候，就要從我們當前的社會尋找主題，不只是寫描繪社會的話劇，更要寫批評的社會劇（同上，第373頁）。胡適的《終身大事》第一個嘗試過新劇，但離成功尚遠。其他人也相繼嘗試類似創作，也還沒有取得成功。對如此浩大的改革來說，作家們的思想還未成熟。

繼《新青年》上這些抨擊的文章之後，這本期刊出現了許多有關新劇研究的文章，大家也開始翻譯話劇，易卜生、蕭伯納和王爾德是其中最著名的作家。話劇團體也隨處湧現，但其成果仍然普遍不甚理想。

1921年5月，沈雁冰、陳大悲等人成立民眾戲劇社，未能取得很大成功，其刊物《戲劇月刊》也只出了6期便銷聲匿跡了。（參同上《史料》，第132頁）

1922年冬天，陳大悲與好友蒲伯英一起創辦了「北京人藝戲劇專門學校」，據說兩年後也因財政問題而解體。

與此同時，趙太侔和余上沅創辦的國立藝術專門學校也遭遇了相同命運。

　　徐志摩在1926年擔任《晨報副刊》主編期間，在該報開闢了一個劇刊專欄，竭力強調新劇的重要性。但也僅僅限於一些翻譯劇碼和零星的本土劇作，且過於概念化，缺乏文學技巧，受新文化的極端運動影響嚴重。也許是受了《現代評論》和《新月》雜誌的影響，他們把聞一多過於學院化的觀念結合到了田漢、陳大悲生硬的社會現實主義思想中，希望以此來巧妙改善中國的新劇。對於新劇，徐志摩有如下的看法：「戲劇是藝術的藝術，因為它不僅包含詩、文學、畫、雕刻、建築、音樂、舞蹈各類的藝術。它最主要的成分尤其是人生的藝術。古希臘的大師說，藝術是人生的模仿，近代的評衡家說，藝術是人生的批評。隨你怎麼看法那一樣藝術能由戲劇那樣集中性的，概包性的，『模仿』或是『批評』人生？如其藝術是激發乃至賦予靈性的一種法術，那一樣藝術有戲劇那樣打得透，鑽得深，播得猛，開得足？小之振盪個人的靈性，大之搖撼一民族的神魂。已往的事蹟曾經給我們明瞭，戲劇在各項藝術中是一個最不可錯誤的勢力。」（參同上《史料》，第123頁）此種戲劇理論觀念再加上俄國孟什維克文學和模糊、悲觀、宿命的人文主義的影響，我們很容易就會理解當前大部分戲劇的內容了。（可以參照徐志摩1928年的《卞昆岡》和曹禺的所有話劇作個比較）

　　除了徐志摩，該理論主要宣導者還有趙太侔、余上沅、熊佛西、丁西林、王靜庵和紅豆館主。他們並不僅僅支持該理論，還成立了一個實驗劇社。（參同上，第128頁）

　　截止到這一時期，新劇的中心還在北京；1925年後，上海則最終成了新劇的重鎮。

　　1920年開始，田漢和夫人易淑瑜為後來南國社的成立奠定了基礎，田漢曾透露，他在當時的劇作受到了雙重影響：作為少年中國學會成員，他希望參加新文化運動的各種活動；而作為「創

造社」的合作者，他也承認自己帶有某些「創造社」特有的浪漫理想主義色彩。1924年，田漢因不願聽從於成仿吾的沙文主義而脫離「創造社」，他所希望的，是為近年已偏航的中國文學注入新鮮的藝術血液。（參同上《史料》，第140頁）

從此以後，特別是妻子過世後，田漢開始對電影產生了特別濃厚的興趣，部分地犧牲了他作為劇作家的天賦。他相繼編輯了《南國半月刊》和《南國特刊》，創立上海藝術大學，成立了南國電影戲劇社。

在新劇編年序列中，還有一個團體非常重要，那就是「新中華戲劇協社」（參同上，王哲甫，第386頁、參同上，阿英，第135頁）。該社於1922年12月在中華職業學校成立，由谷劍塵領導。翌年春天，他導演了自己執筆的《孤身》和陳大悲創作的《英雄與美人》，取得了相對的成功。同年，幾個女演員的加入使該社前進了一步。歐陽予倩也加入該社並介紹了一個朋友，剛從美國回來的著名劇作家洪深。洪深導演了歐陽予倩創作的《潑婦》和胡適的《終身大事》，取得了巨大的成功。1924年，劇社出版了兩部代表作：《少奶奶的扇子》，改編自王爾德的《Lady Windermere's Fan》，由洪深編譯，還有汪仲賢的《好兒子》。雖然劇社沒有特別明確或專門的主旨，但是他們有一個所有成員都贊同的具體行動方案。官方宣言中，他們強調，希望宣傳現代的、文化的和藝術的戲劇。所有成員都相信無論是摧毀舊文明還是創造新中國，新劇都是最有價值的武器。他們希望在開闢新的戲劇道路的同時為所有人開拓嶄新的前程，而最終的結果，應該是全中國都如此渴望的變革。他們總結現今社會中戲劇的任務是，「使義和團式的退化的迷信戲，早早絕跡於中國的劇場，使引導人類向光明的人的路上去的藝術的戲劇，早立基礎在我們新中華底國土內。」（參同上，阿英，第136頁）

宣言本身可能有點模糊，但從1917年以來的文學革命的角度
看來，卻具有相當明確的涵義。

此外還有幾個次要的劇社，如朱禳丞、馬彥祥領導的辛酉劇
社，向培良、高長虹領導的狂飆社。

1926年一個公眾社團成立了，目的在於彙集北京、上海和南
京一切為新劇努力的力量，它就是戲劇運動協社，但由於不同文
學流派之間的分歧過於顯著，所以未能實現有效的合作。不過，
還是能從大部分劇作家身上找到共同特點的：他們拋棄個人的、
浪漫的、頹廢的想法，願意帶著戰鬥的寫實精神走向民眾。如在
當前的整個文學中，社會、政治和國家的種種事件在新劇中也
留下了它們的烙印。1930年無產階級文學興起，特別是1931年瀋
陽事件和1932年閘北事件後，戲劇最終走上了一條甚至貫穿整個
戰爭時期的道路：宣傳捍衛國家和武裝抵抗侵略的思想。1936年
後，就連社會公平和政治批判的理念都降到第二位，保衛危難祖
國的任務了壓倒一切。

最著名的無產階級劇作家中，值得一提的有：尤兢，創作過
《回聲》；章泯，寫有《棄兒》；崔嵬，創作了《工人之家》、
《失去了家鄉的母女們》和《指印》。如今這些劇作尤其是在城
市中都還備受歡迎。

在他們看來，共產黨正是藉助大眾戲劇來展開廣泛宣傳的，
尤其在陝西，每一個學校、每一個軍營都有一個流動劇組，到處
演出既簡單又受歡迎的劇碼，通常的主題就是抗日愛國和社會
公平。

很多作家也嘗試著創作採用歷史主題而為之套上西方戲劇背
景的新劇，其本質上仍然是中國戲劇，但他們總是表現得更關心
劇中自己所捍衛的觀點甚於寫作技巧或者人物心理。如果這不是
他們未能取得成功的唯一原因，也至少是主要原因。以郭沫若的

《王昭君》為例，歷史背景為漢元帝時期，但戲劇主角卻是1927年一個共產主義的反帝煽動家！郭沫若的另一個劇碼《卓文君》中，主人公用誇張的語調抨擊了封建禮教，與1920年後新文化運動的宣傳手冊幾乎一模一樣！王獨清也以相同方法創作《楊貴妃之死》，由一部大眾耳熟能詳的歷史劇目纂改而成。

顧仲彝嚴厲抨擊了這類戲劇（參《新月》第I卷，第2號，1928年4月10日）。他承認，雖然將西方戲劇的技巧運用到中國古人的歷史故事中，會產生不朽的作品。因為這個故事充滿華麗的主題，而且一些世界文學名作的題材也是來自各民族的歷史。但從另一方面看，考慮到類似的名作的數量是相對有限的，我們便不再驚訝於中國新劇並未達到原本所期待的成功。

顧仲彝還說，如此的作品要求作者的天資過人，另一方面，這些作品還需要對西方戲劇的寫作技巧和創作藝術十分瞭解，對舞臺上主人公的歷史和心理有著深刻、認真的研究。顧仲彝認為正是缺乏這些必要因素，導致了郭沫若和王獨清歷史劇的失敗。他們肆意纂改了歷史。歷史劇吸引觀眾的原因在於讓觀眾看到著名歷史人物的音容笑貌、靈魂和榮耀在舞臺上的復活。若達不到此目標，就會令人生厭，甚至令觀眾倒胃口。

這兩位劇作家的作品令人不悅的是，他們為主人公安排了大段不甚得體的獨白。一個歷史人物向我們滔滔不絕地揭露帝國主義對人民的壓迫，製造出一種帝國時代年邁的大臣不戴禮帽卻戴飛行帽的效果。一部歷史劇要有一定的背景框架，但這並不意味著不能發揚人的情感，這種感情屬於任何時代，從來都不會過時，比如，對祖國的熱愛，對婚姻的忠誠等。但一個劇作要保持可信的統一性，以免自尋失敗。

在此還要強調的是，郭沫若的歷史劇最大的缺點似乎是，關於總體文學的定義，它找到了一個比作者本人給出的更為深刻

的解釋。（參見上文，「創造社」）他曾說：「文學必須是革命的，必須是革命的宣傳工具。」事實上他的歷史劇完完全全被引向了反抗和革命。千百年以前的王子公主發出時下走出劇院在街頭巷尾都能聽到的蠱惑人心的言論。

另外，顧仲彝在文中還提到，歷史劇有另一個難點，就是所使用的語言。很明顯，歷史劇中服裝和佈景都要應時應景，但是過於大眾的語言難免破壞主題的莊重。西方偉大的戲劇藉助詩歌來解決這個難點，也大大有利於保持場景和人物的魅力。在中國，有評論家提出在這種戲劇中使用歷史小說用語，如《三國演義》的語言。採用貼近生活的語言，會令人感到驚異並嚴重破壞美感，而採用小說語言，則能更好地保留被詮釋的人物所使用的嚴肅而莊重的語氣。

近幾年，有些作家團體重拾歷史主題的劇作。舒湮是其中的佼佼者，著有《上海光明戲劇叢書》。他們主要是為了探討舊題材中隱含的教訓。實際上，明代的沒落和滿清篡權的歷史中，英勇抵抗外敵入侵的例子相當多，還有剝削階級的典型軼事和無恥叛徒為了蠅頭小利卑鄙地出賣國家和人民的故事。儘管內容陳舊，但這些題材卻因其深刻的含義而完美地具備了現時性，並且非常適合用來激勵正在遭受侵略者魔爪踩躪的國人的愛國熱情，這才應當是此類戲劇的直接目標。舒湮在1939年劇碼《戀愛與陰謀》序言中表示：「這兩年半以來的民族解放戰爭，證明了文藝為國家服役的功績；特別是戲劇部門的說明教育群眾，記錄抗戰史實，宣傳反侵略真諦，動員民族保衛國土……它把國民的精神武裝起來，協同完成偉大的任務。這一切將是中國戲劇運動史上最光榮的一頁。」

當時的著名劇作家主要有：

田漢，1899年生於湖南長沙，畢業於日本東京高等師範學

校，回國後認識了郭沫若、郁達夫、成仿吾和張資平，與他們在「創造社」共事了一段時間。不久，他因與成仿吾的矛盾脫離了社團。後來與同在東京高等師範學校學習過的妻子易淑瑜一起成立了「南國社」。有時，郭沫若和郁達夫也為他撰稿。田漢意欲涉足各種藝術，但最為心儀的還是戲劇和電影。社團刊物只出版了四期，妻子生病佔用了他大部分時間。田漢在自己的刊物發表過《獲虎之夜》、《咖啡店之一夜》和《午飯之前》等獨幕劇，後來作者對此說過：「它們同表示青春期的感傷、彷徨與留戀，和這時代青年所共有的對於腐敗現狀底漸趨明確的反抗。」（參同上，阿英，第140頁）

　　1923年秋，田漢陪病中的妻子到湖南，三個月後妻子的去世令他傷心不已。翌年夏天獨自回到上海，因傷心過度，無心參加後來的工作，揮霍時間，虛度光陰。但1925年五卅運動使他從麻木中振作起來，並以極大的熱情投入了激烈的論戰當中。不久與著名廣東籍演員黃白英結婚。他夢想著能夠創作出一部壯麗的三部曲「三黃史劇」：第一部描寫1911年3月29日發生在廣東的起義（黃花崗）；第二部描寫1911年10月的武昌起義（黃鶴樓）；第三部描寫1925年5月30日南京路事件（黃浦潮）。實際上他在《南國特刊》（《醒獅》週刊的附刊）中發表了第一部分。但《醒獅》過於右傾，田漢未能實現他遠大的抱負。

　　1926年上海一家剛剛成立的新少年影片公司邀請田漢為他們的電影撰寫劇本，他由此愛上了這種新式的藝術，並全身心投入其中。緊接著，田漢成立了南國電影劇社，一年後便發行了他的第一部電影《到民間去》。正如他自己所說，他想在其中表達一直以來自己所追求的理想和從1870年以來的俄國文學尤其是托爾斯泰作品中所汲取的東西：對形式主義傳統的不滿；廢除所謂的階級威權；對勞動者生活的特別關注。（參同上，阿英，第141頁）

　　田漢十分清楚中國戲劇和電影的主要缺點，尤其感到缺少受到良好培訓的人員。於是毫不猶豫地與上海藝大接洽，並致力於聯合該校所有院系，成立一個「藝術統一戰線」。他還成功上演過幾出戲劇，但同時爭議也隨之而來。田漢離開了這所學校並於1928年成立了南國藝術學院，卻只維持了半年。

　　該時期其作品有：《古潭裡的聲音》，愛情題材獨幕劇，吳伯超作曲；《南歸》，愛情題材獨幕劇，張恩襲作曲；《第五號病室》，社會題材獨幕劇；《火之跳舞》，社會題材三幕劇；《孫中山之死》，獨幕悲劇；（參同上，阿英，第154頁）《蘇州之夜話》、《暴風雨中的七個女性》、《名優之死》、《湖上的悲劇》、《卡門》、《銀色的夢》、《江春小景》、《生之意志》、《垃圾》、《梅雨》等。「都含著深長的意味。雖然一般普通的觀眾，不容易在他的劇裡找到很大的興趣，但在智識分子看來，他的劇本確是高明得多。」（參同上，王哲甫，第167頁）

　　他還翻譯過莎士比亞的《哈姆雷特》（1930，中華）、莎士比亞的《羅密歐與茱麗葉》、莫里斯・梅特林克的《檀泰琪兒之死》、奧斯卡・王爾德的《莎樂美》等。

　　1930年後他的劇作中，值得一提的是《戰友》，描寫1932年閩北事件後保家衛國的必要性和抗日精神。

　　雖然田漢有左翼傾向，但從未斷絕與國民黨的聯繫。1937年中日雙方進入戰爭狀態之初，他還擔任過中央政府軍事委員會總政治部第三廳宣傳科長。

　　歐陽予倩，湖南瀏陽人，在日本早稻田大學學習文學期間已對新劇產生濃厚的興趣，並在由胡適與傅斯年主持的《新青年》的專欄中發表過自己的觀點。

　　1923年回國後加入新中華戲劇協社，因在他的首部劇作《潑婦》中扮演主要角色而贏得良好聲譽。

1928年與田漢一起籌辦南國藝術學院，靠才華在電影藝術方面嶄露頭角。從此，他開始積極從事社會民族黨的工作，與國民黨作鬥爭，1933年被捲入福建叛亂。

他的《回家以後》可以被認為是他的典型代表作。歐陽予倩講述的是一名中國留學生，拋棄國內的妻子，跟另一位女留學生同居，回國後發現前妻的賢良淑德，就在一家團聚的時候，第二任妻子也回國了，悲劇由此發生。全劇只有一幕，但是這部話劇的技巧和人物心理刻畫非常成功（參同上，王哲甫，第170頁）。他還創作了社會題材的話劇《潑婦》、《潘金蓮》1928年發表於《新月》、《國粹》、《白姑娘》、《楊貴妃》、《荊軻》、《車夫之家》等。

1937年之後，他把幾部舊戲改編成新式話劇，其中包括《梁紅玉》，描寫宋朝一位巾幗英雄與丈夫一起和韃靼人作戰的故事。作者希望通過這些新式話劇喚醒國民的意識，促進民族團結以對抗日本的侵略。其戰爭題材作品有：四幕劇《盧溝橋》（Marco Polo Bridge）、獨幕劇《揚子江的暴風雨》、《新雁門關》等。

洪深，1893年生於江蘇武進，清華大學畢業後到美國俄亥俄大學進修文學，後進入哈佛考柏萊（Coply）學院專攻戲劇。回國後任教於復旦大學，後轉國立青島大學。隨後主持領導新中國戲劇協會，同時加入田漢的南國社和上海明星影片公司。他還去過好萊塢，拍攝了第一部講述中國的電影。

他最出名的作品是：改編自詹姆斯·馬修·巴里的《親愛的布魯特斯》（Dear Brutus）的《第二夢》；改編自王爾德的《溫德米爾夫人的扇子》（Lady Windermere's Fan）的《少奶奶的扇子》等。其原創作品有《五奎橋》（1932，現代）、《花花草草》《趙閻王》、《寄生草》、《洪深戲劇曲集》（1932，現代）。他最

成功的一部劇作是《桃花扇》（Peachblossom Fan），改編自古代戲曲，描寫明朝末年抗擊滿清入侵的故事，於1938年在上海演出。

陳大悲，浙江杭州人。起初在民眾戲劇社與茅盾合作，後來和蒲伯英一起到人藝戲劇專門學校，同時創辦《戲劇》雜誌。

他是著名的導演。1924年前後凡是想演話劇的學校都邀請他執導。

作品：《虎去狼來》、《幽蘭女士》、《張四太太》、《說不出》、《英雄與美人》、《愛美的戲劇》等。

蒲伯英，四川人，陳大悲的著名合作者，一起服務於民眾戲劇社和人藝戲劇專門學校。1935年因病去世。

1923年在《晨報副刊》發表第一部六幕話劇《道義之交》，隨即在幾個學校演出並獲得巨大成功。他的這部作品以朋友間的忠誠為主題。對青年的道德教化具有很大的價值。

1924年，同一刊物還刊登了他的另一部四幕劇《闊人之孝道》。作者在劇中講述富人如何壓迫窮人，如何自私自利，無視窮人的苦難的故事。

1935年後蒲伯英便基本不再創作文學作品。

侯曜，廣東番禺人，年輕時便喜愛新劇。1920年進入南京高等師範學習教育學，該校後改名為國立東南大學。期間與濮舜卿結婚並一起創立東南劇社。

1921年發表《復活的玫瑰》，接著是《可憐閨裡月》，兩部劇都描寫守舊家庭的專制制度和自由婚姻的缺失。不久便在南京、北京及其他文化中心城市上演，獲得了一定的成功。文學研究會邀請侯曜入會，他欣然接受。後來他放棄研究，轉而開始從事平民教育運動，並為此輾轉整個中國，無求功名。

1925年成為上海長城畫片公司主任。

侯曜對中國新劇有很多貢獻。他所有的劇本都使用簡單的語

言，人人能懂；他能從家庭生活、社會、婚姻和人的意識當中尋找素材。

他的作品值得一提的是《山河淚》，描寫朝鮮戰敗後被奴役的悲劇故事；另一部作品是《棄婦》，講述1924-1928年間發生在中國社會的婦女解放的故事。在《春的生日》中，侯曜似乎變換了手法，顯示出某些象徵主義的特徵，也更注重風格，並加入了音樂。（參同上，王哲甫，第167頁）

他所編導的電影有《棄婦》（由話劇改寫）、《春閨夢裡人》（改編自同名話劇）、《一串珍珠》、《摘星之女》等。

濮舜卿，又名濮僎，浙江杭州人，曾於省立女子師範學校接受中等教育，後進入南京東南大學政治經濟學專業學習。富有表演和劇作天賦的她，和同一大學的侯曜結婚，一起創立了東南劇社。她在丈夫的幾部話劇裡擔任女主角，跟隨丈夫一起加入文學研究會，並共同從事編導工作，獨立創作了幾部話劇和電影。

她創作過一個系列的三部戲：三幕劇《人間之樂園》、四幕劇《愛神之玩偶》和獨幕劇《黎明》，全部由文學研究會出版。題材幾乎都是婦女解放和自由婚姻。第一部《人間之樂園》描寫亞當與夏娃違背上帝旨意偷食禁果，但是和《創世紀》的故事所敘述的實際情況相反，作者寫夏娃更希望走出伊甸園，脫離沒有自由的依附的生活，去過艱難的生活，想通過自己的方式在人間尋找到另一個樂園（參同上，王哲甫，第254頁）。作品讓人感受到新文化運動前期典型的空想浪漫主義。

《愛神的玩偶》中她探討了婚姻選擇中的自由。該話劇被上海長城畫片公司拍成電影。

她還創作了《到光明之路》，同樣討論婦女問題。

熊佛西，1900年生於江西豐城，1911年革命期間隨父親在漢口避難並在此完成了初等和中等教育，他最初的戲劇隨筆創作也

始於這段時間。1919年到北京入燕京大學文學教育系。出於對戲劇的興趣，熊佛西在其中投入了相當的時間。他是《燕大週刊》的創刊人。1923年畢業，同年秋踏上去美國留學的道路，到哥倫比亞大學學習戲劇藝術，1926年取得文學碩士學位。回國後成為國立北平大學藝術學院戲劇系教授，並兼任燕京大學文學系教授。

1932年成為河北定縣實驗區農民劇場中華平民教育促進會主任。

1941年被任命為四川省立實驗劇院院長。

由於具有導演和演員的天賦，他在漢口學習期間已開始創作劇本。《新聞記者》和《青春的悲劇》創作於1919年。不久後他又寫了《新人的生活》和《這是誰的錯》。這四部劇本探討的是中國的家庭問題、婚姻問題和勞工問題，這些雖只是一個開始，但已取得一定的成功。1924年他在《東方雜誌》上發表了《一片愛國心》，這是第一部全面展示作者文學才華的劇本，最終使他獲得了劇作家的聲譽。他還著有《洋狀元》（1925）、《蟋蟀》（1926）、《王三》（1927）、《詩人的悲劇》（1927）、《喇叭》（1928）、《藝術家》（1928）、《愛情的結局》（1929）、《模特兒與裸體》（1930）、《蒼蠅世界》（1930）、《臥薪嚐膽》（1931）、《鋤頭健兒》（1932）、《屠者》（1932）。

除了戲劇，熊佛西還以對新劇的理論研究著稱。（參同上，王哲甫，第355頁）

丁西林，1893年生於江蘇泰興，在英國伯明罕大學取得了自然科學碩士學位。相繼在中央大學、國立北京大學任物理教授，後任國立中央研究院物理研究所所長。同時，他還為《現代評論》撰稿，並躋身於劇作家之列。

　　其作品有：《一隻馬蜂》、《親愛的丈夫》、《酒後》、《壓迫》和《北京的空氣》。《西林獨幕劇》幾乎收錄了他所有的作品。他寫的角色通常都想掙脫舊式禮教的枷鎖，新舊兩種體制的對比十分強烈。（參同上，王哲甫，第171頁）

　　汪仲賢，陳大悲和蒲伯英1921年起在民眾戲劇社的主要合作者之一，該社刊物《戲劇》的主編。他的劇本《好兒子》於1924年在上海上演，獲得了巨大成功。1925年後他也成為歐陽予倩、洪深在上海戲劇協社的合作者。

　　馬彥祥，浙江寧波人，開始為大道劇社合作人，後成為《現代戲劇月刊》主編。戰爭初期常住漢口，創作多部抗戰戲劇。不久逃難到重慶。著有《母親的遺像》等。

　　顧一樵，又名顧毓琇，1902年生於江蘇無錫。清華大學畢業後，進入美國麻塞諸塞大學並取得工程師學位和科學博士學位。回國後相繼擔任浙江大學電子工程系教授、中央大學工學院院長，後來又到清華大學擔任同樣職位。

　　作為科學家的他卻以劇作家、作家的身分聞名遐邇。1930年前就已經發表了《芝麻與茉莉》，這部小說使他名列現代文學編年史中。他發表的幾個劇本，都是以現代的形式展現歷史和愛國的傳統題材。1931年9月瀋陽事件後，顧一樵的寫作開始致力於喚醒愛國精神。但他作品的浪漫情節以及某些過於露骨的場景常常掩蓋了最重要的主題，甚至將它完全遮蔽起來了。

　　其作品有：《岳飛與其他》、《西施與其他》等。

　　曹禺，本名萬家寶，1905年生於湖北潛江。早在清華學習外國文學期間，已經專門地投入了戲劇研究。在天津女子師範的短暫實習後，他被任命為國立南京戲劇學校校長。1937年抗戰爆發時開始擔任清華大學教授。同年8月隨幾位朋友一起遷至未被日軍佔領的地區，不久成為重慶國立戲劇學校校長。

　　曹禺無疑是中國當代最著名的戲劇家，他的幾部作品被翻譯成日語、法語、英語，還被搬上了螢幕。他所有作品都展現出對戲劇藝術技巧的駕馭能力，作品的理念和構思都透露出他的才華橫溢。他能夠滲透人物心理直至靈魂中最隱蔽的角落。而且，曹禺能夠用最平淡簡潔、卻深刻辛辣的語言展現他的才華，毫不遜色於其他新文學大作家。

　　他最著名的話劇是《雷雨》，在閱讀這部劇作的時候，我們不禁會拿它與世界文學中的那些大劇作家的作品相比較，尤其是索福克勒斯的《俄狄浦斯王》。其實在清華學習期間，曹禺就專門研習過希臘古典戲劇。

　　當然會引發許多評論。有人認為他的劇本的情節過於尖銳、壓抑，且鋪墊不足就達到了高潮，構思有些不真實，等等，也是不無道理的。（參《文藝月刊》第X卷，第4、5號1937年5月1日，第331-335頁，徐運元〈從《雷雨》說到《日出》〉，以及〈評曹禺的《日出》〉同上，第343-346頁）

　　另外，曹禺是個憂鬱悲觀的宿命論者。我們能意識到那種對光明的無限渴望，能夠從他每一部作品和每一個人物身上感受到他心靈的顫動。曹禺厭惡這個醜惡而沒有出路的世界的黑暗與罪行，他為這個世界的惡的問題找到的唯一解決方案，是相信惡人有惡報，這裡面也包括無辜的人。《日出》的前言中他引用了一段《道德經》的文字：「天之道……高者抑之，下者舉之；有餘者損之，不足者補之。天之道，損有餘而補不足。」即使他接納在當今世界會偶爾成為現實的這種狀況，他也不否認他嚮往更高、更牢固的東西。這是意識、理性和所有靈魂朝向未知的上帝、朝向光明的吶喊。《日出》前言中曹禺抄下了《聖經》的一段：「我是世界之光，跟隨我的腳步將不會有黑暗……而將獲得生命之光……」最突出的特徵是，作者在《雷雨》中從頭至尾對

命運強烈的悲劇性都展現出了天主教式的仁慈，猶如一個守護天使在處於崩潰邊緣的世界上空張開翅膀，奉獻肉體和靈魂，以救贖那些被命運折磨得窮困潦倒的人們。

　　總之，曹禺的作品總帶著不可思議的兩重性，似乎對他自己而言也很費解，而且，憑他的天才直覺，他自己也開始懷疑這種可能的和諧性了。也許作者有一天可以看到為他帶來曙光的那個人，他引用過後者的話語：「我是世界之光」。

　　經過這一番考量，我們不難理解，曹禺的話劇並不是毫無保留地受到推崇。他的藝術和技藝才華補償了他的悲觀主義和宿命論；當然，隨著劇情的呈現，觀眾也會被其中危險而不真實的氛圍所誘惑，從而在心中留下無法抹掉的痕跡。

　　我們希望作者能找到對付生活困難和人間苦痛的兩全之法，也希望他能更好地發揮天賦。他的作品不僅僅是現代中國文學的光榮，而且足以躋身世界文學名著之列。（參熱拉爾·德·博樂[明興禮]所著〈曹禺的世界〉L'univers de Ts'ao Yu，《教務叢刊》第XVII卷，1月1日，第175-188頁）

　　他創作的劇本有：《原野》、《北京人》、《正在想》、《蛻變》以及改編自巴金同名小說的《家》。

　　顧仲彝，又名顧德隆，1904年生於浙江余姚，南京東南大學畢業，後成為暨南大學英語教授，商務印書館編輯。1941年擔任上海復旦大學和中法劇藝學校的外國文學教授。著名小說家、劇作家、翻譯家。

　　其作品有：《相鼠有夜》（商務印書館，1937，譯自約翰·高爾斯華綏的《皮膚遊戲》The Skin Game）、《美利堅小說史》（商務印書館，1927，譯自約瑟·芬尼莫爾的作品）、《梅藤香》（開明，1927，譯自沃克的作品）、《同胞姊妹》（新月，1928，譯自約翰·霍頓的作品）、《埃及一瞥》（商務印書館，

1928，譯自刻黎的作品）、《威尼斯商人》（新月，1930，譯自W·莎士比亞的作品）、《哈代短篇小說選》（開明，1930，譯自T·哈代的作品）、《劉三爺》（開明，1931）、《歐美演說文選》（北新，1931）、《獨幕劇選》（北新，1931）、《富於思想的婦人》（黎明，1933，譯自T·哈代的作品）、《劇場》（商務印書館，1937）、《戀愛與陰謀》（光明，1943）等等。

李健吾，1908年生於山西安邑，1923年15歲時已在《文學週報》刊登了〈獻給可愛的媽媽們〉，顯現出文學創作天賦。不久進入清華大學學習外國文學，畢業後先在本校當助教，後赴巴黎留學。

1936年成為中國文藝家協會產量最高的撰稿人之一，以散文和小說尤其是劇作而聞名。

有時人們將李健吾和張天翼、老舍、林語堂並列為「幽默大師」。李健吾善於觀察並描寫社會滑稽可笑的陰暗面。他的幽默同其他幾位實有很大的差別，他不像林語堂用那種不適當的、自視甚高的調侃來製造幽默，也沒有老舍作品中時常流露的似真非真的懷疑態度，李健吾更富有人情味，更嚴肅、更深刻、更真誠。如果說他是特立獨行的幽默家和批評家，他的目標也並不是簡單的玩笑，而是在促使讀者覺醒，以引導讀者走向更為人道也更加完善的道路。比如創作於1939年的四幕劇《撒謊世家》，就辛辣地諷刺了謊言本身以及謊言造成的毀滅。與他的同窗曹禺的悲觀主義相反，李健吾的作品中，勝利總是在真理一方，真理戰勝了謊言，使有罪的人改過自新，過上一種高尚優雅的生活。這是李健吾和曹禺非常大的不同。

從藝術和創作技巧的角度來說，李健吾就遜色於曹禺了。曹禺所有作品都流露出他的才華，而李健吾總是顯得陽剛、均衡、思想健全，他十分清楚自己的天賦和才能，懂得把它用於成就

大事業，這項事業不是對一個從各方面看都病入膏肓的社會的狂熱顛覆，而是通過根除社會弊端來實現變革和轉換。李健吾沒有將自己的精神和心靈引向毀滅和滅亡，而是引向完整和豐富的活力。因此，他的成就當得起「中國真正的重建」的稱號。

他的作品包括：《西山之雲》、《罐子》（開明，1931）、《心病》（開明，1933）、《梁允達》（生活，1934）、《義大利郵簡》（開明，1936）、《以身作則》（文化生活，1936）、《新學究》（1937）、《撒謊世家》（文化生活，1939）等等。

袁牧之，又名袁梅，浙江寧波人，著名戲劇導演和電影製片人，在復旦劇社待了很長時間。

1930年光華書店出版的他的《愛神的箭》，由四部獨立的劇碼組成：《愛神的箭》、《叛徒》、《水銀》和《愛的面目》。和多數變革時代的作家一樣，袁牧之專注於描寫愛情。他的第二個系列作品《玲玲》是四幕劇，背景和表現形式都有明顯的進步。1931年發表了《兩個角色演底戲》（新月）和《三個大學生》（新時代）。

袁昌英，1894年生於湖南醴陵。曾在英國愛丁堡大學和巴黎大學攻讀文學。回國後相繼任教北京法政大學、上海吳淞大學和國立武漢大學。

袁昌英不是職業文學家，她的主要工作是藝術史和戲劇研究。其主要作品有：《法蘭西文學小史》和《西洋音樂史》。

文學對她來說只是娛樂消遣，愜意又實用。她對總體的文學和藝術有這樣的想法：「叔本華的學說以為人類最感痛苦與壓迫的是那種『求生的意志』，無論你窮得怎樣，病得怎樣，你總還是兢兢地牢攀著生命，愈生愈苦，愈苦愈要生。千年如一日，『求生的意志』總不給你一刻的休假。然而人類到底是比較的聰明些：在牢不可破的桎梏中竟找著了遁逃的路。這路就是藝術。

我們賞一幅畫，看一齣戲，聽一曲琴，讀一首詩，都是為逃避那空氣緊迫，威嚴脅人的現實境界，來到一種優遊自如、耳目清淨的另一境地。所以，藝術之於人生正如水之於魚。戲劇為各種藝術的一種綜合的有機體，於人生更有若血與肉的密切關係。」（《現代中國女作家》，黃英，第103頁）

對袁昌英來講，藝術是一種魔術道具，使人暫時脫離生活現實，以便開啟一片精神生活的新天地。當然，另一方面，反映現實的戲劇也會給社會和個人生活帶來一定的影響。（同上，第103頁）

在她大部分作品中，都能發現這樣的雙重矛盾，尤其是《孔雀東南飛》，一部改編自古詩的劇作。

她的作品還有：《活詩人》、《究竟誰是掃帚星》、《前方戰士》、《結婚前的一吻》等等。她雖有一定貢獻，但還是不能把她列入一流劇作家之列。

葉尼，年輕劇作家，抗戰初就已小有名氣，尤其是因為她為旅居馬來西亞和印度的華僑創作愛國戲劇。至今只創作過宣傳性的作品，但在那個時候相當實用，從社會和愛國角度來說，有一定的價值。不過從文學角度而言就有待商榷了。

葉尼坎坷的生活經歷和他不得不應對的特殊環境很具有典型性，他的作品向我們講述的是抗戰後期的戰場和幾個著名作家的工作方式。

1939年葉尼在香港完成了幾部戲劇，合成《沒有男子的戲劇》，由浙江麗水潮鋒出版社出版。序言中，作者敘述了自己文學生涯的伊始：在日本留學期間，有一天觀看了曹禺的《雷雨》，使他有了和朋友一起成立「中華戲劇座談會」劇社的想法。他們開始時演出N・高更的戲劇，葉尼在其中加入了自己創作的獨幕劇。這次演出很快讓人們意識到作者最關心的，其實是

如何讓作品有益於觀眾。

1939年，他回到上海，然後又去了印度和馬來西亞，寫了一部新戲，給逃難到此國的中國人觀看。再次顯示了他單一的意旨。就在這時，戰爭爆發，他想回上海，卻被阻止，後來乾脆留在當地做事。他在新加坡完成了兩部愛國戲劇，由本市唯一一支中國劇社「業餘話劇社」演出並獲得巨大成功。作者抨擊了在對日貿易中大發國難財的中國商人。這是個危險主題，作者也因為這個大膽的舉動而承受了後果。雖然在中國觀眾當中廣受歡迎，卻不得不停演了一段時間，作者利用被迫的休息時間繼續創作。隨後又寫出了兩部街頭劇，主題是宣傳抗日統一戰線。期間「業餘話劇社」組織了一群流動演員，取名「馬華巡迴劇社」在整個半島巡演。

1941年日本對美宣戰改變了馬來西亞的政局，政府採取了一些打擊對日貿易和中國商人走私活動的措施。由此，葉尼的愛國活動變得自由了一些。

還是要說，這個作家的寫作只有一個務實的目標，就是：著眼於他所要面對的觀眾，全面考慮包括臨時演員、時代背景、演出地點等因素。正是這些因素，使他的愛國宣傳積極有效。有時在他的作品在形式或主題上，也表現出一些劇作天賦，這也保證了他將來的成就。

跋

　　每當讀到中國的新劇時，總會驚訝於自胡適、王獨清以來的非凡進步。然而，這些作品也難免總是會帶給我們一種悲憫、憂鬱、尖刻和低沉的整體印象，很少有作品散發出來自生存的樂觀和愉悅的氣息。這是中國新文學的一個明顯的缺憾。有時，它有意無意地推動了反抗和革命，有些人以之為烏托邦，而另一些人卻很悲觀；甚至有時，一種懷疑、諷刺或悲觀、聽天由命的姿態會加劇對宿命的屈服。

　　必須承認，總體來說，我們今天所瞭解的戲劇及整個文學都還欠缺了點東西，許多中國作家本身也有這樣的感覺。無論在作品中還是在全部生活當中，他們常常對這個未知的元素表現出極大的熱情和嚮往，渴望找到滿足他們心靈的東西。有些人聲稱他們在共產主義解決方案和對整個社會加以根本性改革的理想中尋找到了。可是這樣一個方案仍舊無法令人滿意，因為它忽略了靈魂的需求，它所完成的不過是簡單的角色轉變，甚至只會帶來毀滅。然而，如魯迅所說：「我們不要滅亡。」又說，「革命是痛苦，其中也必然混有污穢和血，絕不是如詩人所想像的那般有趣，那般完美。」（參魯迅《二心集》）。魯迅希望找到更恰當的方法，卻也無法確定是否找到了。

　　一篇名為〈今後的歷史劇〉（《新月》第I卷，第2號，1928年4月10日）的文章中，顧仲彝更加有把握地將我們引向了一條尋找確定方案的道路上。他發現中國現代戲劇在心理描寫上有個很有規律且特徵明顯的小缺點：劇作家對於他們筆下主人公活生生的真實的心理狀態大多並不給予細膩的探索，他們對作品中主

要角色的內心鬥爭、心路歷程和心理起伏普遍缺乏研究。不過，李健吾認為也有個可喜的例外，劇作家曹禺在他著名的悲劇《雷雨》中就加入了一段內心鬥爭，即四鳳為結婚爭取同意的時候侍萍的內心鬥爭。劇作家讓此處成為全劇中最令人傷心的一幕：實際上悲劇的動人之處，不僅僅在於描寫一些個性鮮明又固執己見的人物的兩種思想之間的鬥爭。我們也可以通過讓主人公在悲劇發生的情況下自主作出決定，可以通過展現主人公如何陷入多方糾纏折磨，如何作出果斷但符合人性的決定並勇敢地承擔起責任，來獲取一種莊重、崇高的悲愴。

值得注意的是，這個考量以一種思想意識為前提，那就是顧仲彝和當代一些大劇作家從西方作家身上所汲取的思想，也正是該思想構成了他們的著作背景，其基礎就是基督教哲學關於自由和自由意志、關於人間苦痛、關於主宰世界的神、關於上帝和靈魂生命的學說與教導。

只有這些確定性的基礎才能填補中國新文學的空白，只有真理才能突破中國新文學整體上悲涼低沉的氛圍，中國新文學一直就是在這樣的氛圍中緩慢前行的。

長期以來，中國作家們始終沒有意識到這一點，因為他們沒有機會與真正的西方文化密切接觸，他們看到的只是冰山一角，即理性主義和實證主義所展現的物質文明。這些理論體系無法衍生出能在世界文化中占重要地位的哲學或文學。如今，唯科學主義已經走到了盡頭，我們又漸漸看到了在19世紀被嚴重扭曲的西方文化真正的根基，天主教真理在這個文化中所佔據的根本地位也日趨明朗起來。天主教會應該在中國承擔起這個文化角色，正如它在西方國家所扮演的角色一樣。

1928-1930年間，中國經歷了一場熱情高漲而又艱苦卓絕的關於文學定義的論爭。厄普頓・辛克萊說過：「一切文學都是宣

傳。」有人斷定中國文學必須走革命路線，但也有些人認為中國文學應該創造生活，或至少要表現生活。

其實，一切脫離生活的文學都是虛妄的，脫離了生活，文學只能是對現實的夢幻、虛假的表現，且必然走向滅亡。

解決爭論的方法在於一個簡單的區分，即不可將文學的形式與內容混為一談。形式是文學的直接動力，內容和思想則依賴於對世界、人或神所持有的某種觀念。這也是中國幾位偉大的思想家從一開始就指出的解決方法，如魯迅、周作人等。不得不承認，雖然今日中國已經擁有了許多配得上文學家稱號的作家，但中國思想家的數量卻尚未達到相應的比例。

對此，天主教會可以帶來幫助，如它為世界其他國家帶來光明一般。它為廣大蒼生帶來了真理和生命的寶藏，因為它帶來的是解決宇宙觀問題、人間之惡的問題、個體與社會關係問題的正途良策。教會能夠教導個人如何趨向社會共同的善，如何在個人、家庭和社會的平和中找到幸福。它會指出面對傳統所應持有的態度：沒有戒規，沒有形式主義，沒有奴役，無論是精神上還是肉體上；但也不能過分解放或過度自由，以至於轉而變為災難，最終毀掉了每個有正常思想的人認為合理和明智的一切。

這正是基督為世界所帶來的永恆光明，也是曹禺在《日出》的序言中所說的光明。這一道光，耶穌基督已託付給天主教會，以便它能夠在聖靈的特別護佑下，從誕生開始維持至今，普照著善良的人們，不分國家，不分時間。

只有這一道光，將會在人間建立起「公正、和平與愛的統治，真理、生命的統治，以及神聖、慈悲的統治」。

附錄 「傳教士式」的文學解讀：
文寶峰及其《新文學運動史》

黃雲霞

（武漢中南民族大學文學與新聞傳播學院教授）

就目前所見資料來看，比利時傳教士文寶峰（H・Van Boven）用法文所撰寫的《新文學運動史》（Histoire de la Litterature Chinoise Moderne）可能是歐美學界最早的一部相對完整地敘寫中國新文學誕生及初步演進的專門的史著了。該著是近年由謝泳首先發掘才得以重新呈現於人們面前的（已收入謝泳、蔡登山主編的「中國現代文學史稀見史料」第一輯第三種）。據謝泳描述，他最早是從常風先生那裡得知了此著的資訊，「聽常風先生說，文寶峰是比利時人。……他喜歡中國新文學，被日本侵略軍關進集中營後，他繼續閱讀新文學作品和有關書籍，我也把我手頭對他有用的書借給他。過了三四個月，文寶峰就開始用法文寫《中國現代文學史》，1944年7月底他已寫完。」[1]1946年由北平普愛堂出版。

文寶峰此著除前言、序和跋之外共分十五章。第一至第五章主要描述桐城派對現代文學的影響、古文翻譯和早期古文文論、新文體的開端和白話小說的意義、採用過渡文體的初期小說（含創作與翻譯）、新文學革命的發生（包括文字解放運動及其社會

---

[1] 謝泳：《文寶峰的〈新文學運動史〉》，謝泳、馬竣敏編：《常風先生誕辰一百周年紀念文集》，太原：三晉出版社，2011年，第158、158頁。

環境和領導人物、胡適和陳獨秀的政治宣言、反對和批評、對胡適和陳獨秀作品的總體評價以及《新潮》雜誌的文藝復興），第十章專論魯迅，其餘各章則依文學社團及其主要思潮分類，計為文學研究會、創造社、新月社、《語絲》團體、未名社、中國左翼作家聯盟和新寫實主義、民族主義文學、自由運動大同盟與中國新劇。

　　如其在「前言」中所說的那樣，中國新文學的最終目的似乎並不是為了「文學」本身，而恰恰是在借助「文學」來尋找一種全新的社會生活秩序。惟其如此，「他們的活動幾乎都與政治活動混雜在一起，30年來政治也已經發生了令人意外的大轉變。正是這種文學和公眾生活之間的協調一致的關係，引起了我們在宗教、道德、教義維護和社會角度上的關注。」[2]這也許正是文寶峰將其著作名之為「新文學運動史」的直接原因。文氏所利用的主要參考著述也基本偏於思潮運動的方面，除了周作人的《中國新文學的源流》（北平人文書局，1934）以外，大量引用的材料多出自陳炳堃的《最近三十年中國文學史》（上海太平洋，1931）、王哲甫的《中國新文學運動史》（北平傑成印書局，1933）、「中國新文學大系」系列中阿英主編的《史料索引》和鄭振鐸主編的《文學論戰集》（上海良友，1940）、李何林的《近二十年來中國文藝思潮論》（上海生活，1938）及其主編的《中國文藝論戰》（東亞書局，1930）等，有關具體作家的簡介材料則主要來自錢杏邨主編的《現代中國文學作家》（上海泰東，1930-1931）、黃英的《現代中國女作家》（上海北新，1934），以及賀玉波的《中國現代女作家》（上海現代，1930）

[2]　P.Henri Van Boven:Histoire de la Litterature Chinoise Moderne, Corn.de Schutter Sup.Prov. de Suiyuan 22 feb 1946.P2.該著承李佩紋博士由法文譯為中文，以下中文引文均為李譯，只夾注法文原著頁碼——筆者注。

等，相關作品的評論借鑒的主要是《現代評論》、《讀書月刊》、《新月》等刊物上所發表的各式批評文章。

當然，文氏雖然參考了眾多既有的新文學史著，但也並非是對陳子展、王哲甫等人著作的簡單照錄或譯介。如其所言：「目前我要做的事情，絕不奢求對中國現代文學有一個完整的研究，我的初衷不是面面俱到，也不是研究所有作家。我只是想給出一個概覽，希望能夠為對當今中國文學和文化感興趣的人做個簡單的介紹。」（P.1）除此以外，作為一名傳教士，文氏還兼有為教會提供某種必要的協助的職責，「分析主要作家和他們的作品，並將其分類，探究他們對現代中國所帶來的影響，以及作品所激發的廣泛輿論，搜集這方面的所有資料以助傳教士們能夠完成他們的文化使命。這就是我唯一的目標。……以往的經驗包含著對未來的深刻警告。畢竟，我們天主傳教士以教皇的名義來到中國，是為了建立基督教會，絕不是為了給中國帶來異族的文明和文化。從那時起，我們就必須認識到可能阻礙我們行動的因素，也必須瞭解有什麼可以助我們一臂之力。」（P.2）換言之，如果能夠瞭解文氏此著的目的旨在向西方人，特別是那些在中國從事傳教活動的人士，介紹現代中國的思想潮流及諸多運動的來龍去脈的話，我們也就能夠明白文氏此著的意義之所在了。他不是為了撰寫一部專門的現代中國文學史，而是為了借助「文學」這一平臺，來釐清中國是如何跨入現代，又是如何建構起現代中國的全新思想與精神形態的。

全面梳理現代中國的思想流脈並不是一件容易的事情。文氏以不同的「文學社團」為集中考察對象，一方面符合於中國現代文學從雛形到演進的史實，另一方面也有利於辨別不同思潮之間的差異及其思想分歧之所在。更為值得關注的是，文氏一直希望能夠借助「文學」這一特定的表現形態，來盡可能清晰地描畫

出現代中國人的整體精神面貌，或者說，能夠概括出現代中國國民所獨有的「民族特性」──用新文學初期的普遍趨向來表示，就是鮮活地展示出現代中國的「國民性」特質。這一點與文氏自身所接受的其他文學史著作的影響也有著潛在的聯繫。其著作的參考文獻中就開列了愛彌爾・勒古依（Émile Hyacinthe Legouis）的《英國文學史》（Histoire de la Litérature Anglaise，樺榭圖書，巴黎，1921），這是勒古依與路易・弗朗索瓦・卡札米安（Louis Cazamian）合著的一部文學史，另外還有沃爾特・富勒・泰勒（W.E.Taylor）的《美國文學史》（A History of American Literature，美國圖書公司，紐約，1936），其他還參考了漢學家戴遂良（Léon Wieger，1856-1933）的《現代中國（民間故事集）》及胡適的《中國的文藝復興》（芝加哥大學，1936）。所列著述有一個相對共同的特徵，就是普遍將「文學」視為其民族所特有的情感與思想的根本載體，這當然與19世紀中期以後歐洲開始流行起來的現代「民族國家」思潮是有著密切關係的。也正是基於這一點，追溯和梳理中國民族的精神構成及其在現代的主要趨向，就成為了文氏著作所希望一以貫之的關鍵主線──文學思潮的流向及其持續不斷的「運動」式的論爭，都是在為現代中國尋找出一條真正切實可行的發展路徑；由此也不難理解，「文學」何以在現代中國始終無法擺脫其作為「（載道）工具」命運的深層原因了。

　　如多數研究者所普遍認定的那樣，中國新文學的肇端是始於1917年胡適和陳獨秀等人發起的新文化運動，文寶峰同樣以此作為了新文學發生的起點。但與一般文學史直接以「白話文運動」入手來展開史敘的方式有所不同，文氏用了相當的篇幅（四個專章）詳細地闡述了清末桐城古文派的淵源、核心思想、代表性人物對文學的突出貢獻，及其對域外文學的譯介所產生的深遠

影響，這一點或許是出於陳炳堃著述的啟發——論中不斷出現的對於陳著《最近三十年中國文學史》的直接引用即可證明。不過，文氏並未如陳著那樣（以九章篇幅）完整地描述自清代中葉以後中國文壇所發生的種種劇變，以及不同文派的各式人物的思想取向與不同反應。文氏側重考察的是吳汝綸、嚴復和林紓對於域外新思想的主動接納，章太炎對民族主義思想的堅守，梁啟超對「新文體」的推崇及其「小說」觀念的積極啟發意義，以及清末小說創作的弊端和在保留「歷史真實」方面的意外成功。事實上，文氏作如此的選擇是有其潛在的目的的。儘管文氏也承認中國的新文學有著完全區別於舊式文學的全新的質素，但他並不認為新文學真的已經與舊文學完全切斷了全部的聯繫。在他看來，活躍在清末文壇的那些所謂「舊派人物」其實並非如我們所想像的那樣頑固保守，甚至相反，如果沒有他們的主動積極的努力，新文學或許未必會在那麼短的時間內取得令人矚目的成就；換言之，文氏似乎在暗示，正是那些曾被目為「舊派」的所謂保守人物為新文學的萌芽埋下了新的種子並鋪墊好了供其孕育生長的肥沃土壤。譬如，沒有嚴復和林紓等人的譯介和推廣，也不會有進化思想與域外小說等新式觀念的普遍流行；沒有章太炎的民族主義，也難以成就學衡派及梁實秋等人對於民族學術的貢獻。同樣的，梁啟超的「新文體」和「新小說」自身也許未能取得巨大的成功，但它們開創的卻是後世「雜文」和「小說」的廣泛勃興；清末的「暴露小說」其品位確實不高，但它們對於市民生活及諸多重大歷史事件的真實記錄與描繪，卻為後世作家的創作提供了源源不斷的素材和靈感（如林語堂的《京華煙雲》及戰時對賽金花故事的重敘等）。文寶峰從陳炳堃的著作中借鑒了有關晚清民初文壇史實的描述，但陳氏強調的是「斷裂／劇變」，而文氏看到的卻是「延續／新生」。

　　還有一點可以證明文寶峰對於中國文學「連續性」論斷的充分肯定，那就是他對於胡適和周作人的有關意見的推崇。胡適在其《中國的文藝復興》的系列演講中始終堅持認為，中國的新文化運動應該歸於「文藝復興」，理由是，如同唐代的古文運動及在佛學思想啟發下所興起的禪宗思想、宋代理學所引發的新儒家世俗哲學、明代小說戲曲中「寫實」風潮的湧現等等一樣，「新文化運動」接續了源自清代乾嘉的實證考據傳統，進而借助「語言/白話」的路徑實現了一次全新的「文藝復興」——胡適稱之為中國的第四次文藝復興。與歐洲特別是義大利的文藝復興相似，「語言」革命的目標正在於最終形成真正完全獨立的現代中國的「民族國家」。「胡適也表明，中國要保持原有的文化，而且這可能是他內心的信仰。」（P.34）說到底，「文化」的根脈實際也確實不是想切斷就能夠徹底斷絕的。文氏在「文化延續」的問題上是同意胡適的看法的，但對胡適的「八不主張」及其在新文化運動中的激烈姿態卻並不贊同，「從另一方面來說，他與陳獨秀等『新青年』之輩一起為反抗這種文化投入了太多的熱情。」（P.34）文氏也以此認定，胡適是個自視甚高而且自相矛盾的人物。胡適在其文學史與哲學等著述中所普遍採用的實用主義只是早已經被西方否棄了的實現方法——文氏出於基督教觀念的影響認定實用主義偏離了人類更高的精神性追求，而且文氏認為其並不切合中國的現實境況的需求。「胡適從美國帶回了實證論和唯理論的自由混合體，他自己冠之以實驗主義，實際上不過是美國人有時戲稱為『廚房哲學』的唯物實驗主義。有了這些原則，胡適對待現實主義很寬容，但極力譴責所有那些仗著經典的名義妄想在中國文學史冊上佔據一席之地的淫穢之作，即使它們被委婉地稱為『自然主義』，比如《金瓶梅》、《紅樓夢》等等。」（P.23）「在『創造』的文學史上他只是一位走在前沿的文體家和

理論先驅，而沒有成為一個大作家。」（P.35）儘管如此，文氏對胡適之於中國新文學的開創性貢獻還是給予了高度的肯定。

真正能夠支持文寶峰有關「文化延續性」論斷的是周作人關於新文學的看法。周作人在《中國新文學的源流》曾將文學劃分為「載道」與「言志」兩大類別，認為中國自古的文學一直就是這兩種趨向此消彼長的衍生，他由此專門討論了新文學與明末公安派、竟陵派之間的淵源關係。在周作人看來，新文學實際也只是傳統「載道」與「言志」文學的繼續。《新青年》所宣導的「科學」、「民主」與文學研究會所主張的「為人生」的文學，在「改造社會」的一面仍是「載道」；而他所心儀的抒寫真性情的小品文，也不過是追求「性靈」的公安、竟陵式的「言志」一路的再生而已。文氏認為：「周作人更傾向於理智的人道主義，他重視『時間和空間』中的人道，儘量考慮人類的肉體、精神和道德需求。他認為，一個完整的人，擁有肉體和靈魂，二者都有各自的需求。培養心智和精神可以提升人的素質；個人的進步可以使社會臻於完美，因為個人只是『林中一木』。」（P.42）「周作人更像個理論思想家，博學多才，視野寬廣；他能夠中肯地看待事物，並且總是根據他所瞭解並堅定追隨的作家所遵從的準則去提煉出一些指導方針。」（P.42）「周作人很重視群體生活中的個人。但其他作家則很快就只把個人當成了公共生活、國民生活、種族生活或社會生活的整體中的一個組成部分，這一看法，將會導致當時人們所知的一切形式下的極權主義。」（P.49）

文氏著力於探尋新文學與中國傳統之間的內在聯繫，並不是說相較於新文學他更加重視「傳統」——歐洲「漢學」自誕生起就一直是以古典中國的研究為重心的。文寶峰不是一位嚴格意義上的漢學家，但無論他是否受到過歐洲漢學研究取向的影響，他對於中國傳統的重視都絕非意味著他在希望完整地保留乃至

「復活／再現」中國傳統的本有面貌；相反，他始終注目的一直
是「現代」中國所應有的演進趨向，也即中國在推進自身的現代
進程之時，在徹底革新了種種阻礙性因素之後，有否還保留著某
種「恆定」的元素——這是構成中國之特有的民族性根基的關鍵
之所在。「中國需要一種能夠展示中國傳統的作品，這與創造一
種新的文學，有著同樣的優勢。」（P.93）如果沒有這種內在的
「恆定」元素作為根基，新文學乃至所謂「現代」中國都將不過
是「域外文學」甚至「域外（異族）文化」形態的複製與模仿。
即此而言，不能不說文寶峰確實有其不同於其他文學史著述者的
獨到的眼光。在文氏看來，胡適和周作人敏銳地意識到了新文學
與中國「傳統」的聯繫，說明他們正是在尋找新文學或現代中國
能夠在整體世界得以立足的「根基」。只不過胡適借助「文藝復
興」將這一根基歸於了已經被新人文主義所否定了的實證主義的
科學邏輯，無疑是偏離了「正道」；倒是周作人對於「抒寫性
靈」的「言志」文學的重新發掘，抓住了文學或者文化的「根
本」——無論世事或思想如何變化，作為人之為人的「性靈」總
是始終未變的；「志」之於「傳統」是「真性情」的流露，在
「現代」即是所謂人文精神的顯現。周作人稱自己的主張為「個
人主義的人間本位主義」，實際指的就是那種立足於「個體」的
「人本」主義這一古今「恆定」的核心元素；而在文寶峰看來，
這個「恆定」的因素其實也正是人類所普遍具有的人道主義精
神。文寶峰對於周作人、魯迅等人的分析，以及對學衡派和梁實
秋等人的高度重視，也是基於這一關鍵的立場。

　　文氏評價說：「文學須服務於生活這條準則，本身就包含
著一個一目了然的弊害，即再次將剛剛被克服的文以載道的那種
缺陷重新引入了文學之中，……周作人已隱約預見過這種偏差的
弊害。……對他來說，『文學須使讀者能得藝術的享樂與人生的

解釋』。這個針對人生問題的解決之道須與人類本性一致，以便能夠適用於所有人。於此，他稱之為『藝術服務於人』或者『人道主義的文學』。」（P.43-44）「周樹人（魯迅）是一位更加深刻、更為內在、更具個性的思想家，他的所見、所聞、所感都要經過思考、論證，然後從靈魂中尋找答案。所以他比單純藉他山之石的弟弟更加深邃。然而魯迅的特別優勢在於更具個性、更尖銳、更感人、更悲劇，因為他比較實際。他的這種作風也體現在更具個性也更為激烈的文學批判中。因此他對青年的影響也更為深刻。」（P.42）但遺憾的是，「新文化的極端主義者和浪漫派理想主義者幻想著一下子摧毀一切歷史傳統，他們將這種人道主義文學看作對形式主義傳統的懦弱的讓步。」（P.43）「究竟該如何實現人道主義的文學？周作人提出兩種方法：正面方法，即描繪生活應該有的樣子，找到如何實現的方法。……還可以從側面或通過對比來著手，即描繪生活實際的樣子，同時揭露出反人道主義文化的弊端。這個方法也許對喚醒社會意識，使人們認識社會現有和本該有的樣子會更有效。這也是魯迅在《吶喊》和《彷徨》中所設計的社會寫實主義，它極大地促進了新的中國的覺醒。」（P.49-50）文寶峰希望「人道主義」能夠成為溝通「傳統」與「現代」的橋梁，由此他才對梁實秋、吳宓等被多數人視為保守的「古典／人文」思想表示了充分的肯定，並且引入了白璧德、艾略特等人的思想來作進一步的證明。「艾略特希望與現實主義——或者說自然主義——和浪漫空想主義決裂，做回古典主義的信徒。他認為只有在此基礎上我們才能遵循人類的本質創作出一部完整成熟的作品，而浪漫主義只能讓我們創作出零碎、短暫、混亂、空想的作品。」（P.92）「在這個層面，艾略特自己也曾深受歐文‧白璧德和保羅‧埃爾默‧莫爾等哈佛教授的影響，梁實秋、吳宓和其他中國文學家曾透露自己是莫爾的追隨

者。」（P.92）「白璧德和莫爾闡述了浪漫主義的不足，因為它不能夠為人類的生活提供一種適當的構想。他們堅持認為文化傳統的價值是評價文學和哲學的基礎，要從基督教義、文藝復興時期的作品、莎士比亞、歌德，尤其是希臘幾位著名思想家如蘇格拉底、柏拉圖、亞里斯多德等的作品中，尋找能夠作為真正的文學基礎的文化元素。每個人都必須植根於過去時代偉大的思想貢獻，以便努力培養一種評判生活和藝術的新基礎。」（P.92）

文寶峰嘗試為中國的新文學尋找一個以「人文」為核心的思想支點，應當說，是符合於現代中國文學漸次演化推進的實際的。但需要特別注意的是，文氏這裡所說的「人道主義」是基於其基督教立場之上的「人道主義」，與周作人和魯迅所宣導的「人的文學」的主旨其實還是有根本區別的。文氏視其基督教「人道主義」為一種普適於整個世界的價值尺度，所以才會自然而然地把中國式的「人文」精神仿佛「合理」地也納入到其中。惟其如此，他才批評周作人「過於理智」，而評價魯迅則認為，「魯迅在作品中尋找答案，然而這個答案必須能夠滿足精神和理性的渴望和需要，……他隱約意識到的，更大程度上是建立在社會意識和人道主義之上的解決之道，在諸多本質要點上都接近於基督教世界觀。」（P.44）「我們誤將『俗世』一詞當作了『社會』，其實在魯迅和其他社會寫實主義者的作品中，這個詞基本上一直都意味著『社會之惡』。這正是天主教術語中『世俗』一詞所表達的實際意思，比如我們所熟知的關於人類三大敵害的闡述：魔鬼、『紅塵』和肉欲。而且不同的階段，在不同的作家，包括周作人、胡適、冰心、蘇梅等人身上，也都看得到相同的思想發展進程。但他們中大多數都沒有按照他們預設的邏輯走下去，因為早年所接受的理性主義教育在他們身上已經根深蒂固。確信無疑的是，社會寫實主義使他們順理成章地得出了不同的解

決方案：冰心和蘇梅的，胡適和林語堂的，鄭振鐸和周作人的，還有魯迅的。過去已經分崩離析，需要新的事物。這些意圖明顯的文學家們最終遊走在兩個極端之間，一個是後半階段的『創造社』所走的共產主義路線，另一個是人類普遍問題和特殊社會問題的基督教路線。」（P.45）

　　文寶峰強調新文學與中國傳統的聯繫，並非是在確認「新文學」應當歸屬於中國整體文學的一個部分，其初衷本是在努力尋找在普遍的「西式移植」氛圍中所隱藏著的屬於中國民族獨有的某種「精神質素」；或者說，在種種改頭換面的「域外思想」之中，能不能尋找到真正屬於「中國」的成分。最初的這種取向促使他從周作人的論述中尋找到了「人文」中國的資訊，但是，當他退回到他所固有的基督教立場時，他又把中國的這種「人文」選擇歸屬到了他的那種先驗的「人道主義」範疇之內了：「民族性」的確認與「世界性」的認同在此就形成了無可調和的矛盾——這其實也是幾乎所有西方傳教士在中國所遭遇過的極其尷尬的實際問題。於文氏而言，他不願意將中國的新文學視為「域外」諸種異質思想在「中國」的重演，但在潛意識之中，他又不由自主地在希望中國作家都走上一條接受上帝召喚的（西式）「人道主義」之路——以現代中國的文學來進一步證明基督教義之於整個世界的神聖性與普適性——中國也不會例外。

　　進而言之，文氏的本意也許是認為，出於革新現實的急切目的，自晚清以降的諸多運動幾乎都將「傳統」當成了對立面，而把無論新舊的「域外思想」看作了「全新」的世界潮流。這是一種極端錯誤的做法。他借梁實秋的意見表示說：「19世紀中國文學開始受到西方的影響，這種影響本身並不壞。然而為了從中受益，就必須在所遭受的影響當中做出明智的選擇。那麼，什麼才是現代中國文學所缺少的呢？她採納了、適應了，而不是效

仿、抄襲了西方的浪漫主義和印象主義。但她並未作出應該做的選擇，而僅僅是揀了現成的，卻沒有認清這只是曇花一現。」（P.31）「文學革命這場戲的那些主演都是海外留學歸來的學生。學習了外國語言和外國文學，他們更加意識到中國書面語和口語之間巨大的差異。他們或多或少參與了外國相似的文學運動，並且以一種缺乏獨立精神的方式照搬了他們的運動綱領。」（P.31）後來的歷次運動與論爭，幾乎都可以看作是類似事件的重演。從晚清的社會進化到《新青年》時期的文學進化，從文學研究會的國民性批判與社會寫實到創造社的「為藝術而藝術」，從有閑階級的閒適趣味到反映工農大眾的心聲，從唯物辯證法的新寫實主義到民族主義者對「力」的文學的張揚，等等。文寶峰對於諸多社團流派間的各式論戰的描述似乎一直在暗示，誕生未久的「中國新文壇」之所以幾乎成了所有「域外思想」彼此交鋒且論戰不休的戰場，恰恰是因為新文學放棄了其自身悠久的「人文」傳統，而過分地信任了「域外」的那些貌似「進步」的主張，以至於最終成為了（除基督教人道主義之外的）「域外思想」的傳聲筒；換言之，假如新文學能夠像胡適所描述的中國歷史上的歷次「文藝復興」那樣，既堅持自身的傳統，又積極汲取外來的營養，以此激發自身的「重生」，則必將使新文學煥發出別樣的面貌。如此，不僅能夠使新文學既呈現其「民族」的獨有特色，而且最終會匯流到（基督聖光照耀下的）世界性的人道主義潮流之中。他特意在論述中提到了法學家吳經熊，「吳經熊受基督教以及隨後的天主教的影響，他的性格裡非常完美和諧地融合了中國文化和西方文化的精華，於是，他實現了中國一百年來一直在追尋的夢想：通過帶來西方文化，同時也不遺棄任何珍貴的傳統文化，讓中國文化豐富和高尚起來。另外，胡適、林語堂、老舍等雖同樣致力於實現這個夢想，卻似乎未能取得成功，可能是因為

他們沒有真正與西方『文化』和『文明』的內在本質相聯繫；另一方面他們似乎過於注重新式的革命和對抗精神，而沒有正確判斷隱藏在中國傳統背後的寶藏的真正價值。」（P.89）——這也許才是文寶峰所真正希望的所謂切實地符合於現代「中國」的「精神方向」。於此，我們不難看出文氏思想的矛盾和局限。

文寶峰最早在綏遠一帶傳教，他在中國生活了很長時間，幾乎可以說親歷和見證了現代中國最為關鍵的一段歷史。而且，他與新文學的宣導與參與者（周作人、常風等）有過直接的接觸，這就使得他的這部史著幾近於某種同步的記錄。它的優勢在於，能夠最大限度地保存諸多不同社團、流派和思想的鮮活氣息，甚至能夠使史著本身得以有效地融入到現代中國的歷史進程之中去。比如，文寶峰也許是最早留意到胡適的「八不主張」與英美「意象派」詩歌宣言之間的直接聯繫的漢學家，其在一定程度上可說彌補了當時同類著述中的不足。但同步記錄的缺憾也是十分明顯的。由於尚未能與事實拉開必要而足夠的距離，對事實的判斷就無法真正做到嚴謹、全面和深刻。也因此，對於各個社團不同作家及其具體作品，文氏只能開列出一系列的清單，而不能展開逐一的剖析；加之他一直處身北方，1944年還曾被關押進了日軍的集中營，種種的限制使得他對南方作家及抗戰時期的諸多史實缺乏必要的瞭解，導致了其著述作為「史著」的某種缺失。

文寶峰以尋找對於中國而言的切實可行的「現代」方向為其著述考察的主要聚焦點，也是其有別於其他史著的一個極為明顯的特色；某種程度上說，其著與其稱之為「文學史」，倒不如視之為現代中國某一時段的「思想史」或者「思潮史」可能更準確一些——「文學」只是他考察現代中國「思想」流變歷程的一個平臺。由此，他對於作家及其作品的評價並不是基於「文學」的「審美」，而主要是在透視其中的「思想」成分。比如，他評

價茅盾和葉聖陶就認為，「沈雁冰（茅盾），氣魄稍遜的思想家，傾向於簡便的捷徑，主張用經濟問題的解決辦法來解決一切。他很敏感，對周圍的事物看得很清楚，但不如魯迅看得那樣深、那樣遠。他敏感的性格使其走入極端；狂熱的他意欲改造整個世界，但隨後卻很快因為看到人們的冷漠和平庸而跌回現實之中，淪為悲觀的懷疑主義者，在無情的命運面前承認自己無能為力。」（P.42-43）「茅盾作品的特點是他會以分外精準的方式來描寫他所生活的時代。在愛情故事的掩飾下，他會描繪他所處的那個革命時代的社會，描繪改革運動所固有的現象：失望、懷疑、所有心靈和思想所遭遇的悲劇。」（P.52）「茅盾稱自己的文學傾向是『客觀的舊寫實主義』，我們用『自然寫實主義』也許能更好地傳達這個稱呼的意思。」（P.52）「葉紹鈞，一個感情細膩的作家。雖然經濟困難，但家庭生活幸福。失敗並未給他內心深處帶來影響，他描寫家庭生活和兒童嬉戲。同時，他懂得對同時代的人表達自己的同情，那些人感受不到他所享受到的那種幸福與和平，而是在經濟困難和社會重壓之下艱難存活。」（P.42）「我們真的很想知道茅盾和其他新中國的作家，究竟要克服怎樣的困難才能擺脫理性主義者的偏見；這種偏見已經浸透了青年們的思想，並且正在妨礙他們看清、提出和實現生命與社會的必要改變。」（P.54-55）儘管文氏作為傳教士需要謹守其基督教的固有立場，但他對於諸多思想的分析仍然能夠相對保持一種盡可能客觀、冷靜、中立的態度。比如，他評價創造社的作家，「著名文學家郁達夫、郭沫若、張資平等明顯受到不規範的耶穌教的影響，曲解了基督教的啟示，因為他們拋棄了全部的教條主義，卻單單只保留了道德法規，而這些法規又缺乏動力，且毫無永恆的基礎可言。受虛幻的唯心主義驅使，他們常常沉迷於『殉情主義』的文學。」（P.63）能夠敏銳地捕捉到不同作家最為核心的

思想要素，應該說，文寶峰還是具有相當獨到的眼光的。不過，文寶峰畢竟是一位傳教士，其考察現代中國的思想流脈，最終仍舊是在希望將中國引向信仰基督的途徑上去。「……必須以一種思想意識為前提，那就是……從西方作家身上所汲取的思想，也正是該思想構成了他們的著作背景，其基礎就是基督教哲學關於自由和自由意志、關於人間苦痛、關於主宰世界的神、關於上帝和靈魂生命的學說與教導。」（P.174）「只有這些確定性的基礎才能填補中國新文學的空白，只有真理才能突破中國新文學整體上悲涼低沉的氛圍，中國新文學一直就是在這樣的氛圍中緩慢前行的。」（P.174）「長期以來，中國作家們始終沒有意識到這一點，因為他們沒有機會與真正的西方文化密切融合，他們看到的只是冰山一角，即理性主義和實證主義所展現的物質文明。這些理論體系無法衍生出能在世界文化中占重要地位的哲學或文學。如今，唯科學主義已經走到了盡頭，我們又漸漸看到了在19世紀被嚴重扭曲的西方文化真正的根基，天主教真理在這個文化中所佔據的根本地位也日趨明朗起來。天主教會應該在中國承擔起這個文化角色，正如它在西方國家所扮演的角色一樣。」（P.174-175）

　　不僅如此，他在分析不同流派社團之間思想與創作傾向之時，既能區別他們彼此的差異，也能充分肯定它們各自對新文學的不同貢獻，以及彼此展開對話以達成共識的可能。比如，「新劇」在現代中國一直處於相對比較弱勢的地位上，其中一個重要的原因就在於，對於長期浸淫於「程式化」的傳統戲曲之中的中國人而言，「話劇」，特別是「寫實性」的話劇，作為一種完全被引進的「舶來品」，是很難在短時間內為中國民眾所普遍接受的。文氏充分肯定了曹禺、李健吾、歐陽予倩、顧仲彝等人在創作與理論上的貢獻，卻也同時批評了戲劇界對於傳統「舊戲」的

激烈否定。他認為：「戲劇的改進是一件涉及社會層面和精神層面的事，有鑑於此，現在簡單地完全摒棄舊戲是不可能的。所以我們暫時還只能支持舊戲的過渡，暫時保留舊戲的缺陷，但至少應該加入了某種思想和觀念。」（P.157）他進一步引用李健吾評價曹禺的《雷雨》的話表示說：「實際上悲劇的動人之處，不僅僅在於描寫兩種思想或一些個性鮮明又固執己見的人物之間的鬥爭。我們也可以通過讓主人公在悲劇發生的情況下自主作出決定，可以通過展現主人公如何陷入多方糾纏折磨，如何作出果斷但符合人性的決定以勇敢地承擔起責任，來獲取一種莊重、崇高的悲愴。」（P.175）嘗試在合理保留傳統戲曲的有效因素的基礎上，以漸次注入新的元素的方式來逐步推進現代中國戲劇的發展，應當說，其思考和策略都是具有相當積極的啟發意義的。

　　作為史著，儘管文寶峰大量引用了諸多中國批評家的評述和結論，但他也絕非全然地人云亦云。文寶峰不可能在有限的時間內全面地瞭解所有的作家並完整地閱讀他們的作品，所以，選擇那些相對中肯的評價意見以納入到自己的論述之中，不失為一種恰當的策略。借曾漢學家王際真教授的話評價魯迅說：「和伏爾泰一樣，魯迅字字尖刻、句句諷刺，但是伏爾泰是以高傲的態度批評和譴責他人，而魯迅則總是把自己歸為被批評者。總之，若在法國，魯迅可能成為伏爾泰，若在俄國，魯迅可能成為高爾基或契訶夫，在英國則可能成為喬納森・斯威夫特，但在中國，他只能是魯迅：他是中國的產物，是歷經了近五十年直至今日仍在遭受深重苦難洗禮從而高尚起來的中國的產物。」（P.122）是論即使在今天也可作「確論」來看待。除引述以外，文寶峰自己對於代表性作家作品的分析也是時有獨到的見解的，雖未必準確卻富有啟發。比如，「中國現代文學多數基於三個共同主題：青年的煩悶，經濟的困難，對社會的不滿。而楊振聲卻不關心

『為藝術而藝術』和『為人生而文學』的爭論，他寫出了一部展現人性之美的作品，以此開闢了小說主題的新天地。遺憾的是，直到今天這種小說的信奉者還是很少。不管是無產階級的，新寫實主義的，還是戰爭文學的作品都無法超越尋常的界限，這些種類的小說太消極或者太理想化了，無法滿足人的所有物質和精神願望。」（P.91）對於李健吾，文氏評價認為：「有時人們將李健吾和張天翼、老舍、林語堂並列為『幽默大師』。李健吾善於觀察並描寫社會滑稽可笑的陰暗面。他的幽默同其他幾位實有很大的差別，他不像林語堂用那種不適當的、自視甚高的調侃來製造幽默，也沒有老舍作品中時常流露的似真非真的懷疑態度，李健吾更富有人情味，更嚴肅、更深刻、更真誠。如果說他是特立獨行的幽默家和批評家，他的目標也並不是簡單的玩笑，而是在促使讀者覺醒，以引導讀者走向更為人道也更加完善的道路。」（P.171）「從藝術和創作技巧的角度來說，李健吾就遜色於曹禺了。曹禺所有作品都流露出他的才華，而李健吾總是顯得陽剛、均衡、思想健全，他十分清楚自己的天賦和才能，懂得把它用於成就大事業，這項事業不是對一個從各方面看都病入膏肓的社會的狂熱顛覆，而是通過根除社會弊端來實現變革和轉換。李健吾沒有將自己的精神和心靈引向毀滅和滅亡，而是引向完整和豐富的活力。因此，他的成就當得起『中國真正的重建』的稱號。」（P.171）如此等等。

作為一名傳教士，文寶峰的首要責任是在東方中國傳播上帝的福音，這就首先決定了，他對於現代中國的文學與思想的概括與描述，都是需要為其先行的目的服務的。也因此，「歸屬於上帝的引導」就成為了其全部論述的起點和終極的落腳點。他認為：「一切脫離生活的文學都是虛妄的，脫離了生活，文學只能是對現實的夢幻、虛假的表現，且必然走向滅亡。」（P.175）

「解決爭論的方法在於一個簡單的區分，即不可將文學的形式與內容混為一談。形式是文學的直接動力，內容和思想則依賴於對世界、人或神所持有的某種觀念。這也是中國幾位偉大的思想家從一開始就指出的解決方法，如魯迅、周作人等。不得不承認，雖然今日中國已經擁有了許多配得上文學家稱號的作家，但中國思想家的數量卻尚未達到相應的比例。」（P.175-176）他隨即也同時指出：「對此，天主教會可以帶來幫助，如它為世界其他國家帶來光明一般。它為廣大蒼生帶來了真理和生命的寶藏，因為它帶來的是解決宇宙觀問題、人間之惡的問題、個體與社會關係問題的正途良策。教會能夠教導個人如何趨向社會共同的善，如何在個人、家庭和社會的平和中找到幸福。它會指出面對傳統所應持有的態度：沒有戒規，沒有形式主義，沒有奴役，無論是精神上還是肉體上；但也不能過分解放或過度自由，以至於轉而變為災難，最終毀掉了每個有正常思想的人認為合理和明智的一切。」（P.176）「這正是基督為世界所帶來的永恆光明，也是曹禺在《日出》的序言中所說的光明。這一道光，耶穌基督已託付給天主教會，以便它能夠在聖靈的特別護佑下，從誕生開始維持至今，普照著善良的人們，不分國家，不分時間。」（P.176）「只有這一道光，將會在人間建立起『公正、和平與愛的統治，真理、生命的統治，以及神聖、慈悲的統治』。」（P.176）「上帝的福音」與「中國文學的合理趨向」在文寶峰那裡其實一直都處在一種彼此反向的「張力」之中。一方面，他需要認同基督教的根本宗旨，即著中所闡發的「基督教人文主義」是現代中國文學發展的唯一路向；而另一方面，他又隱隱感到，這條路徑似乎也並不完全切合中國的實際，甚至相反，他雖然對魯迅等人的理性的批判主義並不贊同，心底卻又不得不承認魯迅、茅盾等的「左翼」轉向可能更有利於引導中國走上真正「自由」合理的大

路——他還因此被他的教會領導人認為懷有「左翼」傾向而差點被召回比利時去。[3]立足點的游移在一定程度上也確實影響了文寶峰本該具有的更為精準的評價和判斷。

　　普實克在1961年編輯《中國現代文學研究》論文集時即曾指出：「關於中國新文學中單個的人物、問題、作品的分析性研究，目前在歐洲完全是一塊空白。」「（文寶峰的《中國現代文學史》）算是西方的中國新文學研究中最為重要的著作。這部書是嚴格按照天主教的觀點來寫的，不僅歪曲了新文學發展的整體脈絡，對單個作家的描繪也有失準確。」[4]儘管如此，從總體上看，文寶峰此著以思潮演進為線，以社團流派為面，以具體作家為點，已經構成了一種相對清晰的立體史述模式。其論述雖間或有諸多誤訛，但是能夠始終秉持「觀點出於史實」的嚴謹態度，因而也相對避免了這個時期某些同類著述中所體現出來的激進與偏執。文著有利於澄清當時中國境內的西文報刊（如《北京政聞報》等）對於現代中國文學史實及真實社會境況的諸多誤解，同時也為法語區域乃至整個歐洲的「漢學」研究開闢了一個全新的領域；它有利於打破歐洲學界一直以來所習慣認為的「中國新文學不過是歐洲文學的翻版」的定勢思維，進而使歐洲漢學也有了從東方古典研究向「現代」中國研究繼續衍生拓展的可能。

　同注1

4　[捷克]普實克：〈《中國現代文學研究》導言〉，[捷克]亞羅斯拉夫‧普實克：《抒情與史詩——現代中國文學論集》，郭建玲譯，上海：三聯書店，2010年，第27、29頁。

參考書目

陳炳堃：《最近三十年中國文學史》，太平洋書店，1931年，上海。

郭湛波：《近五十年中國思想史》，人文書店，1936年，北平。

梁啟超：《飲冰室文集》，第9冊，新民書局，1934年，上海。

胡適：《胡適文存》，四集之三，亞東圖書館，上海。

胡適：《人權論集》，新月書店，1930年。

胡適：《建設理論集》（中國新文學大系），良友圖書公司，1940年，上海。

阿英：《史料索引》（中國新文學大系），良友圖書公司，1940年，上海。

鄭振鐸：《文學論戰集》（中國新文學大系），良友圖書公司，1940年，上海。

李季：《胡適中國哲學史大綱批評》，神州國光社，1932年。

袁湧進：《現代中國作家筆名錄》，中華圖書館協會，1936年。

楊晉雄等合編：《北新活頁文選‧作者小傳》，北新書局，1936年，上海。

橋川時雄：《中國文化界人物總鑒》，大谷仁兵衛發行，1941年，北平。

平心：《全國總書目》，生活書店，1935年。

楊蔭深：《中國學術家列傳》，二版，光明書局，1941年，上海。

楊蔭深：《中國文學家列傳》，中華書局，1939年，上海。

阮無名（錢杏邨）：《新文壇祕錄》，南強社。

張若英：《中國新文學運動史料》。

李何林：《近二十年來中國文藝思潮論》，生活書店，1938年。

王哲甫：《中國新文學運動史》，傑成印書局，1933年，北平。

史秉慧：《張資平傳》，現代書局，1932年。

梁實秋：《浪漫的與古典的》，新月書店，1927年。

樂華編輯部：《當代中國文藝論集》，樂華圖書公司，1933年，
　　　上海。

黃英：《現代中國女作家》，北新書局，1934年，上海。

賀玉波：《中國現代女作家》，現代書局，1930年，上海。

草野（勾汝鈞）：《現代中國女作家》，人文書店，1932年，
　　　上海。

李何麟：《中國文藝論戰》，東亞書局，1932年，上海。

李何林：《中國文藝論戰集》，中國書局。

蘇汶：《中國自由論辯集》，現代書局，1932年，上海。

郁達夫：《中國文學論集》，一流書店，1942年，上海。

伏志英：《茅盾評傳》，現代書局，1931年，上海。

錢杏邨：《現代中國文學作家》，第一卷1930年；第二卷1931
　　　年，泰東圖書局，上海。

李素伯：《小品文研究》，新中國書局，1932年。

施蟄存：《燈下集》，開明出版社，1937年，上海。

楊之華：《文壇史料》，中華口報，1943年，南京。

沈從文：《沈從文選集》，萬象書局，1937年，上海。

張惟夫：《關於丁玲》，1933年。

沈從文：《記丁玲》，良友圖書公司，1933年，上海。

張天翼選集：《現代創作文庫》，萬象書局，1937年，上海。

朱自清：《你我》，商務印書館，1936年，上海。

常風：《棄餘集》，新民書店，1944年，北平。

張少峰：《鬼影》，震東書局，1930年，北平。

謝六逸：《模範小說選》，黎明書局，1941年，上海。

張次溪：《靈飛集》，天津書局，1939年。

郭沫若代表作：《現代作家選集》，三通書局，1939年，上海。

郭沫若代表作：《我的幼年》，光華書局，1931年，上海。

郭沫若代表作：《創造十年》，現代書局，1933年。

郭沫若代表作：《橄欖》，現代書局，1931年。

劉修業：《文學論文索引》，中華圖書館協會，1933年。

梁實秋：《偏見集》，正中書局，1934年。

周作人：《中國新文學的源流》，人文書局，1934年，北平。

周作人：《點滴》，新潮叢書，1920年，北平。

周作人：《自己的園地》，晨報社叢書，1923年，北平、北新書局，1927年，上海。

周作人：《代表作選》，全球書店，1937年，上海。

李凝：《魯迅雜感集》二版，青光書局，1935年，上海。

魯迅：《魯迅集》，藝文書局，1943年，北平。

魯迅：《二心集》，三版，合眾書局，1940年，上海。

魯迅：《三閒集》，魯迅紀念委員會，1942年。

魯迅：《而已集》，北新書局，1935年，上海。

魯迅：《准風月談》，魯迅紀念委員會，1939年。

魯迅：《且介亭雜文》，魯迅紀念委員會，1939年。。

魯迅：《華蓋集》，魯迅紀念委員會，1939年。。

《現代評論》，1924年，1925年。

《讀書月刊》，1932年。

《新月刊》，1928年，1929年。

《未名社半月刊》，I，II。

《文藝月刊》

戴遂良：《現代中國》（十冊），獻縣。

愛彌爾‧勒古依：《英國文學史》，樺樹圖書，巴黎，1921年。

沃爾特‧富勒‧泰勒：《美國文學史》，美國圖書公司，紐約，
　　1936年。

胡適：《中國的文藝復興》，芝加哥大學出版社，芝加哥，伊利
　　諾，1936年。

李長山：《現代中國文學作家》，北京政聞報選集，1933年。

湯良禮：《中國社會新秩序》，(公教教育叢刊)，卷十七，二十
　　世紀。

《中國國民集誌》，1943年。

《華美協進社公報》，哥倫比亞大學，卷三。

《復旦公報》，復旦大學，上海，1944-1945年。

《天下月刊》（公教教育叢刊），1935年，1937-1938年。

語言文學類　PC0986　文學視界128

新文學運動史（中譯本）

作　　　者／文寶峰
譯　　　者／李佩紋
責任編輯／林世玲
圖文排版／蔡忠翰
封面設計／蔡瑋筠

發 行 人／宋政坤
法律顧問／毛國樑　律師
出版發行／秀威資訊科技股份有限公司
　　　　　114台北市內湖區瑞光路76巷65號1樓
　　　　　電話：+886-2-2796-3638　傳真：+886-2-2796-1377
　　　　　http://www.showwe.com.tw
劃撥帳號／19563868　戶名：秀威資訊科技股份有限公司
　　　　　讀者服務信箱：service@showwe.com.tw
展售門市／國家書店（松江門市）
　　　　　104台北市中山區松江路209號1樓
　　　　　電話：+886-2-2518-0207　傳真：+886-2-2518-0778
網路訂購／秀威網路書店：https://store.showwe.tw
　　　　　國家網路書店：https://www.govbooks.com.tw

2021年7月　BOD一版
定價：310元
版權所有　翻印必究
本書如有缺頁、破損或裝訂錯誤，請寄回更換

國家圖書館出版品預行編目

新文學運動史(中譯本) / 文寶峰原著 ; 李佩紋譯.
-- 一版. -- 臺北市 : 秀威資訊科技股份有限公
司, 2021.07
　　面 ;　　公分. -- (語言文學類 ; PC0986) (文學視
界 ; 128)
　　BOD版
　　譯自 : Histoire de La Litterature chinoise moderne
　　ISBN 978-986-326-914-4(平裝)

1.五四新文學運動 2.中國文學史 3.中國當代文學

820.9082　　　　　　　　　　　110009036

讀 者 回 函 卡

感謝您購買本書,為提升服務品質,請填妥以下資料,將讀者回函卡直接寄回或傳真本公司,收到您的寶貴意見後,我們會收藏記錄及檢討,謝謝! 如您需要了解本公司最新出版書目、購書優惠或企劃活動,歡迎您上網查詢或下載相關資料:http:// www.showwe.com.tw

您購買的書名:_____

出生日期:_____年_____月_____日

學歷:□高中 (含) 以下　　□大專　　□研究所 (含) 以上

職業:□製造業　□金融業　□資訊業　□軍警　□傳播業　□自由業
　　　□服務業　□公務員　□教職　　□學生　□家管　　□其它____

購書地點:□網路書店　□實體書店　□書展　□郵購　□贈閱　□其他

您從何得知本書的消息?

　□網路書店　□實體書店　□網路搜尋　□電子報　□書訊　□雜誌
　□傳播媒體　□親友推薦　□網站推薦　□部落格　□其他_____

您對本書的評價:(請填代號　1.非常滿意　2.滿意　3.尚可　4.再改進)

　封面設計____　版面編排____　內容____　文/譯筆____　價格____

讀完書後您覺得:

　□很有收穫　□有收穫　□收穫不多　□沒收穫

對我們的建議:_____

_____

_____

_____

11466
台北市內湖區瑞光路 76 巷 65 號 1 樓

秀威資訊科技股份有限公司　　　收

BOD 數位出版事業部

....

（請沿線對折寄回，謝謝！）

姓　　名：＿＿＿＿＿＿＿＿　年齡：＿＿＿＿　性別：□女　□男

郵遞區號：□□□□□

地　　址：＿＿＿＿＿＿＿＿＿＿＿＿＿＿＿＿＿＿＿＿＿

聯絡電話：(日)＿＿＿＿＿＿＿＿＿　(夜)＿＿＿＿＿＿＿＿＿

E-mail：＿＿＿＿＿＿＿＿＿＿＿＿＿＿＿＿＿＿＿＿＿